minha querida escuridão

KAYLA COTTINGHAM

minha querida escuridão

Tradução
Sofia Soter

Rio de Janeiro, 2023

Copyright © 2022 by Kayla Cottingham. Originally published in the United States by Sourcebooks Fire, an imprint of Sourcebooks, LLC. www.sourcebooks.com.
Copyright da tradução © 2023 por Casa dos Livros Editora LTDA. Todos os direitos reservados.
Título original: *My Dearest Darkest*

Todos os direitos desta publicação são reservados à Casa dos Livros Editora LTDA. Nenhuma parte desta obra pode ser apropriada e estocada em sistema de banco de dados ou processo similar, em qualquer forma ou meio, seja eletrônico, de fotocópia, gravação etc., sem a permissão do detentor do copyright.

Publisher: *Samuel Coto*

Editora executiva: *Alice Mello*

Editora: *Lara Berruezo*

Editoras assistentes: *Anna Clara Gonçalves e Camila Carneiro*

Assistência editorial: *Yasmin Montebello*

Copidesque: *Thaís Carvas*

Revisão: *Suelen Lopes e João Rodrigues*

Adaptação de capa: *Anderson Junqueira*

Design de capa: *Kerri Resnick*

Imagens de capa: © *GSoul/Shutterstock, HardtIllustrations/Shutterstock, akepong srichaichana/Shutterstock, charnsitr/Shutterstock, Deviney Designs/Shutterstock*

Diagramação: *Abreu's System*

Dados Internacionais de Catalogação na Publicação (CIP)
(Câmara Brasileira do Livro, SP, Brasil)

Cottingham, Kayla
Minha querida escuridão / Kayla Cottingham ; tradução Sofia Soter. – Rio de Janeiro : HarperCollins Brasil, 2023.

Título original: My Dearest Darkest
ISBN 978-65-6005-039-6

1. Romance norte-americano I. Título.

23-155406 CDD-813.5

Índices para catálogo sistemático:
1. Romances : Literatura norte-americana 813.5

Eliane de Freitas Leite – Bibliotecária – CRB-8/8415

Os pontos de vista desta obra são de responsabilidade de seu autor, não refletindo necessariamente a posição da HarperCollins Brasil, da HarperCollins Publishers ou de sua equipe editorial.

HarperCollins Brasil é uma marca licenciada à Casa dos Livros Editora LTDA.
Todos os direitos reservados à Casa dos Livros Editora LTDA.
Rua da Quitanda, 86, sala 218 – Centro
Rio de Janeiro, RJ – CEP 20091-005
Tel.: (21) 3175-1030
www.harpercollins.com.br

Para quem eu era aos quinze anos:
espero que você se orgulhe do que essa história se tornou.
E que não se surpreenda demais com o quão gay ela é.

O inferno é uma adolescente.
— Diablo Cody, *Garota infernal*

um

Toda cidade tem seus fantasmas, e os de Rainwater eram especiais. Eles mergulhavam nas cavernas submersas e deslizavam penhascos acima. Saltavam pelas grutas e túneis como impulsos nervosos no cérebro, ecoando lembranças de passos, gargalhadas e gritos pelo solo e pelas árvores imensas e perenifólias. A península tinha o hábito de guardar as coisas muito tempo depois de elas partirem.

E, no dia 16 de maio, quando Finch Chamberlin atravessou a fronteira e entrou em Rainwater, no Maine, a cidade decidiu guardá-la.

— Que campus esquisito, hein? — disse o pai, encontrando o olhar da jovem no reflexo do retrovisor.

Ele apontou com a cabeça para as torres altas da Academia Ulalume, que surgiam além das árvores.

— Ah! Eu... eu acho bonito — defendeu Finch, encarando os próprios sapatos.

— Seu pai estava apenas brincando, meu bem — disse a mãe, olhando com irritação para ele. — O lugar é adorável.

O imponente campus gótico de Ulalume ergueu-se entre as árvores nebulosas. A península em que Rainwater ficava tinha pouco menos de cem quilômetros quadrados, um vago formato de lua crescente, uma costa rochosa e uma ou outra praia coberta de seixos. Só era possível entrar e sair da península por uma estrada elevada que atravessava a água.

Os Chamberlin deixaram o carro no estacionamento de visitantes. A mãe de Finch a abraçou, apertando o braço dela, enquanto o pai andava na dianteira, mais interessado em chegar à secretaria a tempo do último teste da filha para o renomado programa de música de Ulalume do que no fato de Finch parecer estar prestes a arrancar a própria pele.

— Você está bem? — perguntou a mãe.

Finch mordeu o lábio.

— Nervosa.

— Com o quê?

— Tudo — cochichou a jovem, o tom quase inaudível.

Ela poderia até tatuar aquilo na testa. Ou bordar na jaqueta, em advertência: POR FAVOR, NÃO OLHE OU SE APROXIME OU PENSE EM MIM. OBRIGADA.

A mãe beijou a cabeça dela.

— Vai dar tudo certo, passarinha. Estou aqui.

Finch fechou os olhos, respirou fundo e assentiu.

— Você está aqui.

Ela estava tentando não pensar no fato de que a mãe não estaria ali por muito tempo. Supondo que o teste levasse a uma vaga no programa de música, Finch moraria naquele lugar pelo futuro próximo. Ulalume era um internato que abrigava trezentas das prodígios — e herdeiras — mais talentosas, que a diretoria escolhera a dedo para participar da ilustre instituição. Depois de dois anos de rejeição, ela esperava que aquele finalmente fosse o ano em que conseguiria uma vaga, e a bolsa de estudos de que precisava tão desesperadamente.

Finch e a família entraram na secretaria um minuto depois. A sala era desagradavelmente abafada, e a umidade constante do lado de fora parecia se infiltrar nas paredes de pedra e hera do prédio. Finch secou a testa com a mão. Estava feliz de poder colocar a culpa do suor excessivo no clima.

— Ah... Oi! Você deve ser Finch — disse a recepcionista, com um leve sotaque do Maine, enquanto folheava uma revista *Cosmopolitan*.

O pai de Finch confirmou, e a mulher abriu um sorriso ainda maior.

— Parabéns pelo teste! — Ela deu a volta na mesa e faz um gesto para que eles a acompanhassem. — Vou levá-la ao auditório.

Um sorriso torto se abriu no rosto de Kyra Astor.

— E aí, vai dividir essa tequila, ou precisa da garrafa para mais umas duzentas selfies?

Com o celular na mão, Selena St. Clair parou o que estava fazendo por tempo suficiente para tirar um salto Louis Vuitton vermelho do pé e jogá-lo nela. Errou a mira por alguns centímetros, e o sapato bateu na parede com um baque alto.

Kyra deu gargalhadas histéricas.

As duas haviam escapado e ido até o lugar do campus onde mais gostavam de beber: o fosso da orquestra debaixo do auditório. O espaço bolorento era repleto de suportes de partitura vazios e peças de instrumentos quebrados, mas, como a maioria dos eventos musicais do ano já tinha passado, estava vazio e silencioso.

Na verdade, ainda teria mais um evento importante na escola antes das férias de verão: o Baile da Fundação, a comemoração de fim de semestre de Ulalume, e Selena resolveu adiantar a pré. Trazia em uma das mãos uma garrafa de tequila cara e na outra, o celular.

Ela tomou um gole da bebida e guardou o celular na bolsa.

— Já chamou as meninas?

— Amber ainda está fazendo um trabalho na tutoria — respondeu Kyra, revirando os olhos —, e Risa foi para outra pré.

Ela esticou a mão, pedindo a tequila, e Selena passou a garrafa.

Os dedos das duas se roçaram por um instante, e uma onda de calor as tomou. O rosto de Selena ardeu, corado, enquanto Kyra puxava a garrafa e tomava um gole. Tequila escorreu pelo queixo dela, descendo até o decote do vestido prateado.

Selena desviou o olhar, examinando as mãos com atenção. Tinha feito as unhas na véspera, passando esmalte rosa-claro, do mesmo tom que a maioria das meninas da turma usaria no baile. Era elegante, recatado... previsível. O que se tornava ainda mais contrastante quando Selena se lembrava dos dedos bem-feitos entrelaçados nas madeixas ruivas de Kyra na noite anterior.

Ela corou ainda mais. Sorte que o fosso era escuro e coberto.

— Então só sobrou você — disse Selena, fingindo, com sucesso, um tom aéreo e decepcionado.

Ela respirou com calma. A expressão tinha voltado.

— Manda mensagem para elas — continuou. — Risa vai cancelar a outra pré se souber que quero que ela venha.

Kyra tossiu, rindo um pouco para esconder a careta. Selena sabia exatamente onde pressionar para machucar; onde pressionar qualquer menina de Ulalume.

— Selena, você não...

As portas do auditório foram escancaradas. Vozes emaranhadas inundaram o espaço, abafando o que Kyra estava prestes a dizer.

O coração de Selena bateu com força. Ulalume tinha regras bem rígidas sobre álcool: as alunas poderiam ter sérios problemas apenas por guardar bebida no quarto, e seria ainda pior se fossem pegas bebendo no campus.

Kyra arregalou os olhos e cochichou:

— O que vamos fazer?

Selena jogou as mãos para o alto e murmurou, furiosa:

— E como é que eu vou saber?

— Tudo bem se ficarmos para assistir? — perguntou uma mulher, aproximando-se do fosso.

— Claro — respondeu uma voz que Selena reconheceu: sr. Rizzio, chefe do departamento de música. — Finch, pode subir no palco quando quiser, vou só montar a câmera para gravar o teste para a revisão do comitê de seleção. Aí podemos começar.

Selena soltou um palavrão e tentou pegar a garrafa.

— Dá aqui!

Kyra empurrou a garrafa para as mãos dela.

Passos suaves fizeram o chão ranger acima delas enquanto alguém atravessava o palco em direção ao piano de cauda. As luzes do auditório foram diminuídas, e Selena perdeu Kyra de vista no escuro.

— É só um teste — cochichou Selena. — Podemos nos esconder até acabar.

— Estou pronta — disse uma voz baixa no palco.

Algo naquele som fez Selena hesitar. Mesmo com o coração acelerado e o suor encharcando suas mãos. A voz era fraca, mal passava de um pio, mas havia uma doçura indescritível ali.

— Ela é um prodígio, sabia? — disse um homem na primeira fileira. — Vocês vão se impressionar com o que ela faz. Todas as outras meninas da idade dela estão por aí atrás de meninos, mas nossa Finch... ela tem o piano, e só precisa disso. Nada a distrai.

Selena fechou os olhos. *Finch*.

— Obrigado, sr. Chamberlin — respondeu o sr. Rizzio, antes de se dirigir à menina no palco. — Tudo pronto por aqui. Pode começar quando quiser, Finch.

Selena se recostou na parede do fosso, tentando conter a respiração. Testes normalmente não demoravam mais de quinze minutos; elas poderiam sair dali logo, logo.

Lá em cima, Finch tocou as primeiras notas. Eram leves, como sinos de vento ressoando com rapidez. Porém, conforme seus dedos deslizavam pelo piano, a melodia começou a crescer, mais alta e intensa. Não era o tipo de música que Selena esperaria de uma menina de voz tão tímida; a energia era enorme, imponente, agigantando-se com uma torrente de som que ecoou pelo auditório com um baque ressonante que fez o batimento cardíaco de Selena acelerar.

— Ela é muito boa — cochichou.

Selena notou vagamente que Kyra levantava as mãos.

— *Literalmente*, o que eu tenho a ver com isso?

Selena revirou os olhos e se acomodou, deixando o som da música de Finch envolvê-la.

Não demorou tanto, talvez uns quatro minutos, para Finch esmurrar as notas finais e um eco reverberar em ondas pelo auditório.

— Maravilha — elogiou o sr. Rizzio. — Agora, vamos à parte de improviso do...

De repente, um estrondo quebrou o silêncio quando Kyra esbarrou em um suporte de partitura e o derrubou em cima dos outros, causando um efeito dominó desastroso. Ela soltou um grito abafado enquanto Selena murmurava palavrões criativos.

Instantes depois, as luzes se acenderam e a entrada do fosso se abriu, revelando o sr. Rizzio de braços cruzados e sobrancelhas erguidas. Sem opção, Selena escondeu a garrafa de tequila na manga do vestido e botou as mãos para trás.

— Vocês duas aí — chamou ele. — Subam, por favor.

As jovens se entreolharam, e a pele já pálida de Kyra estava quase fantasmagórica. Enquanto se levantavam da pilha de suportes derrubados, Selena fez o possível para esconder o volume da garrafa na manga do vestido.

A parte superior do auditório, toda em estilo *art déco*, com iluminação extravagante, ornamentos em madeira esculpida e assentos de veludo macio, as recebeu, junto à expressão horrorizada de duas pessoas que Selena supunha serem os pais de Finch. Ela olhou de relance para trás; a jovem estava sentada ao piano, a poucos metros, boquiaberta.

A menina era branca, baixa e magrela, com os maiores olhos luminosos que Selena já vira, parecendo dois holofotes a focando do outro lado do salão. Tinha cabelo castanho que chegava até os cotovelos; um contraste drástico com a pele pálida.

Por um breve segundo, Selena se esqueceu da merda em que havia se metido.

— Vocês têm um bom motivo para estarem no fosso da orquestra? Durante um *teste*? — perguntou o sr. Rizzio, com a voz exausta.

Selena e Kyra se entreolharam de novo. Selena mentiu:

— Hum. Uma amiga esqueceu o violino e nós viemos procurá-lo. Não queríamos interromper.

— Mil desculpas — continuou Kyra, acenando vigorosamente com a cabeça. — Tipo, *um milhão* de desculpas, sério, nem sei dizer quantas...

Selena deu uma cotovelada na amiga para interrompê-la.

— Certo — disse o sr. Rizzio, pressionando a pele entre as sobrancelhas com os dedos. — Tudo bem. Darei a vocês o benefício da dúvida e considerarei que tudo não passou de um mal-entendido.

Enquanto o sr. Rizzio falava, Selena mexeu de leve a garrafa de tequila dentro da roupa, tentando escondê-la atrás do braço para disfarçar melhor o volume. Ao fazer isso, porém, a garrafa acabou escorregando. Ela quase não conseguiu recuperá-la antes que caísse no chão, e perdeu o fôlego.

O sr. Rizzio não notou.

Selena conteve um suspiro aliviado. *Graças a...*

— Isso aí é... — murmurou uma voz atrás dela. — *Bebida alcóolica?*

No segundo em que falou, Finch cobriu a boca com a mão.

Ela não queria ter dito aquilo em voz alta.

A menina loira ficou tensa. Era alta, com o corpo magro e atlético, o cabelo dourado naturalmente ondulado. Era branca, mas a pele era bem bronzeada, indicando dias ao sol.

Quando as palavras de Finch chegaram a seu ouvido, a menina se virou bruscamente e a olhou com a raiva mais venenosa que a pianista já vira. Mesmo naquele momento, porém, Finch não deixou de notar o ângulo afiado das maçãs do rosto e a linha reta do nariz, além dos lábios vermelhos e bonitos, torcidos em desdém.

Finch ficou em um tom de vermelho-vivo, do pescoço às orelhas.

— Eu... hum... desculpa... — gaguejou.

O sr. Rizzio soltou um suspiro sofrido e profundamente exausto.

— Tá bom. Selena, mostre-me as mãos, por favor.

Selena fez uma careta. Depois de um instante, relaxou os ombros tensos e, olhando para baixo, deixou a garrafa de tequila escorregar até a mão, e a ofereceu ao sr. Rizzio.

Devagar, ele pegou o objeto da mão dela, leu o rótulo por cima do aro dos óculos, e suspirou novamente com um breve aceno de cabeça.

— Ok. Selena, Kyra, preciso que vocês se reportem à diretoria. Encontrarei vocês lá assim que acabar o teste de Finch, então conversaremos sobre o que aconteceu aqui e ligaremos para seus responsáveis — disse ele, antes de se virar para olhar para Finch e os pais dela. — Finch, sr. e sra. Chamberlin, nem sei como me desculpar pelo comportamento da srta. St. Clair e da srta. Astor. Garanto que não toleramos este tipo de atitude em Ulalume.

Selena abaixou a cabeça, enquanto a outra menina — ruiva e branca, cujo rabo de cavalo comprido e liso descia pelas costas — parecia prestes a chorar. Ela também se virou para encarar Finch com raiva, e só desviou o olhar quando Selena a chamou.

Pouco antes de chegarem à porta, Selena parou e se virou.

— Perdão por interromper seu teste — falou para Finch, fitando-a com olhos verde-serpente, delineados de preto. — Boa sorte. Talvez a gente se esbarre ano que vem.

Ela se virou e saiu com a amiga.

Com um estrondo, a porta bateu atrás das duas.

Finch tentou engolir em seco, sentindo a garganta arranhar. *Por que aquelas palavras soaram como uma ameaça?*

— Bem — disse a mãe de Finch, depois de uma pausa dramática. — Ela parece... espirituosa.

— É um bom eufemismo — concordou o pai, estreitando os olhos.

Finch, porém, não disse nada. Estava distraída demais pela sensação que irradiava do coração para o resto do corpo. Parecia que sua pele tinha sido arrancada, deixando um emaranhado de raios e nervos expostos.

Selena St. Clair.

No fim do dia, a família Chamberlin precisou passar pela floresta para deixar Rainwater. Pinheiros imensos subiam aos céus, esticando os galhos finos como meninas rodopiando suas saias. Gotas pingavam dos galhos conforme a chuva torrencial piorava e escurecia a estrada já sombria. A noite caíra, engolindo o que restava da visibilidade. O pai de Finch garantiu que daria tudo certo.

A mãe de Finch se virou no banco do carona, encostando a cabeça para sorrir tranquila para a filha.

— E aí? O que achou? Seja sincera... Se Ulalume não for o que imaginava, você não é obrigada a estudar lá, mesmo se passar.

Finch já estava quase dormindo. Ela pestanejou, bocejando enquanto sorria.

— Foi incrível... Os folhetos não chegam nem aos pés de como é de verdade. E acho que fui bem no teste, apesar de...

Ela deixou a frase no ar, e a culpa que havia sentido antes revirou seu estômago. Realmente não pretendia dedurar a menina, só tinha ficado surpresa de ver alguém da idade dela beber, e se assustara. Como estudara em casa a vida toda, e só interagia com outros jovens por meio da música, não conhecia alguém que bebesse.

— Ah, não se preocupe — disse a mãe, abanando a mão. — Um monte de alunos da minha escola foi pego fazendo coisa muito pior, e não deu em nada. Tenho certeza de que não é grave.

Finch mordeu o lábio. Parecia grave, sim. Ela certamente não queria fazer inimizades em Ulalume antes mesmo de ser aceita.

— Aquelas meninas teriam sorte de ter uma amiga como você — garantiu o pai dela. — Você as ensinaria foco e determinação. Seria uma boa influência.

A mãe de Finch sacudiu a cabeça, e corrigiu:

— O que ele está tentando dizer é que estamos orgulhosos de você. E que vamos apoiá-la no que quer que aconteça nesse processo de seleção.

Finch assentiu, devaneando.

— É que... Eu nunca quis algo tanto assim antes. Sinto que eu daria qualquer coisa para entrar lá.

— Qualquer coisa?

Finch piscou. Foi estranho: ouviu a pergunta, mas a boca da mãe não se mexeu. E a voz dela soou meio… esquisita.

O carro sacolejou ao acelerar por uma ponte que atravessava um rio de águas escuras que Finch não sabia o nome.

Ela deixou para lá, e concordou com a cabeça.

— Sim. Qualquer coisa.

A mãe franziu a testa.

— O que foi, Fi…

As palavras nunca chegaram a sair de sua boca. Porque, no mesmo instante, o pai de Finch soltou um grito esganiçado. Ele virou o volante com força. No segundo repentino antes do impacto, Finch viu um cervo gigante parado na ponte.

O animal a encarou com oito olhos reluzentes.

No instante seguinte, o cenário girou para a beira da ponte, através da barreira, e rio adentro.

Finch berrou.

Um estalo nauseante soou quando o metal atingiu a água. A cabeça de Finch bateu no vidro, e manchas escuras se derramaram por sua visão. A água preta invadiu as janelas emperradas. O assobio violento se misturou aos gritos dos Chamberlin.

Finch perdia e voltava à consciência. A água jorrava em seu colo, frígida, lambendo a pele com um milhão de línguas congeladas. Ela esticou a mão, tocando o cabelo úmido. Os dedos brilharam em vermelho por um segundo antes da água que escorria pelo teto limpá-los.

É um pesadelo.

A cabeça dela estava cheia de algodão e ecos.

Pesadelos não deveriam doer.

O pai de Finch esmurrou a janela do banco do motorista até os dedos sangrarem. Cada soco deixava um rastro vermelho no vidro. A mãe gritou e chorou, dando ordens sem sentido. Sacudiu a maçaneta com violência. Estava emperrada.

O choro da família beirava o descontrole. A água chegou ao pescoço.

Estava muito, muito fria. Mesmo na névoa, Finch podia sentir. A água congelante a forçou a focar.

Fria demais. Mortalmente fria.

Saia.

Saia.

Finch tirou um dos sapatos de salto e esmurrou a janela com toda a força. Rachaduras pequenas foram aparecendo no vidro enquanto ela esmurrava de novo, de novo e de novo. O coração dela batia em dobro, ecoando nos ouvidos e na cabeça machucada.

Saia.

A água fez cócegas no queixo. O coração parecia vibrar, não bater. O desespero estava além das palavras.

O carro atingiu o fundo do rio com um tremor. Finch tomou o último fôlego antes de bater no vidro com toda a força. As rachaduras se ramificaram. Fez-se um som semelhante ao de gelo partindo.

A janela estourou para dentro, e o rio engoliu o resto do ar.

Água empurrou os ouvidos de Finch, pressionando-os até latejar. Ela se debateu com o cinto de segurança, tentando soltar a fivela. Não teria muito tempo, a respiração ofegante do pânico roubara a maior parte do ar. Conseguia sentir a agonia rastejante dos órgãos famintos.

Finalmente, arrancou o cinto. De imediato, a correnteza a arremessou contra a janela oposta, e o impacto tirou dela o parco ar que restava em uma cascata de bolhas pela boca. Os pulmões arderam em espasmos.

Finch lutou contra a correnteza, arranhando os bancos do carro. Finalmente, agarrou a lateral da janela para se libertar com um impulso. Cacos de vidro rasgaram suas mãos, lançando espirais de sangue na água. Ela estava entorpecida demais para sentir.

Saia. Ou então...

No banco da frente, os movimentos dos pais haviam desacelerado. Os cintos estavam travados. A mãe soltou um grito que se desfez em bolhas. Na próxima inspiração, deixou o rio fluir garganta adentro.

Finch esperneou, desesperada.

Ou então.

Frio. Escuro.

Sozinha.

Ela ia morrer.

A água estava espessa de tanto lodo e detritos. Mesmo se contorcendo para fora do carro, ela se encontrou no breu. Cima e baixo eram conceitos incompreensíveis. O pulmão de Finch ardia de um jeito que nunca sentira. Quando finalmente respirou, foi como um soco no peito. O cérebro entrou em curto.

Ela ficaria presa ali no escuro pelo resto da eternidade.

Socorro, suplicou, sem saber para quem. *Por favor, não me deixe morrer.*

Passaram-se sessenta segundos até ela se afogar.

Aquelas últimas batidas do coração, frenéticas como as asas de um beija-flor, criaram um eco. Ondularam em uma vibração sutil a ser capturada por um ouvido atento.

E algo escutou. Algo que estava à espera havia muito tempo.

Seus mil olhos já estavam voltados para o corpo no rio, de bochechas azuladas e coroa de lama e galhos emaranhados no cabelo. Bolhinhas ainda subiam de sua boca, os últimos sinais de vida se esvaindo.

Lembrou-se do momento, o eco de um eco, e sorriu.

A quilômetros do rio, o chão tremeu sob os residentes de Rainwater. Foi tão sutil que a maioria não percebeu. Algumas meninas de Ulalume hesitaram, entreolhando-se.

Selena St. Clair perguntou:

— Que porra foi essa?

E, nas profundezas do rio, no frio, no escuro e sozinha, Finch Chamberlin abriu os olhos.

dois

[três meses depois]

— Eu falei que podia pegar a barca — resmungou Selena, recostando a cabeça na janela do carro enquanto a mãe se irritava com o trânsito.

Elas mal tinham avançado um centímetro em quase vinte minutos. Lá fora, ondas cinzentas lambiam a estrada que cometera a grosseria de roubar o status de ilha, ao transformar Rainwater em uma cidade agarrada ao continente pelas unhas. Os olhos de Selena ficaram embaçados enquanto ela contemplava as ondas e imaginava como estariam geladas em um dia deprimente daqueles.

Roxane St. Clair rangeu os dentes e engoliu o calor que crescia no peito.

— Eu queria me despedir direito.

— Você queria conhecer Kyra — corrigiu Selena. — E dar um sermão nela.

— *Sermão?* Eu só quero fazer algumas perguntas, Selena.

— Fazer um interrogatório? Não estamos em um tribunal criminal, ela é minha amiga. — Roxane olhou para a filha de relance. As sobrancelhas levantadas indicavam outra coisa. — Amiga. Colega. *Que foi?*

— Tudo bem — disse Roxane, voltando a atenção para a rua. — Quando eu e sua mãe começamos a namorar, eu dizia a mesma coisa dela.

— Não estou namorando Kyra.

— Você foi para Nova York três vezes nas férias para se encontrar com ela.

— Não estou namorando com ela! Será que você pode largar do meu pé por cinco minutos?

— Querida, escuta... — Roxane suspirou. — Eu sei que isso de ter experiências sexuais faz parte da adolescência. Quero ter certeza de que você esteja se relacionando com alguém que a respeite, e que saiba que, mesmo vocês duas sendo meninas cis, ainda há risco de infecções sexualmente transmi...

Ela não teve tempo de terminar. Selena já tinha escancarado a porta e saído para a estrada. Bateu os pés no asfalto, dando a volta no carro até o porta-malas.

Roxane franziu a testa, retorcendo a boca daquele jeito especial das St. Clair, que passou para a filha involuntariamente.

— O que você está fazendo? Volte para o carro! Selena Rose, pelo amor de Deus...

Selena abriu o porta-malas e puxou a bagagem de lá. Depois de fechá-lo com força, andou até a janela da mãe e falou:

— Tem um retorno daqui a uns oitocentos metros. Boa viagem de volta para Boston.

— Nossa! Volte para o carro antes que seja atropelada!

Selena apertou o maxilar e se virou, puxando a mala de rodinhas. Seguiu pelo meio da estrada, entre a fileira infinita de carros esportivos e minivans. Residentes de Rainwater e famílias de Ulalume a observavam, todos igualmente boquiabertos de dentro dos carros, sussurrando o nome dela como uma maldição. Selena ajeitou os óculos escuros de coração e jogou o cabelo para trás, sorrindo para todos ao passar.

Ela levantou a mão e abanou os dedos, dando um último adeus a Roxane.

A mãe apertou a buzina com fúria, gritando pela janela aberta até o som sumir atrás de Selena, substituído apenas pelas ondas, pelo vento e pelo barulho dos saltos no asfalto.

— Não acredito.

— Pois *acredite*! — comemorou Amber Aldridge, batendo palmas.

Ela esticou as mãos para a frente, como se exibisse uma obra-prima. Recém-chegada da mansão dos pais na Carolina do Sul, a herdeira branca de cabelo castanho-acinzentado estava falando com um sotaque mais carregado do que de costume. Pelo que Selena vira no Instagram, ela tinha passado a maior parte das férias de verão bebendo *hard seltzer* com as irmãs e dando voltas no barco do pai perto de Hilton Head Island.

— Moradia particular para nós quatro, bem no campus, graças aos meus pais.

— É um... — começou Kyra.

— Um farol — concluiu Risa Kikuchi, ajeitando uma mecha de cabelo preto lustroso atrás da orelha.

Ela era a integrante mais recente do grupo de amigas; filha de uma família de classe média japonesa que tinha se inscrito em Ulalume no segundo ano. Ela fizera amizade com Selena na turma de psicologia avançada, depois de deixar Selena colar dela em troca de ser convidada para festas.

No fim das contas, Selena acabou se mostrando uma excelente aluna em psicologia avançada, e Risa era uma ótima companhia para ficar à espreita em uma festa, então o acordo durou muito menos do que a amizade que ele gerou.

— Seus pais que compraram isso? — perguntou Risa, impassível.

Ela era muito boa em parecer compreensiva enquanto secretamente julgava as pessoas.

— Foi! — disse Amber, radiante. — Não é fofo?

— Fofo seria um chalé na orla — disse Kyra, suspirando. — Vamos parecer eremitas bizarras do penhasco.

As quatro meninas levantaram a cabeça para ver melhor a nova casa, uma pequena construção retangular de pedra cinzenta, anexa ao farol Annalee, uma torre gigantesca diante dos rochedos escarpados no limite do terreno de Ulalume. As ondas quebravam na falésia à esquerda. Selena tinha dificuldade de escutar as outras meninas em meio ao ruído.

— Fala sério — choramingou Amber. — Eu achei legal. — Ela fez biquinho, apertando com mais força o cabo do guarda-chuva com estampa de melancia. — Não é, Selena?

Selena estourou a bola do chiclete de menta que estava mascando havia uma hora.

— Eu fico com o quarto de cima.

— Sério? — questionou Kyra, um pouco rápido demais para ser sutil.

Quando Risa a olhou, ela acrescentou, corada:

— Mas... vai ficar longe da gente.

— Eu valorizo a privacidade.

As outras se entreolharam antes de seguir Selena até o farol. Ela encaixou a chave na fechadura e empurrou a porta com o ombro para forçá-la a abrir.

Os últimos moradores tinham deixado o local mobiliado e decorado, uma estética típica de Cape Cod. Placas sobre gostar de praia e morar no litoral adornavam quase todas as paredes. A maioria das superfícies era revestida de conchas e pedrinhas. O ambiente inteiro cheirava a limão artificial; a família de Amber provavelmente contratara alguém para limpar o lugar antes de elas chegarem.

— Quero mostrar uma coisa. — Amber fez sinal para todas subirem.

As outras meninas se entreolharam e largaram as coisas na sala para acompanhá-la, seguindo pela escada em espiral nos fundos do cômodo. A escada levava ao torreão do farol, passando pelo quarto que seria de Selena. O ar ia ficando mais frio conforme subiam, o vento soprando pela pedra.

No alto, Amber empurrou um alçapão e as meninas a acompanharam, subindo ao topo do farol. A luz havia sido removida, deixando um espaço aberto e cercado de vidro, com vista para a península inteira. Elas admiraram a névoa no mar escuro, as árvores úmidas e as torres da Academia Ulalume se erguendo da bruma. Em um dia de céu limpo, enxergariam até o centro de Rainwater.

— Viram? — disse Amber, sorrindo. — É como olhar para nosso pequeno reino.

Selena engoliu um comentário sobre aquela frase cafona, e voltou a atenção para a vibração do celular.

Era uma mensagem de Griffin Sergold, um dos dois amigos íntimos que Selena tinha no Colégio Rainwater, a única escola pública da península. No passado, ele já havia sido mais que um amigo, mas atualmente era apenas um contatinho para fornecer bebida.

O pessoal vai se encontrar hoje no túnel, se quiser ir. Peguei seu rosé preferido.

— Não sei se vocês têm planos para hoje — disse Selena, respondendo à mensagem —, mas Griffin avisou que vai rolar uma festa no túnel.

— Ah! — animou-se Amber, dando pulinhos sem sair do lugar. — Posso usar meu vestido novo! Minha mãe comprou em Hong Kong na semana passada... A fenda é altíssima, até a coxa.

— Você quer ir de *vestido* para o túnel? — perguntou Risa, olhando para ela com a sobrancelha erguida. — Os túneis de serviço debaixo da escola. Aqueles que as alunas são proibidas de frequentar porque não são seguros. E, dependendo de quem opinar, são assombrados?

Amber deu de ombros.

— E daí?

Kyra franziu a testa.

— Griffin?

— Ah, fala sério! — Selena deu uma leve cotovelada nela. — Vai ser *legal*.

— Vai! — concordou Amber.

Ela olhou para Selena, como se quisesse sua validação. Às vezes, Selena se perguntava se era cansativo concordar com literalmente tudo o que ela dizia.

— E aí, a gente vai, né? — insistiu Amber.

— Tá — murmurou Kyra. — Mas vou tomar um pouco daquele rosé que ele sempre arranja para você.

— Justo — concordou Selena, antes de morder o lábio e erguer as sobrancelhas, olhando para Risa. — Topa? As pessoas vão se estragar, e você *adora* um estrago.

Selena tentou não rir quando Risa relaxou a boca franzida em um sorriso, considerando o convite. A amiga não era muito de beber, e Selena era boa em fingir sobriedade, então as duas encontrariam um canto escuro para se instalarem e se fazerem de superiores, vendo todos os outros passarem do ponto.

— Tá bom — respondeu, por fim. — Mas se as pessoas estiverem muito chatas eu vou embora.

— Fechado — disse Selena, batendo palmas. — Decidido, então. Se arrumem... Vamos nos divertir hoje à noite.

— Pegou todas as roupas? Meias? Calcinhas? — perguntou a tia de Finch, Hannah, antes de abaixar a voz. — *Absorventes?*

Finch franziu a testa e torceu a boca. Fazia três meses e meio que ela não menstruava.

Um dos muitos efeitos colaterais de sobreviver ao acidente que matara seus pais.

Os médicos a tinham diagnosticado com muitas coisas desde aquela noite. Anemia, para explicar por que a cor se esvaíra de sua pele, deixando-a em um tom de branco quase translúcido. Bradicardia, por causa dos batimentos cardíacos lentos. Enxaqueca, justificando as visões estranhas de ondas coloridas no ar, que faziam a cabeça dela latejar se as olhasse por muito tempo. Problemas hormonais, de tireoide, de sangue, osso e tendão. Amídala hiperativa, hipocampo sem receptores de serotonina suficientes. Até o cabelo, que tinha começado a crescer branco, era racionalizado como deficiência vitamínica ou como consequência do transtorno de estresse pós-traumático.

Às vezes, parecia que os médicos jogavam dardos na sala de descanso e a diagnosticavam com a palavra que acertassem naquele dia.

Em defesa deles, nenhum dos sintomas de Finch fazia o menor sentido.

— Peguei — mentiu. — Prometo que vou ficar bem. Pode ir.

— E se sua colega de quarto for horrível?

Nervosa, Hannah passou as mãos no cabelo castanho-escuro, que nem o da mãe de Finch, meia-irmã dela. Apesar de Finch ter outros parentes, Hannah era quem morava mais perto do novo colégio, em uma área artística de Portland, então fora quem a acolhera. Mesmo que ela tivesse apenas 26 anos, fosse atriz de teatro, e nunca tivesse cuidado de nada que fosse maior do que um cacto.

O resultado disso foi um verão interessante, apesar de deprimente. O único brilho de esperança tinha chegado em junho, com a carta dizendo que tinha sido aceita em Ulalume e oferecendo uma bolsa de estudos impressionante.

Ela finalmente teria sua oportunidade. Mesmo que não tivesse mais nada, tinha aquilo.

— Eu... eu falei com Sumera na internet — disse Finch.

Outra mentira. Ela não sabia nada sobre a nova colega de quarto além do nome: Sumera Nazir. Pensar em entrar em contato com uma desconhecida pelas redes sociais deixava Finch ansiosa demais para considerar a possibilidade.

— Ela, hum, é legal — continuou.

— Tem *certeza* de que vai ficar bem?

— Absoluta — mentiu Finch de novo. — Obrigada por pegar esse trânsito todo. Agradeço mesmo.

Finch se esticou para dar um beijo no rosto da tia antes de abrir a porta do carona do Subaru velho. Hannah estendeu a mão e tocou o braço dela, apesar de logo ficar tensa ao sentir o frio da pele. Mais um efeito colateral.

— Me liga quando se instalar, tá? — pediu a tia, mordendo o lábio. — Holly iria querer que eu ficasse de olho.

Holly iria querer. Finch fez uma careta. Ela ouvira aquele tipo de frase mil vezes nos últimos meses. A farpa dolorida escondida no nome da mãe provavelmente nunca iria embora.

— Pode deixar — prometeu. — Tchau, Hannah.

— Tchau, Finch. Boa sorte.

Finch se forçou a sorrir e saiu do carro na chuva. Ficou parada pelo tempo necessário para acenar para Hannah, até que olhou ao redor e percebeu que não fazia ideia de onde estava.

— Ah — sussurrou. No mesmo instante, a chuva pareceu cair duas vezes mais forte, grudando o cabelo de Finch na pele. — *Droga.*

Carregando a mala e a mochila, Finch correu pelo terreno encharcado, tentando seguir as placas que indicavam o caminho até Pergman Hall, seu alojamento. Embora a escola tenha oferecido uma orientação para alunas transferidas, ela e a tia ficaram presas no trânsito por tanto tempo que acabaram perdendo o horário. Era uma pena, porque tentar se localizar entre a arquitetura gótica desconhecida e as trilhas de pedra irregulares em meio a uma tempestade provavelmente seria mais fácil se Finch tivesse a mínima noção do que fazer.

As terras de Ulalume eram verdejantes, e todos os prédios eram cercados pelo bosque de pinheiros. Postes curvados iluminavam as trilhas, e gotas gordas pingavam das lâmpadas. A névoa subia da terra, brilhando na luz amarela. Aonde quer que Finch fosse, pisava em poças cada vez mais fundas. A água empapava as meias.

Quando finalmente encontrou Pergman Hall, soltou um suspiro pesado de alívio. O muro era de pedra cinza-escura, e a lateral era coberta de hera. A porta era de madeira pesada, o que Finch constatou ao precisar empurrá-la com toda a força para abrir. Ar quente escapou da abertura, e ela quase gemeu de alívio.

Através da arcada curva de madeira, Finch chegou a um corredor decorado com papel de parede escuro e uma mistura de arte antiga e cartazes escolares anunciando eventos esportivos, comida de café da manhã como jantar no refeitório e vários clubes. O olhar de Finch percorreu as paredes e seguiu até a área comum, uma sala decorada com cortinas pesadas, uma lareira e assentos antiquados de madeira e veludo. Lá dentro, alguns pais se despediam das filhas com abraços, choro e orgulho.

Finch parou na porta da sala, com uma pontada de dor reverberando no peito. Ela sempre havia imaginado como aquele dia seria: a mãe a ajudando a arrumar a cama no quarto novo, enquanto o pai se preocupava com o melhor jeito de pendurar os cartazes. O choro da mãe ao ir embora, e o pai que não conseguiria se conter, e soltaria uma ou duas lágrimas ao abraçá-la.

Ela fez uma careta. De uma só vez, as imagens a inundaram novamente: as espirais de sangue escapando dos cortes das mãos, o momento em que os olhos da mãe se apagaram no retrovisor. Depois daquilo, a memória ficava confusa, à medida que a escuridão a cercara e o frio apavorante se tornara o entorpecimento que travou seu corpo. Ela havia perdido qualquer sensação enquanto as conexões do cérebro se desligavam.

Até que um estranho choque elétrico a despertara de forma brusca. Cercara seu peito, apunhalando-a por dentro até o coração estremecer e pegar no tranco, bombeando sangue para os membros adormecidos e a impulsionando à superfície com o tipo de desespero que só aparecia quando a morte se aproximava. Ela mal conseguira se arrastar pela margem, com a lama grudenta espalhada nos braços e esmagada sob seu peso, antes de violentamente vomitar a água do rio em meio aos juncos.

Ela se lembrava de levar a mão ao peito. Embora tudo naquele momento lhe parecesse estranho, uma sensação específica e incômoda tomara o coração de Finch: um puxão, como um punho apertando e a carregando ao leste.

Em direção a Rainwater.

Finch desviou o olhar das famílias, fechou os olhos com força e sacudiu a cabeça, como se talvez assim pudesse se livrar da névoa de lembranças que sempre espreitava em momentos como aquele.

Você está bem, lembrou-se. *Está aqui. Está segura. Está bem.*

Finch respirou fundo. *Ok. Ok.*

Expirou, sentindo os ombros relaxarem. Depois de respirar fundo mais algumas vezes, abriu os olhos e desceu o corredor.

Ninguém pareceu notá-la. As outras meninas estavam ocupadas demais se abraçando, contando histórias exageradas das férias e correndo de um lado para o outro atrás dos quartos das amigas. Pareciam tão despreocupadas...

Finch inspirou fundo de novo, para se acalmar. Era parte do motivo de ela estar ali. Em breve, seria apenas mais uma daquelas meninas. Não seria uma tragédia personificada, uma lição de moral. Apenas Finch.

Depois de ler as placas douradas indicando o caminho, encontrou o quarto em outro corredor bolorento, virando à esquerda. Sentiu uma pontada de empolgação ao pensar em conhecer a colega de quarto. Com a confiança renovada, Finch empurrou a porta do 124.

Imediatamente, uma muralha de som que mal fora contida pela madeira pesada se derramou sobre Finch, causando um arrepio até a nuca. Um rap eletropop com toques de flamenco a acolheu quando ela entrou na suíte de dois quartos. Parada à porta, Finch via uma sala de estar, um banheiro e uma bancada pequena que servia de cozinha. Não era muito grande, mas parecia ainda menor devido à quantidade de gente espremida ali. Finch contou quase trinta pessoas na sala, aglomeradas em pequenos círculos, todas com copos de plástico vermelhos.

E tinha meninos ali. Finch não esperava ver *meninos*.

O coração dela martelou quando quase todos os olhos se voltaram em sua direção.

Uma menina árabe sorridente de hijab florido se levantou e acenou. Com sotaque britânico, falou:

— Finch Chamberlin?

Finch a olhou, atordoada.

— Hum... Sou eu?

A menina veio saltitando e esmagou Finch em um abraço inesperado e entusiasmado, que fez ela tensionar todos os músculos. A próxima constatação de Finch foi um pouco chocante: a garota era uns bons trinta centímetros mais alta do que ela, provavelmente passando um pouco de 1,80 metro. Quase precisava inclinar a cabeça para enxergar o rosto dela naquele ângulo.

— Estou tão feliz em conhecê-la! Desculpa por tudo isso… Espalharam por aí que eu já tinha chegado, e todo mundo apareceu. Posso mostrar seu quarto, se quiser — disse ela, oferecendo a mão adornada com vários anéis de ouro. — Aliás, sou Sumera.

Finch apertou a mão dela, tentando não pensar muito no fato de que tinham começado pelo abraço e acabado no aperto de mãos.

— Prazer. Eu… eu definitivamente gostaria de ver meu quarto, se… se não for muito incômodo — falou, olhando os copos na mão das pessoas. — O pessoal está bebendo?

Sumera deu de ombros e foi abrindo caminho entre os convidados com Finch logo atrás tentando, sem sucesso, não esbarrar em ninguém com a mala. O cheiro de álcool a fez torcer o nariz. Ela nunca tinha bebido mais do que alguns goles do copo dos pais em jantares de família, e a lembrança a mantivera longe daquilo.

Sumera disse:

— Posso pedir para pararem, se for desconfortável para você. Eu não bebo, mas minha mãe é muito amiga de nossa supervisora, então todos sabem que, se eu estiver aqui, não vão ter problema. Desculpa de novo por assustá-la com tudo isso.

— Não… Sem problemas.

Finch levantou a mala para passar por cima de uma última pessoa, um garoto emaranhado com outro, as bocas quase coladas. Ela se forçou a olhar para a frente, com vergonha de eles acharem que ela estava encarando. Acabou acertando um menino com a rodinha da mala, mas ele nem pareceu notar, apesar dos pedidos de desculpa repetidos e frenéticos.

Sumera a levou a um quarto simples, que continha apenas uma escrivaninha de madeira, um estrado com colchão e uma cômoda.

Ela esticou um braço e gesticulou com o outro.

— Aqui está! Tem certeza de que não quer que eu expulse todo mundo enquanto você se acomoda? Posso fazê-los mudarem a festa de lugar, com prazer. — Finch mordeu o lábio. Sumera acrescentou: — Também tenho certeza de que eles estariam dispostos a oferecer uma ou outra bebida para compensar o transtorno, caso você queira. Todo mundo está muito animado para conhecê-la, falamos disso a noite toda.

Finch se virou e levantou a sobrancelha.

— Estão animados para me conhecer?

Sumera assentiu, sorrindo. O sorriso dela era muito sincero, e chegava a enrugar o canto dos olhos castanho-escuros.

— Claro! É raro chegarem alunas transferidas.

Finch olhou de Sumera para a mala. Era a primeira noite em Ulalume, e as pessoas já queriam falar com ela. Obviamente era porque ainda não a conheciam, mas era a primeira oportunidade de passar algum tempo com gente que não a conhecia como Finch, Que Perdeu Os Pais, ou pela versão anterior, Finch, Que É Esquisita E Estuda Em Casa E Não Tem Amigos.

Ela mordeu a boca por um instante antes de largar a mochila e a mala no chão.

— Acho que aceito uma bebida, se não for incômodo.

Sumera concordou com a cabeça, parecendo segurar a risada.

— Claro. Vem, vou apresentar o pessoal.

— Então, você é inglesa?

A festa havia crescido ao longo da hora anterior, e as pessoas estavam se espalhando para o quarto de Sumera. A garota apresentara Finch ao que lhe parecia ser uma centena de pessoas, enquanto Finch se forçava a engolir a bebida que um dos meninos do Colégio Rainwater tinha feito para ela. Ele disse que era praticamente suco de laranja, mas Finch tinha certeza de que era composto de no mínimo 75 por cento de vodca.

— Sou de Londres, sempre morei lá — disse Sumera. — Foi o sotaque que me entregou?

Finch confirmou. Parecia um pouco mais fácil falar. Talvez fácil até demais.

— Você fala que nem minha participante preferida do *Great British Bake Off*.

Sumera quase se engasgou, tentando conter a risada.

— Que elogio.

Um dedo cutucou o ombro de Finch e, quando ela se virou, viu o menino que tinha feito a bebida. Ele se apresentara como Griffin Sergold, e tinha o rosto mais simétrico que Finch já vira.

Finch se levantou. O sorriso de Sumera murchou, e ela revirou os olhos. Griffin era branco e tinha cabelo loiro, cheio e cacheado, pelo qual passou a mão ao sorrir.

— Oi... Finch, né? Como está sua bebida?

— Horrível — soltou ela.

Sumera e algumas amigas riram, sem conseguir se conter.

Griffin também riu, um som aberto e amigável.

— Putz. Foi mal. Eu, hum, tenho um pouco de rosé, se você preferir... Vou encontrar um pessoal nos túneis, caso queira ir com a gente.

— Que túneis? — perguntou Finch, se aproximando.

Antes que ela conseguisse dar mais um passo, sentiu um puxão na perna da calça. Quando se virou, viu que Sumera e duas amigas — gêmeas idênticas, Ira e Zara, que explicaram ter acabado de chegar de Calcutá, a cidade delas — gesticulavam para Finch falar com elas um instante.

Finch se abaixou. Sumera cobriu a boca com a mão para cochichar:

— Fica aqui, confia em mim. Griffin é legal, mas é melhor deixar quieto.

Zara agitou a cabeça em uma concordância levemente frenética.

— Ele fica com Selena St. Clair desde o primeiro ano. Você não quer arranjar problema com ela.

O coração de Finch acelerou tanto que a assustou.

— Selena St. Clair? Eu a conheci em minha visita! Ela... ela é muito bonita.

— Entre outras coisas — resmungou Sumera, cruzando os braços.

— Estão falando de Selena?

As meninas ergueram o olhar, e Griffin se juntou a elas. Ele sorriu, nitidamente sem perceber o tom da conversa.

— Selena é ótima — disse ele, voltando a olhar para Finch. — Se quiser conhecê-la, talvez ela vá à festa no túnel.

— Não pressione, Griffin — alertou Sumera, se levantando.

Com sua altura, conseguia olhar Griffin bem de frente. Finch achou a coisa mais maneira que ela já vira. Sempre tinha sido meio fascinada por mulheres altas, qualquer que fosse o motivo.

Griffin franziu a testa. Antes que ele pudesse responder, Finch falou:

— Eu, hum, quero, sim, ver os túneis. Se puder.

Sumera levantou as sobrancelhas.

— Tem certeza?

— Vai ser divertido! — disse Griffin, e revirou os olhos ao ver a expressão de Sumera. — Fala sério, Sumera. Não é grande coisa. Você também está convidada, se quiser. Quer dizer, se não tiver medo dos fantasmas.

— Fantasmas? — perguntou Finch.

Sumera tensionou o maxilar.

— Existe uma lenda urbana idiota por aqui sobre uma banda local que desapareceu. Aparentemente, eles fizeram algum tipo de ritual maligno nos túneis, e desde então assombram a área e atacam alunas. Mas todo mundo sabe que isso não passa de uma historinha que as meninas mais velhas usam para apavorar as mais novas e as fazerem evitar os túneis.

— Eu soube que sequestraram uma menina do alojamento e a devoraram — contou Ira, em um tom monótono, enquanto digitava no celular.

— Eca, não, não foi isso — disse Zara, brusca. — Eu soube que sacrificaram um menino do Colégio Rainwater para o diabo lá embaixo.

— Ah, nossa! — exclamou Finch, arregalando os olhos pálidos. — Aconteceu uma coisa dessas aqui?

Com um suspiro pesado, Sumera falou:

— Não, não aconteceu…

— Posso contar a história no caminho — interrompeu Griffin.

O rosto de Finch se iluminou.

— Seria incrível.

Ira pigarreou.

— Acho que a gente precisa trocar a playlist. Vem, Sumera.

O olhar de Sumera se demorou em Finch mais um momento antes de ela finalmente balançar a cabeça e ir embora, acompanhando as gêmeas até as caixas de som.

Griffin pousou a mão quente no ombro de Finch.

— Você vai amar.

Os túneis eram tradição na Academia Ulalume.

O subterrâneo da escola abrigava uma rede de túneis de manutenção e ambientes que variavam de tamanho, indo de corredores cavernosos a espacinhos minúsculos nos quais só entravam meninas do primeiro ano. Embora as alunas tecnicamente fossem proibidas de descer até lá, esse fato não impedia grupos de jovens aventureiras, e muitas vezes seus amigos do Colégio Rainwater, de visitarem os túneis por meio de certas rotas acessíveis, que apenas algumas pessoas conheciam. Explorar os quilômetros de concreto e os segredos contidos nas passagens era um passatempo comum na madrugada.

Naquela noite, o ar debaixo da Academia Ulalume estava abafado pela combinação de calor e chuva do fim de verão. Primeiro, Selena levou as meninas ao salão sob a escola e depois a um alçapão escondido em uma sala lateral. Elas tinham descido a escada enferrujada e seguido até o lugar onde Griffin dissera a Selena que encontraria o resto das pessoas.

Ou pelo menos deveria ter encontrado. Meia hora antes.

— Para onde estamos indo? — gemeu Amber.

Ela abraçou o próprio corpo com os braços descobertos. Tinha mesmo decidido usar o vestido cintilante novo, com fenda lateral, que viera de Hong Kong, e, surpreendendo apenas a ela, a escolha não estava funcionando a seu favor.

— Aqui é muito bizarro.

— Pode calar a boca um segundo? — pediu Selena, levantando o celular até a teia de canos no teto, na esperança de encontrar sinal. — É por isso que odeio os túneis. Nunca tem sinal.

— Podemos andar até a entrada do Tunger — sugeriu Kyra.

Tunger era um alojamento do campus que tinha sido interditado recentemente. Antes de ser considerado perigoso para moradia estudantil, devido à infraestrutura decadente e à comunidade de ratos estranhamente bem-desenvolvidos, Kyra e Amber tinham morado lá juntas no primeiro ano em Ulalume. No ano seguinte, Selena passara a morar lá também e, desde então, se tornaram melhores amigas.

— Ano passado, a festa foi lá — continuou.

Selena não conhecia bem os túneis. Honestamente, odiava descer ali. Tinha ouvido tantas histórias de assombração, que não gostava de passar mais do que um breve momento por lá.

Finalmente, falou:

— Vamos tentar… por aqui?

Selena as conduziu por um corredor escuro e estreito. Poeira esvoaçava no ar, iluminada pela lâmpada fraca e inconstante do teto.

Amber torceu o nariz e espirrou.

— *Selena…*

A menina parou, levantando a mão. Mais à frente, notou uma garota de cabelo branco virando a esquina.

— Ela deve saber onde fica a festa. — Selena fez sinal para as outras. — Vem. Vamos atrás dela.

Griffin estava contando a Finch sobre as cinco jogadas esportivas preferidas dele do ano anterior quando algo a dominou.

Ela parou abruptamente. Griffin continuou a falar, andando, sem parar por tempo suficiente para ver que Finch estava paralisada, uma estátua no meio do concreto.

A sensação era a mesma que se agarrara a ela desde que acordara no rio... Finch sentiu um arrepio na nuca, um calafrio na pele. O som do coração lento dela abafou todo o resto, e a visão foi se estreitando, enquanto o sangue subia aos ouvidos. O ar parecia assobiar e estalar.

O aperto no peito piorou.

Alguma coisa se mexeu no canto da visão e ela se virou, respirando em arquejos engasgados.

O túnel estava vazio.

— Olá? — sussurrou Finch, dando um único passo no corredor. — Griffin?

Seu olhar correu de um lado para o outro, procurando sinais de vida. Griffin não estava em lugar algum. Em vez disso, uma aura estranha e ondulante pendia no ar perto da parede mais distante do túnel. Tinha o tom furta-cor de uma concha, oscilando suavemente, como uma cortina ao vento.

Finch percebeu, de sobressalto, que as ondas emolduravam um grafite na parede. O desenho fez o coração dela estremecer e a nuca se arrepiar. Era a imagem em tamanho real de um cervo, aparentemente desenhada em carvão. Ela esticou a mão, roçando a ponta dos dedos e as manchando de um preto poeirento. Levantou o queixo para admirar o tamanho do desenho, as sombras davam a impressão de que a criatura saía da parede. O animal fitava Finch com oito olhos imóveis.

Exatamente como fitara o carro dos Chamberlin antes de eles caírem no rio.

Finch piscou, com um suspiro trêmulo.

Quando abriu os olhos, a imagem havia desaparecido.

Ela recuou, tropeçando e sem fôlego. Uma pontada de dor incômoda começou a latejar, vindo da frente do crânio de Finch: o começo de outra enxaqueca. O tipo que só aparecia quando Finch via aquelas ondulações iridescentes estranhas.

Bem quando a jovem pensou que era seguro voltar, outra tremulação apareceu mais adiante. Ela avançou com passos hesitantes e descobriu que, de novo, cercava a mesma imagem do cervo de oito olhos.

Daquela vez, porém, o animal tinha o pescoço esticado, olhando diretamente para ela daquele novo lugar no corredor.

A sensação esmagadora no peito de Finch a puxou. Involuntariamente, Finch deixou que as pernas a carregassem corredor adentro. A cada poucos passos, ela piscava e o cervo desaparecia, apenas para ressurgir mais adiante. Toda vez, vinha emoldurado por aquela cortina distorcida e tremulante no ar. Calafrios tomaram sua pele.

A mente dela se desconectou do corpo, a princípio devagar. Então, um simples piscar de olhos passou a levar seis segundos e, depois, dez; era como sonambulismo. Finch não ouvia mais o baque leve dos tênis no chão. As lâmpadas do teto piscavam e as mariposas que as cercavam sumiam e apareciam de vista.

A imagem do túnel piscou diante dela. Onde antes havia concreto, as paredes se transformaram em terra e raízes deformadas, se contorcendo como se carregadas de vermes. O ar dançava com brilhos cintilantes e distorcidos.

Finch estremeceu, fechando os olhos com força ao sentir a dor no crânio ficar mais intensa de repente. Quando os abriu, o lugar havia voltado ao que era antes: concreto, canos, grafite na parede.

As lâmpadas piscaram e a mergulharam no breu.

Ela ficou paralisada, até que esticou os braços, procurando a parede. A respiração que escapava entre seus dentes ficou mais aguda, um sussurro desesperado. Os dedos em movimento tatearam as sombras em busca de algo sólido.

Esbarrou em algo macio. Finch apertou.

Pele.

A jovem gritou, recuando. Bem então, uma explosão de luz inundou o espaço a seu redor, cegando-a. Finch apertou os olhos com a palma das mãos e esfregou até enxergar manchas vermelhas.

— Margo? — perguntou um menino. — Não se assuste, tá?

— Me assustar? — respondeu uma menina. — Eu? Fala sério, Victor. Vou ter medo do quê?

Finch abaixou as mãos.

Ela estava sozinha. Piscando para recuperar o foco, encontrou-se em um ambiente arredondado, com paredes de terra e o teto revestido de raízes grossas e pálidas. Pontinhos bioluminescentes se acendiam e se apagavam dentro das raízes, jogando um brilho verde-azulado pelo lugar. O chão de terra batida estava coberto de objetos estranhos. Círculos de tamanhos diferentes tinham sido desenhados no chão e nas paredes em cinza-claro, cortados por traços. No chão, os traços formavam um pentagrama. Velas queimadas pela metade estavam derrubadas pelos cantos, e manchas marrom-escuras salpicavam cada ponta da estrela.

Encostado na parede havia um altar feito de galhadas, apesar de serem diferentes de qualquer chifre que ela já vira em cervos. Eles se bifurcavam em padrões gemelares, na forma de veias sanguíneas. Veludo solto descascava em alguns pontos, pendurado em faixas molhadas.

O altar estava inteiramente cercado pelas ondulações de aura, maiores e mais fortes do que as que Finch havia visto até então.

O coração dela acelerou. Adrenalina a percorreu. Como tinha chegado ali? Será que aquilo era uma alucinação? As vozes que estava ouvindo seriam dos fantasmas das histórias que haviam contado a ela?

Finch girou, em busca de uma porta, mas encontrou apenas um túnel inacreditavelmente escuro e longo atrás de si. Estava prestes a dar meia-volta e correr quando ouviu outra voz.

— *Socorro* — sussurrou o sopro frio em seu pescoço. — *Por favor... por favor, me ajude.*

Ela se virou abruptamente para o altar. As ondas coloridas haviam mudado: uma fenda comprida se abrira no meio delas. Lá dentro havia um abismo de tinta, como uma fossa abissal inóspita.

Exceto por uma coisa.

Finch perdeu o fôlego ao perceber uma mão que se esticava lá de dentro tentando alcançá-la.

Estava conectada a uma silhueta feminina. Pela distorção, Finch não conseguia distinguir as feições, mas via que parecia quase humana, e muito, muito desesperada.

— Por favor — repetiu a voz, engasgando-se de choro. — Me tira daqui, por favor! Você precisa me ajudar!

A voz lhe soava vagamente conhecida. Havia uma qualidade distintamente feminina, aguda de desespero. Poderia ser qualquer pessoa da vida de Finch: uma amiga, uma parente.

Fazia tanto tempo que não a ouvia, que quase imaginava ser a voz da mãe.

— Por favor — suplicou a voz.

Não posso abandoná-la aqui, pensou Finch. *Ela está em apuros.*

A jovem mergulhou a mão nas trevas. No mesmo segundo, a dor de cabeça mudou de um incômodo latejante para uma agonia penetrante que se espalhou por cada dobra do cérebro.

Ela soltou um berro, mal percebendo o que acontecia ao redor.

No mesmo instante em que a mulher apertou a mão dela, quatro pares de passos pararam logo atrás.

Alguém falou:

— Hum. Imagino que a festa não seja aqui.

Então, a sala explodiu.

Labaredas se ergueram das velas caídas em colunas flamejantes verde-azuladas. A estrela de cinzas no meio do lugar se elevou ao ar, tremendo, e Finch notou estar bem no meio. O cabelo branco flutuou ao redor do rosto, e os olhos começaram a brilhar quando a luz da mão da mulher invadiu as veias de Finch, as iluminando por baixo da pele. Finch torceu a boca em uma careta ao gritar, usando toda a força para desvencilhar a mão das sombras.

Quando finalmente conseguiu, cambaleou para trás, quase caindo no meio das meninas perdidas aglomeradas atrás dela.

Adiante, a mulher pairou a trinta centímetros do chão, de feições indistinguíveis em meio à luz ofuscante.

Uma dor ardente e perfurante percorreu o crânio de Finch, paralisando-a. Seus joelhos vacilaram e ela cambaleou, o ar à frente tremeluzindo com visões em furta-cor.

A criatura a procurou, e a visão de Finch se despedaçou em fragmentos. Ou pelo menos foi o que pareceu fazer, porque, de uma só vez, o ser pareceu estender cinco mãos, e com uma delas tocou o meio da testa de Finch.

— Obrigada por isso — disse a criatura.

Foi a última coisa que Finch viu antes de desmaiar.

três

— *Selena? O que você está fazendo aqui?*

A garota soltou um leve gemido em resposta. A cabeça dela parecia recheada de algodão. Quando voltou a si, percebeu que estava deitada no chão úmido, em posição fetal. Uma rocha afiada incomodava o quadril, e tinha lama seca grudada na pele exposta. Ao forçar-se a abrir os olhos, descobriu os dedos emaranhados nos arbustos do bosque, enquanto o sol entrava pelas folhas, salpicando o chão.

Ela se endireitou em um salto, virando a cabeça de um lado para o outro. Não só parecia que ela estava deitada no mato, ela realmente estava.

Em frente à entrada dos túneis em Pergman Hall.

De onde saíam grupos de meninas a caminho das primeiras aulas do semestre.

— Ah — disse Selena. — Merda.

A garota que havia falado, Zara, que fazia aula de dança com ela, inclinou a cabeça para o lado.

— Precisa que eu chame alguém? O que houve?

Selena passou as mãos pelo cabelo, soltando algumas folhas. Ela se levantou e limpou mato e terra dos braços nus.

— É, hum, uma prática meditativa. Se chama *earthing*. Procura no Google.

— Ah… sério? — perguntou Zara, arregalando os olhos. — Aí você… dorme no chão?

— Bom, isso só acontece quando você chega na prática mais *avançada*. É um processo de vários níveis — respondeu Selena, afastando uma samambaia e pegando a bolsa no chão para pendurá-la no ombro. — Quanto tempo a gente tem até a primeira aula?

Zara deu uma olhada no celular.

— Quinze minutos. Quer que eu enrole a srta. Stein para você?

A srta. Stein dava aula de dança e não gostava muito de atraso. Além disso, o fato de Selena não estar com muitos créditos com a professora naquele momento também não ajudava muito. Na melhor das hipóteses, seria obrigada a correr ao redor do prédio, uma volta por cada minuto de atraso. Ela nem queria pensar no que aconteceria no pior cenário.

— Com certeza… obrigada — disse Selena, olhando ao redor mais uma vez. — Não… conta para ninguém sobre isso, tá?

Zara concordou com um gesto meio frenético.

— Ah, claro! Relaxa. Não vou falar nada!

Selena franziu os lábios. Ela sabia quando estava sendo enganada.

— Legal. A gente se vê na aula.

Então apertou o passo até o farol Annalee.

O sol brilhava pelo campus de Ulalume, fazendo o cheiro de chuva evaporar da terra e deixando a grama e a folhagem no tom de esmeralda brilhante do fim de verão.

As meninas vestiam uniformes: saia xadrez em azul e verde, meias altas, blusa, gravata e paletó com o emblema de Ulalume — um corvo com flechas cruzando o pescoço em X — bordado no peito. As alunas do primeiro ano se afogavam nas roupas largas, carinhosamente escolhidas pelas funcionárias da secretaria, que sempre optavam por tamanhos maiores. Enquanto isso, as veteranas ainda usavam o uniforme do primeiro ano, com saias que chegavam ao meio da coxa e blusas justas, aparentando serem feitas sob medida.

Em seu quarto simples, Finch calçou meias pretas novas e tentou puxar a saia para deixá-la mais curta — infelizmente, mal se sustentava no quadril estreito. Ainda assim, era melhor do que a roupa esfarrapada e imunda com a qual tinha acordado.

Ela não se lembrava de como havia conseguido voltar. Tudo depois da última imagem da mulher brilhante estava, no mínimo, confuso: seu corpo parecia ter entrado em piloto automático, arrastando-se de volta a Pergman Hall. Ela acordara no chão do quarto novo, com as malas ainda feitas no canto e a capa de chuva jogada no colchão sem lençol. A dor de cabeça terrível tinha passado, substituída por uma sensação instável que a deixava tonta sempre que começava a pensar no que havia acontecido na noite anterior.

O que, exatamente, ela tinha feito?

E o que era aquela coisa que tinha puxado pela fenda?

Finch engoliu em seco, abotoando o colarinho da blusa. Teria que voltar aos túneis para investigar. Por enquanto, porém, as respostas precisavam esperar: estava na hora da aula.

Ao sair do quarto, surpreendeu-se ao notar que a sala de estar da suíte estava impecável. Um cartãozinho com o nome dela se encontrava na bancada, ao lado de uma garrafa d'água, uma tangerina, uma barrinha de cereal e dois comprimidos de analgésico. Ela abriu o cartão e leu:

Finch,
Escutei você chegar tarde e imaginei que pudesse querer tomar um café da manhã mais rápido. Se quiser almoçar comigo, com Ira e com Zara, normalmente comemos no Jardim Waite, no lado sul do campus. Deixei meu número anotado aqui. É só me mandar uma mensagem que eu envio um mapa de Ulalume e instruções de como chegar. :)

Tenha um bom primeiro dia!

Sumera

— Que fofo — sussurrou Finch.

Ela tomou o analgésico para aliviar o resquício de dor de cabeça, e guardou a comida para mais tarde. Antes de sair, conferiu o celular quase sem bateria.

Precisava chegar à aula em três minutos.

Finch chiou e saiu correndo.

Ela quase se perdeu a caminho da sala, vagando por corredores revestidos de carvalho e decorados com pinturas de antigos diretores. Os rostos compridos e finos observavam Finch, ofegante por causa do esforço, na corrida até a sala de música.

Lá dentro, a sala tinha plataformas erguidas no chão para as musicistas verem o professor enquanto tocavam. A maioria das alunas já estava sentada diante de suportes de partitura com instrumentos no colo, conversando. Finch reconheceu o professor, sr. Rizzio, do teste para entrar em Ulalume.

Apesar de aquela instituição de ensino não ser especializada em artes — no fim, era apenas um internato particular exigente —, o colégio tinha uma paixão por descobrir artistas. Finch tinha decidido estudar lá desde que vira as estatísticas da escola. Ulalume preparava tanto para as maiores universidades quanto para todos os programas artísticos de elite no país. A probabilidade de entrar em uma boa faculdade de música era muito maior estudando ali.

Finch encontrou um lugar perto do piano e se sentou, tentando recuperar o fôlego. O sinal tocou logo depois, e o sr. Rizzio começou um discurso sobre todos os ótimos projetos que havia pensado para a turma. Ele era um homem de meia-idade, com barba desgrenhada e óculos grandes, e Finch achou o estilo paizão agradável.

— Recentemente, conversei com a srta. Stein, nossa professora de dança — explicou, depois de comentar alguns dos maiores projetos do semestre —, e convidei as alunas dela para visitarem a nossa turma hoje. Vamos recebê-las com uma salva de palmas.

Finch olhou para trás e viu uma professora mais jovem, com um penteado afro volumoso e um sorriso enorme, conduzindo as alunas.

As bailarinas eram todas igualmente elegantes, com o corpo esguio e o cabelo preso em coques impecáveis. Elas se sentaram ao longo da parede, cochichando entre si apesar do olhar afiado da srta. Stein.

— Neste semestre, vamos fazer algo especial para marcar a volta às aulas — explicou o sr. Rizzio. — Como vocês sabem, Ulalume comemora o retorno do período letivo de modo não tão tradicional: em vez de um baile ou um evento esportivo, nossa comemoração dá a oportunidade de ex-alunas visitarem o campus e assistirem a uma apresentação com todas as nossas alunas mais talentosas. Este ano, decidimos formar parcerias entre bailarinas e musicistas, para criar obras colaborativas.

As alunas de música analisaram as de dança, e vice-versa. No geral, as musicistas pareciam apavoradas, agarradas aos instrumentos, enquanto as bailarinas reviravam os olhos.

Finch parou no meio da fileira, ao ver um rosto conhecido. Com o cabelo ainda úmido de banho e o rosto sem maquiagem, Selena St. Clair estava sentada ali, tensa, com o maxilar retesado. Claro, tão linda como quando Finch a vira em maio, apesar de, sem maquiagem, aparentar muito melhor a idade que tinha. Quando percebeu que Finch a olhava, fez uma breve expressão de reconhecimento, antes de torcer a cara.

Finch acenou.

Selena mostrou a língua, fez uma bola de chiclete verde e grande, e estourou com os dentes. Tudo isso sem desviar o olhar.

— Escolhemos as parcerias com base em apresentações anteriores e em quem achamos que pode funcionar bem em conjunto — explicou a srta. Stein. — Portanto, teremos alguns grupos maiores e algumas duplas. Por exemplo, Selena — falou, olhando para a aluna —, com seu talento para o balé, pensamos em juntar você com uma musicista com tendências mais clássicas…

Selena olhou de relance para Finch antes de soltar:

— Na verdade, eu adoraria trabalhar com jazz, se possível. Gostaria de expandir meus horizontes.

A srta. Stein levantou as sobrancelhas bem-feitas, e deu de ombros.

— Entendo. Bom, Greg, você comentou que uma das alunas novas é adepta do piano de jazz, certo?

O sr. Rizzio apontou para Finch, confirmando.

— Finch fez um improviso de jazz espetacular no teste.

Ela queria vomitar.

A srta. Stein acenou com a cabeça, aprovando.

— Perfeito, então Finch e Selena trabalharão juntas. Agora, vamos organizar as outras alunas. Quando formarem seus pares e grupos, se reúnam para discutir as ideias.

O coração de Finch ficou frenético, suor pingava pela testa e pela nuca. Com a cabeça a mil, rememorou o infeliz primeiro encontro com Selena, que a aprisionava em uma névoa de ansiedade, enquanto os outros grupos se organizavam. Selena estava rangendo os dentes do outro lado da sala.

Finalmente, a garota se levantou e acabou com a distância entre as duas. No segundo em que ela se aproximou, Finch falou:

— Bom, hum, legal ver você de novo. Foi um prazer conhecê-la em maio...

Selena estendeu a mão.

— Me dá seu celular.

— O quê?

— O *celular* — insistiu Selena, estreitando os olhos. — Para eu salvar meu número. Já que, apesar da encantadora composição clássica que tocou no começo do teste, aparentemente você é uma pianista de jazz *espetacular*.

Finch mordeu o lábio.

— Ah. Hum. É que... eu prefiro jazz. É mais divertido.

— Claro. Porque você, Chatonilda Chamberlin, tem mesmo cara de quem curte relaxar e se *divertir*.

— Você está... brava comigo?

Selena franziu a testa e torceu a boca, a voz derramando veneno.

— Ah, você esqueceu que me dedurou em maio? Acho que não deve ter parecido tão grave, já que você não estava presente quando a diretora, a sra. Waite, gritou até meus ouvidos doerem sobre a imagem de Ulalume e sobre eu ter maculado a reputação impecável da instituição diante de uma possível aluna. Graças a você, fui colocada em período probatório na companhia de dança até o fim do ano passado, e provavelmente estraguei a chance de entrar na faculdade dos meus sonhos.

— Eu... eu... eu — gaguejou Finch, as mãos encharcadas de suor. — Mil desculpas... Eu não queria mesmo causar confusão...

— Por favor, cala a boca — disse Selena, esticando a mão de novo. — E me dá logo o celular para a gente...

Conforme Selena mexia a boca, porém, o som de sua voz foi diminuindo. O ar ao redor dela pareceu estremecer de leve, como se emanasse faixas de um brilho sutil. Finch gaguejou enquanto tentava conectar as palavras, mas percebeu, naquele momento, que não era só Selena que ficara em silêncio.

Era tudo.

Vão voltar para mim, ecoou uma voz distante na cabeça dela. *Não vou ficar muito mais tempo sozinha. E a fome... a fome finalmente vai acabar.*

Antes que Finch conseguisse processar o que estava escutando, entretanto, o som voltou de uma vez. Ela fez uma careta e fechou os olhos por um momento.

Quando os abriu, Selena a encarava como se Finch tivesse cuspido na comida dela.

— Hum, oi? — insistiu Selena. — Vai me dar o celular ou só ficar aí olhando para a minha cara por mais algumas horas?

— Des... desculpa. Pensei ter ouvido... — disse Finch, e balançou a cabeça. — Deixa para lá. Não foi nada.

Finch se atrapalhou para tirar o celular do bolso da saia e quase o derrubou quando foi entregá-lo para Selena.

— Legal. Valeu — agradeceu a menina, seca.

Enquanto Selena digitava, Finch olhou para as próprias mãos, tentando controlar a respiração. Primeiro aconteceu sabe-se lá o que nos túneis, e agora estava ouvindo coisas? Não era bom sinal.

Selena devolveu o celular.

— Bom, eu adoraria prolongar esse pesadelo, mas estou me sentindo um lixo, então vou voltar para o quarto. Se a srta. Stein perguntar por mim, pode dizer que voltei a sentir dor por causa da endometriose. Encontra uma música minimamente razoável pra gente, e me manda mensagem depois pra acabar com isso de uma vez.

Aquilo foi o suficiente para arrancar Finch dos pensamentos.

— Ah. Claro. Está tudo be...?

— Até parece que você se importa — interrompeu Selena, pegando a bolsa e fazendo uma careta ao massagear a têmpora. — A gente se fala depois, Chatonilda.

E, assim, ela deixou Finch sentada lá, sozinha.

Depois do desagradável reencontro com Finch Chamberlin, Selena voltou para o farol Annalee e lá foi recebida por uma cena desastrosa na sala. Amber estava sentada no sofá, chorando com as mãos no rosto, os braços imundos de terra escura. Risa andava em círculos, com a expressão séria. O cabelo preto, normalmente sedoso, estava embaraçado de um lado, embolado em folhas.

— Ah, cacete — disse Selena, com os ombros murchando. — Vocês também?

Amber ergueu o rosto, o rastro das lágrimas marcando o rosto sujo.

— O que *aconteceu* com a gente ontem? — perguntou, a voz se erguendo em um grito esganiçado. — Por que eu acordei na *floresta*?

— Talvez algo tenha perturbado nosso ciclo de sono e causado sonambulismo em todas nós — teorizou Risa, apertando o passo; se continuasse assim, abriria um buraco no assoalho. — Ou fomos drogadas. Alguma coisa na água...

— Risa.

Selena entrou no caminho de Risa, que parou e a encarou. Selena tocou o braço da amiga.

— Não acho que fomos drogadas — continuou. — Nem que estávamos sonâmbulas ao mesmo tempo.

— Ah, é? Então qual é a explicação? — questionou Risa, puxando um galho do cabelo e franzindo a testa. — Eu devo ter perdido alguma coisa. Não faz sentido todas termos tido a mesma... alucinação.

— Falando em todas — falou Selena —, vocês viram Kyra? Ela foi à aula?

Risa sacudiu a cabeça. Começou a cutucar as cutículas, com a expressão distante.

— Não. Ela nem saiu do quarto.

Selena suspirou.

— Cacete. Tá.

— O que vamos *fazer*? — choramingou Amber. — E se aquela mulher que a gente viu estiver em apuros? Ou... e se ela for um fantasma?! Como naquelas histórias que nos contavam no primeiro ano sobre a banda que arrancava o coração de meninas lá embaixo...

— Para de ser ridícula, Amber — disse Risa.

— Não estou sendo ridícula! — retrucou Amber, sacudindo a cabeça e fazendo beicinho. — Pode ser qualquer coisa. Porque a gente viu... a gente viu...

— Nós não sabemos o que vimos — interrompeu Selena, pigarreando, e tanto Risa quanto Amber a olharam como se ela fosse um general que as conduziria para fora de uma zona de guerra. — Mas vamos descobrir.

— O que você sugere? — perguntou Risa, estreitando os olhos escuros. — Voltar aos túneis?

— Não... Olha, eu sei com quem falar. — Selena pegou o celular para mandar uma mensagem. — Só confiem em mim, tá? — acrescentou, então parou para olhá-las. — Mas, por enquanto, se concentrem em tomar banho e ir às aulas.

Risa assentiu.

— Certo. Precisamos ficar calmas.

Amber fungou, secando as lágrimas com a manga do uniforme.

— E Kyra?

— Vou falar com ela. — Selena suspirou e endireitou os ombros. — Olha, temos meia hora até o segundo tempo, e podemos aparecer normalmente. Quando acabarem as aulas, vou descobrir o que vimos lá embaixo.

Risa e Amber se entreolharam. Por fim, Amber respondeu:

— Tá bom.

E, enquanto as outras meninas se levantavam e iam se recompor, Selena digitou.

HOJE, 09:02

preciso que você venha ao campus imediatamente

aconteceu uma parada

Simon

Tá

Chego 4

Talvez para se distrair você possa ir para as aulas desse internato chique pelo qual suas mães pagam uma nota

você é um pesadelo

sorte sua que eu te amo

Simon

Peraí, você é capaz de amar?? Como assim

vai se foder

Simon

— Você fez dupla com Selena? — perguntou Sumera, assobiando entre os dentes. — Ai. Que azar.

Finch suspirou. Ela e Sumera estavam na aula de cálculo, a disciplina que era seu amor secreto, no último horário, o que facilitava para voltarem juntas ao alojamento no fim do dia. As duas caminhavam lado a lado, uma imagem meio cômica, visto a diferença de altura.

O calor e a umidade do verão grudavam nelas enquanto desciam o caminho de paralelepípedos. Tendo acabado as aulas, as outras meninas tiravam o paletó e davam um nó na camisa para encurtá-la. Uma quantidade surpreendente andava descalça pela grama, levando os sapatos e as meias na mão. Finch ouviu algumas delas cochicharem sobre um tal de *earthing*, mas preferiu não perguntar.

Sumera continuou:

— Talvez você possa pedir uma nova dupla. Zara disse que a srta. Stein é bem compreensiva.

Finch deu de ombros.

— Sei lá. Talvez, se eu me esforçar nessa colaboração, eu convença Selena de que não era minha intenção prejudicá-la.

Sumera franziu a testa e secou o suor do rosto.

— Essa é uma causa perdida.

— Você parece, hum, meio… hum…

— Amargurada? Um pouquinho só. — Sumera deu de ombros. — Foi mal… Fica parecendo que sou uma ex rejeitada. Não é isso. É que eu e Selena temos certa… história. E, às vezes, me irrito com o jeito dela de tratar as pessoas. Ela não era assim antes.

— Antes? — perguntou Finch.

Porém, Sumera tinha parado de andar de repente. Alguma coisa ao longe havia chamado sua atenção. O rosto dela se iluminou e ela botou as mãos ao redor da boca para projetar ainda mais a voz ao gritar:

— Simon! Ei, Simon!

Um menino à frente protegeu os olhos do sol e acenou. Sumera fez sinal para Finch acompanhá-la, e elas o encontraram na beirada de uma trilha bifurcada, que de um lado levava a Pergman e, do outro, às falésias na orla, na extremidade do campus. Quando se aproximaram o suficiente, o menino falou:

— Sumera! Oi.

— Simon — Sumera abriu o maior sorriso que Finch vira desde que a conhecera —, que bom encontrar você... Essa aqui é Finch, minha nova colega de quarto.

— Oi — disse a jovem, acenando. — Eu... eu sou Finch. Prazer, Simon.

Ele sorriu. Simon era negro, com cabelo raspado e oxigenado, óculos de arame redondos e sobrancelhas grossas. Finch não conseguia se imaginar assumindo aquele estilo, mas nele ficava bem. A única coisa que ela não entendia era a camiseta, de um tom roxo-escuro, com a frase HAIL AND WELL MET, MY DUDE no peito.

— Prazer, Finch. Sumera surtou ontem depois que você saiu... que bom que apareceu.

Sumera corou, e não foi nada sutil.

— Bom... É que ela foi sumir com Griffin, ainda por cima. Ele é muito simpático e tal, mas também...

— É meio galinha? — concluiu Simon.

Sumera riu um pouco.

— É. Isso.

Simon apontou para Sumera com o polegar.

— Não sei se você já notou, mas basicamente arranjou uma mãe. Essa aqui é preocupada. Você vai precisar começar a mandar mensagens de texto dando notícias se quiser ficar fora depois das dez.

— Não é pra tanto — protestou Sumera.

— É pra tanto, sim — argumentou Simon, bem-humorado.

Ele se virou para Finch e hesitou, reparando no fichário branco que ela carregava no colo. Ela tinha passado a maior parte das aulas rabiscando para tentar se distrair, então o fichário tinha virado uma bagunça de formas geométricas e animais.

— Gostei dos desenhos. — Simon apontou para um que estava no canto superior. — Esse cervo... tem oito olhos?

— Ah! Tem.

Finch quase havia esquecido que tinha feito aquilo. Depois da noite anterior, ela não conseguia tirar aquela imagem, ou aquela estranha criatura, da cabeça. Tinha passado a maior parte das aulas, durante as discussões de planos para o semestre, rabiscando-os no material.

— Você entende de criptozoologia? — perguntou Simon. — Porque tem um ser que já foi visto por Rainwater várias vezes e é igualzinho a esse aí.

Ao ver Finch ficar tensa com a pergunta, Sumera rapidamente explicou:

— Simon é uma espécie de… documentarista. Ele faz vídeos sobre fenômenos inexplicáveis e lendas urbanas. Mas é só por diversão.

Simon arqueou as sobrancelhas.

— Nada disso… Eu não passei oito horas das férias na região de Berkshires tentando encontrar um Pé-grande só por diversão.

— Outras pessoas já viram esse negócio? — interrompeu Finch, apontando o cervo. Tanto Sumera quanto Simon pararam de sorrir. Finch engoliu em seco e continuou: — Eu… eu o vi em maio. O que é?

Simon foi tomado pela animação.

— Você o *viu*? Tipo, pessoalmente? Espera aí… me dá seu número? Preciso te entrevistar.

Sumera botou as mãos na cintura.

— Simon, você não pode simplesmente forçar alguém…

— Não, não… tudo bem. Eu também quero saber mais sobre isso — interrompeu Finch, pegando a mochila para tirar o celular e entregar a Simon. — Toma.

— Que incrível! — Ele rapidamente se mandou uma mensagem do celular de Finch. — Nossa, se eu não estivesse indo encontrar Selena, a gente conversaria agora mesmo.

Sumera franziu a testa.

— Você está indo encontrar Selena?

— Que foi? Ela me convidou.

Sumera abriu a boca, aparentemente pronta para oferecer um comentário ácido, mas a fechou no último segundo. Ajeitou a mochila no ombro e falou:

— Então a gente conversa depois.

— Com certeza — respondeu Simon, e sorriu para Finch. — Foi um prazer! Mando mensagem, tá?

— Claro. — Finch acenou. — Prazer, Simon.

Quando Simon finalmente avisou que tinha chegado, Selena estava na frente do espelho do quarto examinando os joelhos ralados e tentando se lembrar de como tinha conseguido aqueles machucados. Enterrada no fundo da memória, havia uma lembrança nebulosa e disforme de se arrastar meio inconsciente pelos túneis, e poderia jurar que tinha tropeçado antes de sair para a noite.

Ela puxou as meias para esconder os hematomas e as casquinhas. Desceu correndo a escada em espiral e encontrou o amigo na porta.

Simon sorriu para ela.

— Curti o clima de farol assombrado. Quando você falou que os pais da Amber tinham comprado, imaginei alguma coisa mais… pretensiosa.

Selena suspirou, deu um passo para o lado e esticou o braço.

— Infelizmente, não. Entra.

Simon entrou, tirando os tênis Jordan roxos na porta. Olhou pelas paredes, admirando o revestimento de madeira branca e a decoração de casa de praia com uma expressão um pouco satisfeita demais. Apontou para a televisão de tela plana na sala e falou:

— E aí, é aqui que vai jogar os mesmos jogos de simulação de romance pela milésima vez, ou você só os joga no quarto?

— Cala a boca — disse Selena, fazendo sinal para ele acompanhá-la. — Minhas amigas não precisam saber disso.

— Sabe, se você continuar a me convidar para cá, elas vão acabar descobrindo que você é tão ruim quanto eu.

Selena se virou, com um dedo em riste.

— Você é um perigo.

— Só pelo lado do pai. Do lado da mãe, sou meio sem-vergonha e meio malandro.

— Meu Deus, Simon.

Ele riu, satisfeito, e a acompanhou até o quarto. As paredes lá dentro estavam vazias, porque ela ainda não tinha desarrumado a maior parte das malas. A parede do fundo era da mesma ardósia do muro externo, com uma janela que dava vista para o mar revolto e as falésias escarpadas.

— Bela vista — começou Simon. — E aí, o que você queria...

— Acho que vi um monstro ontem nos túneis.

Simon se virou de repente.

— Espera aí. Como é que é?

— Sem drama. — Selena abaixou um pouco uma meia, revelando o joelho ralado. — Esse machucado é de quando fui embora ontem, e mal me lembro do que aconteceu. Eu vi... bom, honestamente, nem sei bem o que vi.

Simon piscou algumas vezes, parecendo perceber o peso do que Selena dissera, e abriu um largo sorriso.

— Este é, sem dúvida, o melhor dia da minha vida — disse ele, esticando as mãos como se fosse pegar o rosto da amiga e dar um beijo nela. — Me conta tudo.

Selena contou o que lembrava. Explicou que tinham seguido a silhueta e atravessado os túneis por uma parte estranha, de terra. E depois... a escuridão, a menina enfiando a mão em algo que Selena não conseguia enxergar e puxando para fora a figura estranha e humanoide. Até o momento em que perdeu a consciência e acordou na porta de Pergman.

Assim que acabou o relato, relaxou os ombros.

— Então. Sei que parece impossível, mas...

Simon balançou a cabeça.

— Não, acho que tenho uma ideia do que procurar. Me dá uns dias para pesquisar, tá? Vá lá em casa no fim de semana, e vamos resolver isso.

— Você não acha que eu estou louca?

— Você sabe com quem está falando? Claro que não.

Selena conteve um sorriso e hesitou por um momento antes de avançar e envolvê-lo em um abraço apertado. Ela encostou o rosto no ombro dele, esperando que a pressão segurasse as lágrimas que ameaçavam escorrer de seus olhos.

— Você é o melhor, Sy — sussurrou, o rosto grudado à camiseta dele.

Ele deu um tapinha nas costas dela.

— Eu sei. Só... me avise se mais alguma esquisitice acontecer enquanto isso, tá?

Ele se soltou, fazendo biquinho.

— *Principalmente* se esbarrar em alguma outra mulher cintilante aleatória — acrescentou. — Tira fotos. Seria ótimo para meu Instagram.

Selena o fitou por um momento.

— É brincadeira. Mais ou menos — disse ele, e esticou o braço. — Mas vamos resolver isso juntos. Combinado?

Ela apertou a mão dele.

— Combinado.

quatro

À noite, depois de tomar um chá com Sumera e conversar sobre as cidades natais de cada uma, Finch vestiu seu pijama mais confortável e se instalou na nova cama. O colchão era extremamente duro, e ela tinha plena consciência de cada ponto que pressionava um osso. Teria que comprar um *pillow top*.

Podia se permitir tais luxos. Os pais haviam lhe deixado um bom dinheiro por causa do seguro de vida, o suficiente para Finch se sustentar durante o tempo que passaria em Ulalume e por quase todos os anos de faculdade, senão todos, dependendo da bolsa de estudos que conseguisse. Estranhamente, Finch se sentia culpada, como se tirasse vantagem da morte dos pais.

Era claro que ela passara uma quantidade bastante significativa das férias conversando com vários terapeutas sobre o sentimento de culpa. Todos a lembravam da mesma coisa: o que tinha acontecido não era responsabilidade dela.

Seu cérebro, evidentemente, recusava-se a acreditar nisso.

Ela se virou, soltando um suspiro pesado e olhando a janela do outro lado do quarto. O cômodo ficava bem no fim do Pergman Hall, com vista para o bosque denso que cercava o colégio. Pinheiros altos erguiam-se acima do alojamento, como sentinelas nas sombras nebulosas.

Apesar de estar morta de cansaço, Finch já sabia que seria mais uma noite ruim de insônia. Esse era outro assunto que os terapeutas adoravam perguntar: *Você tem dormido o suficiente? Passou vários dias seguidos sem dormir?* A resposta à segunda pergunta era um sim definitivo, mas ela não gostava de confessar isso. Quanto menos dormia, mais intensa ficava a ansiedade inerente que sentia a cada interação social. E, infelizmente, ela tinha vários momentos constrangedores para repassar naquele dia, especialmente a conversa com Selena St. Clair.

Finch realmente não teve a intenção de prejudicar Selena no dia em que se conheceram. Podia ser meio ingênua, claro, mas não era o tipo de pessoa que dedurava todo mundo para conquistar os professores, ou qualquer que fosse o motivo imaginado pela menina para explicar a gafe. Ela jamais colocaria o futuro de alguém em risco de propósito.

Mesmo assim, era o que tinha feito.

Inquieta, Finch se levantou, atravessou o quarto e apoiou as mãos no batente da janela, fitando a escuridão. A tinta descascada arranhou suas mãos, deixando para trás o pó de resíduo.

Lá fora, a lua cheia iluminava as árvores em prateado. Ao longe, a luz dos postes curvados ao longo das trilhas de paralelepípedos que seguiam entre os prédios queimava a bruma. Ninguém estava lá fora àquela hora: no jantar, Sumera explicara que ser pega do lado de fora depois das dez da noite sem permissão era um ótimo jeito de ficar de castigo ou perder o privilégio de sair do campus.

Entre Selena, a silhueta estranha dos túneis e o cervo de oito olhos, tudo que Finch queria era aquietar a cabeça.

Pelo menos um desses, pensou, *eu sei onde procurar.*

Finch abriu a janela, passou as pernas para fora e deslizou para a terra macia lá embaixo.

Encontrar a estranha sala subterrânea foi mais fácil do que Finch imaginava. Felizmente, ela ainda estava sendo guiada por aquela atração esquisita que indicava onde virar, por baixo de quais canos passar, por quais cantos apertados se esgueirar, as costas grudadas à parede.

Ela chegou de novo ao corredor de terra e sentiu o coração acelerar. Como na noite anterior, as raízes bioluminescentes iluminavam a passagem com um brilho azul sinistro, e cortinas de distorção ondulavam na maior parte do ambiente.

Como pode ser real?

A cabeça dela começou a latejar. Ela cerrou os dentes e massageou as têmporas antes de prosseguir.

— Olá? — chamou, com a voz tão baixa que mal podia ser ouvida. — Tem alguém aí?

No lugar de uma resposta, o aperto em seu peito tremulou.

Finch foi se aproximando do local, olhando para trás de vez em quando. Todos os sentidos estavam em alerta total. Ela quase tinha se convencido de que talvez a sala da noite anterior não existisse de verdade e de que tudo não havia passado de um pesadelo estranho. Porém, quando chegou ao fim do corredor, provou-se rapidamente que estava enganada.

Definitivamente era real. Mas estava vazia.

Finch entrou a passos hesitantes. As velas ainda estavam espalhadas pelo chão, e os traços de cinzas eram tão marcantes quanto antes. O altar estava recostado na parede, com galhadas imensas e vastas, parecendo mãos abertas esperando que alguém depositasse um objeto nelas.

A boca de Finch estava seca, então ela levou um momento para dizer:

— O... Olá?

De repente, uma das ondulações do ar brilhou com força. Finch recuou em um salto. Em um piscar de olhos, uma silhueta surgiu diante dela, pairando acima do chão.

— É você — disse a sombra, inclinando a cabeça de leve para o lado. — Você voltou.

Finch prendeu o fôlego enquanto tentava entender o que via. Pelo som da voz, sabia que era o mesmo ser que ela havia puxado das sombras. Porém, como na noite anterior, a imagem parecia impossível.

Ela não era humana; pelo menos, não completamente. Apesar de ter o formato geral de uma mulher jovem, faltava ao corpo os detalhes de um ser vivo, dando-lhe quase a aparência de uma boneca envolta em uma mortalha preta. A pele dela era branca como a neve, assim como o cabelo, que descia até o quadril. Cicatrizes estranhas cortavam toda a pele exposta em um padrão cruzado. Ao analisar aquele rosto, Finch foi confrontada por olhos inteiramente pretos, cercados por longos cílios brancos.

No momento em que Finch fitou aqueles olhos, sentiu os pensamentos cambalearem. A visão foi se fechando, e uma sensação estranha a tomou, como se a consciência perdesse domínio do corpo.

Ela finalmente desviou o olhar, arfando e se apoiando na parede.

— Não sabia se você voltaria — acrescentou a criatura, que tinha a língua preta, quase invisível atrás dos dentes perolados. — Você parece sobrecarregada.

— É uma boa palavra — respondeu Finch, sacudindo a cabeça, incrédula. — O que exatamente você é?

A criatura levantou as sobrancelhas pálidas.

— É... uma boa pergunta — falou, levantando a mão para colocar uma mecha de cabelo atrás da orelha. — Para ser sincera, não me lembro muito bem. Mas pode me chamar de Nerosi.

— Nerosi — repetiu Finch, que nunca ouvira um nome daqueles. — Como assim, não se lembra?

— Deve ser estranho, né? — refletiu Nerosi.

Ela avançou na direção de Finch, seguindo uma das linhas desenhadas no chão como se caminhasse em uma corda bamba. Era incrivelmente graciosa, com passos leves dignos de uma criatura de conto de fadas.

— Só me lembro das trevas. De ficar presa naquele vazio por muito, muito tempo. E então... — continuou, olhando para Finch. — Você.

— Por que eu? — Finch suspirou, levando a mão ao peito. — Por que pareceu que alguma coisa estava me atraindo para cá? Foi você?

Nerosi mordeu o lábio.

— Não faço ideia. Parece mesmo que há uma conexão entre nós, não é? Talvez seja porque você me libertou — falou, franzindo a testa. — Ou… me tirou das sombras, pelo menos. Presa, ainda estou.

— Aqui? — perguntou Finch.

Nerosi confirmou com a cabeça. Apontou os riscos no chão.

— Não sei explicar muito bem, mas parece que não estou inteiramente aqui. Que essa parte de mim — falou, apontando o corpo — é apenas um fragmento. E não sei onde está o resto.

Finch levantou as sobrancelhas.

— Falando assim parece que você é um fantasma.

Nerosi piscou.

— Um… fantasma?

Finch fez que sim com a cabeça.

— Bom, não tenho certeza. Mas ontem várias meninas me disseram que esses túneis são assombrados. Se você não se lembra do passado, nem de como chegou aqui, talvez… talvez as histórias sejam verdadeiras.

— Um fantasma — repetiu Nerosi, olhando para as próprias mãos, cujas cicatrizes, de perto, pareciam recentes, mal fechadas o suficiente para parar de sangrar. — Talvez seja isso… — falou, deixando a frase no ar. — Isso me lembra. Nem perguntei seu nome.

— Tudo bem… Me chamo Finch. — Ela estendeu a mão. — Prazer, Nerosi.

Nerosi foi cumprimentá-la, mas a mão atravessou a de Finch. A sensação imediatamente congelou a jovem até os ossos.

— Ah! — exclamou Nerosi. — Mil desculpas.

Finch olhou a própria mão aberta. Ao lado da mulher, sua pele com cor de giz quase parecia normal.

— Bom. Isso fortalece a teoria do fantasma.

Nerosi sorriu, tímida.

— Suponho que sim. Então você é médium?

Finch achava que não. Certamente nunca tinha conseguido falar com fantasmas antes.

Mas... as coisas tinham mudado desde maio. Algo roubara a cor de suas feições, os batimentos fortes de seu coração e o calor de sua pele. Será que também lhe dera a capacidade de falar com os mortos? Era aquilo que as ondas iridescentes e estranhas indicavam? Seriam sinais de fantasmas?

— Finch? — chamou Nerosi. — Tudo bem?

Ela assentiu.

— Eu estava apenas... pensando. Se eu for médium, não sou das melhores — falou, tossindo com uma gargalhada fraca. — Você é a única fantasma com a qual já falei. Isso se for mesmo uma. Além de você, vejo só... essas ondas estranhas no ar. E olhar muito para isso me deixa tonta.

Nerosi apontou para uma das ondas.

— Essas aqui?

Finch confirmou.

— Isso. Você também as vê?

— Vejo.

Nerosi esticou a mão, como se fosse tocar Finch de novo, mas hesitou, lembrando o que ocorrera da outra vez. Ela abriu a boca para falar mais alguma coisa, mas sua expressão foi tomada por uma sombra.

— Nerosi?

— Preciso ir — soprou a silhueta. — Não... não consigo manter essa forma por muito tempo. Estou muito fra...

Ela não concluiu a frase, a imagem flutuando no centro da sala começou a piscar. Mexeu a boca, mas nenhum som saiu.

— Droga. — Finch suspirou. — Eu... eu vou procurar respostas, tá? — acrescentou, rápido. — Volto assim que souber de alguma coisa.

Nerosi tentou falar, mas Finch não chegou a ouvir o que a criatura tinha a dizer.

Com a mesma rapidez com que aparecera, Nerosi sumiu.

cinco

Nos dias seguintes, uma calmaria instável pareceu tomar Ulalume. Apesar das noites de Selena serem assombradas por pesadelos de figuras reluzentes nos túneis, os momentos em que estava acordada eram relativamente normais. Ia às aulas, passava tempo com as amigas e via o mar rugir da janela do quarto no farol. Era quase fácil fingir que a noite nos túneis não tinha acontecido.

Exceto quando Simon mandava mensagem, claro. Ele tinha um monte de teorias, indo de alienígenas e fantasmas a conspirações do governo, conforme aprofundava a pesquisa. Perguntava sobre os pesadelos de Selena e queria saber se ela tinha desenvolvido alguma habilidade sobrenatural. Ela lhe lembrava que isso era ridículo, e ele rapidamente retrucava que a existência de um *ser* estranho nos túneis embaixo de Ulalume era igualmente absurdo.

Na manhã de sábado, Selena pendurou a bolsa no ombro e seguiu para a estrada que levava a Rainwater. O céu estava nublado, mas a umidade era tanta que Selena logo se arrependeu de ter vestido um gorro e uma camisa de flanela larga por cima do cropped preto.

— Aonde vai, St. Clair?

Selena se sobressaltou ao som da voz de Kyra. A ruiva surgiu de trás do farol. Considerando a legging da Lululemon e o top de ginástica, ela devia estar voltando de uma corrida. Kyra esticou a mão e tentou ajeitar o frizz dos fios curtos perto da testa. Ainda estava lidando com o resultado de uma tentativa malsucedida de platinar o cabelo no semestre anterior que acabou estragando-o e o deixou em um tom infeliz de laranja-cenoura. O tom escuro de ruivo do momento custara uma quantidade considerável do dinheiro dos pais dela, um procedimento que não tinha conseguido salvar os fios enfraquecidos.

— Vou sair — respondeu Selena. — Volto mais tarde.

— Aaaah, que misteriosa — implicou Kyra, indo até Selena e tocando o braço dela de leve. — Gostei da roupa. Bem energia bissexual.

Selena se irritou. A trilha que conectava Ulalume a Rainwater ficava bem em frente ao farol, o que significava que, em um dia como aquele, estava cheia de alunas de Ulalume e de moradores da cidade que gostavam de passear com seus cachorros pelo campus. A maioria nem as notava, mas Selena sentia os olhares.

Sem pensar, Selena retrucou:

— Pois é. Acho que todo mundo já sabe disso, não é mesmo?

Kyra franziu a testa.

— Ei, espera. Foi mal, quer dizer que você ainda está chateada com *isso*? Achei que tínhamos combinado de deixar pra lá.

Selena torceu a boca. Tecnicamente, ela deveria ter superado o *ocorrido*. Ela e Kyra tinham chorado bastante por causa daquilo enquanto bebiam uma garrafa de champanhe no apartamento dos Astor no Upper East Side durante as férias. Elas tinham feito as pazes com beijos e um pouco mais, na onda da bebida. Selena acordara no dia seguinte na cama de Kyra, perguntando-se se o vazio no peito vinha da ausência da raiva que morava ali havia tanto tempo ou se simplesmente tinha se transformado em outra coisa.

— Certo. É... Acho que voltar para cá acaba me fazendo pensar no passado — reconheceu Selena, abanando a mão para afastar a ideia. — Desculpa por trazer isso à tona.

Ela deu um passo para se afastar, mas a amiga a pegou pelo braço. Quando Selena se virou para perguntar o que ela queria, Kyra ficou na ponta dos pés e a beijou.

Selena corou.

Kyra riu, apontando a cara dela.

— Nunca me canso disso. Até mais, St. Clair.

Ela se virou e entrou em casa, ainda sorrindo com malícia.

Selena fechou a cara, resmungando *babaca* baixinho. Ela ajeitou a bolsa, sacudiu a cabeça e se virou em direção à cidade.

A trilha de paralelepípedos acabava ao chegar na estrada Rainwater, a via principal. Não tinha calçada, então Selena foi caminhando pela beira do asfalto, esmagando pinhas e galhos secos com as botas. A terra cheirava a petricor desde a última chuva, que cessara de manhã cedo.

A casa de Simon surgiu assim que ela virou na curva. Ficava exatamente no meio do caminho entre a Academia Ulalume e o centro de Rainwater. Ele e a mãe viviam em uma casinha com jardineiras coloridas nas janelas e revestimento típico de ripas cinza, que igualava Rainwater a outras cidades costeiras da região de New England, desbotado e descascando depois de anos na chuva.

Ela abriu a porta destrancada e largou a bolsa no sofá antes de seguir para o quarto de Simon, mas parou de repente ao ouvir vozes lá dentro. Com cuidado, empurrou a porta e notou que ele não estava sozinho: Finch Chamberlin estava largada na cama.

— Olá.

Selena olhou de Finch para Simon. Enquanto ela estava na cama, Simon estava sentado na cadeira de escritório diante da parte do quarto que usava para gravar vídeos. Vários microfones e câmeras cobriam e cercavam a mesa, alguns usados também como varal para roupas. Simon era cronicamente desorganizado.

— Oi! — cumprimentou ele, se levantando com um sorriso. — Esqueci de falar... convidei minha nova amiga, Finch. Pensei que, já que as duas estão interessadas nos fenômenos inexplicáveis em Rainwater, valia a pena a gente se encontrar.

Selena estreitou os olhos para ela.

— Ah, é?

— É... Finch também viu umas paradas esquisitas!

Simon parou de falar ao notar a expressão das duas. Finch parecia um bichinho paralisado diante do farol de um caminhão, enquanto Selena parecia, bem, a personificação do tal caminhão.

— Eu... — retomou ele. — Bem, imagino que vocês já se conheçam, certo?

— Você ainda não me mandou nenhuma música — disse Selena, encarando Finch.

Finch desviou o olhar rapidamente.

— Ah. Eu... eu ando muito ocupada.

— Claro. Descolorir o cabelo deve mesmo dar um trabalhão... Esse tom de branco, hum, causa uma impressão e tanto — comentou Selena, aproximando-se de Simon para cochichar ao pé do ouvido do amigo. — Se quisesse que eu te ajudasse a desenrolar uma menina, deveria ter me avisado *antes* de eu trazer informações confidenciais.

Simon ficou tenso, arregalando os olhos, até Finch falar:

— Hum, Simon... Você ia me mostrar sua pesquisa.

— Isso.

Simon se afastou de Selena, inabalável. Principalmente para ela, acrescentou:

— Achei que vocês *duas* iriam se interessar por isso.

Ele se dirigiu até o armário e, antes que perguntassem o que ele estava fazendo, abriu a porta e revelou que a parte de dentro estava coberta de fotos, fios vermelhos, e post-its coloridos: um clássico painel de investigação criminal de séries de televisão.

Simon apontou o título com a mão.

— Impressionante, né?

— *O desaparecimento misterioso de Killing Howard?* — leu Finch em voz alta.

Selena estreitou os olhos.

— Simon, o que isso tem a ver com... — interrompeu-se, sentindo o olhar de Finch. — Com o que eu contei para você?

— Tudo! Ou... pelo menos eu acho que tem tudo a ver. Olha, tá vendo esses pontos aqui? — falou, indicando o painel. — Acho que conectei!

Selena cruzou os braços e levantou a sobrancelha.

— Explique-se.

— Tá... então.

Simon apontou algumas imagens. Eram de adolescentes, apesar de a qualidade das fotos e as roupas deixarem óbvio que provavelmente tinham sido tiradas em algum momento do início dos anos 2000. Era difícil distinguir os rostos, porque, na maioria, estavam no palco, tocando instrumentos com tanto vigor que a imagem ficava embaçada.

— O ano é 2004 — disse Simon, segurando a porta aberta com o pé enquanto indicava várias imagens e recortes de jornal colados ali. — Rainwater é um tédio total, como sempre. Exceto por — continuou, batendo na porta — essas cinco pessoas, membros de uma banda de pop punk chamada Killing Howard. Tinham a fama de frequentar o campus de Ulalume, especialmente os túneis, porque duas integrantes do grupo eram alunas. Depois de virarem um sucesso local, quando estavam aparentemente prestes a fechar contrato para gravar um álbum... eles desapareceram. E nunca mais se ouviu falar deles.

Selena torceu o nariz.

— Se esse pessoal sumiu do nada, ainda não seria assunto em Rainwater?

— Bom... essa é a questão. Tenho quase certeza de que são a fonte de todas aquelas lendas urbanas da banda que fazia sacrifícios humanos, ou rituais sombrios, ou cultos ao diabo, ou qualquer que seja a fofoca do dia a respeito dos túneis por baixo de Ulalume. E acho que abafaram o caso — explicou Simon, indicando as imagens. — Essas fotos aqui? Tive que procurar em *tudo quanto é canto*. Parece que eles foram apagados de todo tipo de registro público. Não consegui encontrar o nome dos integrantes em lugar algum.

— Então, onde arranjou isso aí? — perguntou Finch.

— Ah... hum... — Ele sorriu com certa timidez. — Tem uns arquivos digitais interessantes, se você souber onde buscar.

— Tipo na *deep web*? — chutou Selena, levantando a sobrancelha.

— Não precisa usar esse tom — retrucou Simon, retomando o assunto. — Enfim, além do fato de ser esquisita a falta de informação sobre Killing Howard, também tem isso aqui.

Ele apontou uma cópia em baixa qualidade de um folheto anunciando um show da Killing Howard em um bar no centro de Rainwater. Acima do texto havia o desenho de um cervo.

Com mais atenção, Selena notou que o bicho tinha oito olhos.

— O que é isso?

— Eles usavam em todo o material promocional — explicou Simon. — O que é estranho, porque, assim que começaram a fazer mais sucesso, o cervo de oito olhos passou a ser visto com mais frequência por Rainwater. E...

— Espera aí. Estou perdida — interrompeu Selena, antes que ele mudasse de assunto de novo.

Ela já conhecia Simon havia tempo suficiente para se acostumar à velocidade com que a cabeça dele pulava de uma coisa à outra quando falava de uma hiperfixação, um comportamento comum do TDAH. Ela precisava interrompê-lo se quisesse acompanhar o assunto.

Finch concordou.

— É... Por que você acha que o cervo tem a ver com o desaparecimento da banda?

— Bom... — começou Simon, e hesitou. — Bom. Na real, eu não sei. Mas tem um histórico bizarro da criatura surgir por Rainwater logo antes de tragédias. Como o Mothman, que apareceu logo antes do colapso da Silver Bridge em West Virginia. Em maio, o cervo foi visto logo antes de uma família inteira se afogar em um rio por aqui.

Finch empalideceu ainda mais. Selena tinha ouvido falar vagamente do acidente, mas estava meio distraída na época, porque a vida tinha sido virada de ponta-cabeça depois de ser pega com bebida no campus, então não dera a devida atenção às pessoas aleatórias que caíram da ponte. Além disso, tinha sido na noite do Baile da Fundação, e todas as garotas de Ulalume estavam muito mais preocupadas com o fato de uma aluna ter visto dois professores se agarrando em uma sala vazia, quando deveriam estar de olho na festa.

Simon olhou para Finch.

— Você chegou a saber do acidente? Deve ter sido mais o menos quando viu o cervo.

— Hum, é — concordou Finch. — Eu vi... na mesma época.

— Ainda não entendi a conexão — falou Selena.

Simon revirou os olhos.

— Escuta, tenho certeza de que está tudo conectado. Só preciso entender como e por quê.

Finch mordeu o lábio, apontando o cervo.

— Você não quer... encontrar esse troço, né?

Simon apertou bem as mãos e tocou o nariz com os dedos.

— O propósito da minha vida é encontrar um criptídeo pessoalmente, e não estou brincando.

Selena revirou os olhos.

— Você sempre sabe como conquistá-las, né, Simon?

— Nossa — ecoou Finch. — Que... hum.

— Enfim, meu plano é tentar entrevistar os proprietários de alguns dos bares em que sei que Killing Howard tocou, para caso se lembrem de alguma coisa — prosseguiu Simon, inabalável, e olhou de Selena para Finch. — Quando tiver o nome dos integrantes da banda, aposto que conseguiremos muito mais informações sobre eles e o que podem ter feito nos túneis. Se vocês estiverem interessadas, quer dizer.

Selena analisou o desenho do cervo. Alguma coisa ali não lhe descia bem. Simon talvez estivesse mesmo no caminho certo.

Ela concordou.

— Eu topo.

— *Topa?* — retrucou Finch, horrorizada. Quando Simon e Selena a olharam, ela gaguejou: — Q-quer dizer, pode ser perigoso investigar uma coisa dessas.

— Acho que eu aguento — disse Selena, estreitando os olhos.

— Eu... — continuou Finch, com uma careta. — Quer saber? Tá. Também topo.

Selena procurou em vão por um motivo para desconvidá-la da investigação esquisita que estava se iniciando. Ela se recusava a passar mais uma tarde estranha como aquela vendo Simon se dedicar a seus dois interesses principais: fenômenos inexplicáveis e meninas. Especialmente se a menina fosse Finch Chamberlin, e o fenômeno inexplicável fosse o que fizera Selena passar a semana toda achando que estava enlouquecendo.

Simon sorriu.

— Legal. Vou fazer um grupo pra gente e mando as informações que encontrar.

Finch balançou os braços, desajeitada, em um gesto de comemoração.

— Boa ideia!

Os dois olharam para Selena e ela suspirou.

— Tá, pode ser — resmungou. — Vamos nos falando.

Finch não teve muito tempo para refletir sobre a decisão de aceitar passar ainda mais tempo com Selena no futuro, porque, pouco depois, a mãe de Simon chegou e o carregou para algum evento na casa de um amigo da família. As duas jovens, sem jeito, despediram-se dele e seguiram juntas pelo caminho de volta a Ulalume, arrastando os pés na grama e olhando para direções opostas.

— E aí? — disse Finch, finalmente. — Por que você se interessou por essas bizarrices todas de Rainwater? Não imaginei que você fosse do tipo que curte histórias de assombração... ou o que quer que isso seja.

Selena fez uma careta, fechando a cara. Finch imediatamente se arrependeu de perguntar.

— Eu estava entediada — respondeu, por fim. — E acho que Simon fica feliz de conversar com alguém sobre disso.

Finch esperou Selena perguntar o que a tinha levado até lá, mas a garota apenas continuou a andar.

Ela engoliu em seco. *Vamos lá, Finch. Você consegue manter uma conversa por quinze minutos. Não estão tão longe de Ulalume.*

— C-como você conheceu Simon? — soltou Finch, enfim.

Pelo jeito que Selena piscou e revirou os olhos, Finch cogitou se deveria ter ficado quieta. Porém, depois de um segundo, a bailarina suspirou, parecendo admitir que não podia simplesmente ignorar Finch.

— Os pais dele são separados. A mãe mora aqui, e o pai, em Boston. Minhas mães são vizinhas do pai dele. Simon passa as férias lá desde pequeno, e naturalmente nos aproximamos. Agora que estudo em Ulalume, tenho o ano todo para perturbá-lo.

— Ah — disse Finch, sorrindo. — Boston. Legal. Sempre quis morar em uma cidade grande.

Selena a olhou de canto de olho.

— Não é tão grande assim.

— Eu cresci em uma cidadezinha de menos de duas mil pessoas. Para mim, é grande.

— Você deve achar Rainwater uma metrópole agitada, então.

Finch riu, mas, no momento seguinte, o silêncio retornou. Selena pegou o celular para mandar mensagem, e Finch puxou um fio solto na barra da saia.

— Sabe — disse Finch, depois de um minuto —, desculpa por causar uma má impressão quando a gente se conheceu... Eu não queria mesmo causar problemas pra você. Eu me sinto péssima por isso.

Selena fez um som de desdém, apesar de não ser inteiramente antipático.

— Você precisa parar de pedir tantas desculpas. Fica parecendo a maior puxa-saco.

— Você acha que sou puxa-saco?

Selena segurou uma gargalhada.

— Uma das piores que já vi.

Finch riu também, apesar de provavelmente ser uma ofensa. Ela olhou de soslaio para Selena, que mordia o lábio e olhava o asfalto e as plantas por onde andavam. De perto, Finch via umas espinhas no queixo dela, cuidadosamente disfarçadas pela maquiagem. A brisa fazia esvoaçar as pontas do cabelo.

— Hum... — Finch apertou os lábios e respirou fundo, de repente sentindo calor... devia ser a umidade. — Tem, hum, uma coisa que eu queria dizer.

Selena franziu o nariz e repuxou a boca em um sorrisinho.

— Você gosta do Simon, né? Acho que metade do propósito dessa reunião foi seduzir você com o charme desajeitado dele. Eu diria que foi o propósito todo, se não soubesse como ele é obcecado por essas paradas.

— Quê? Não! — Finch balançou a cabeça. — Mal conheço ele.

Selena mordeu a ponta da língua e riu.

— Tá bom. É questão de gosto ou uma questão gay?

— Uma questão ga... hum, não. Não exatamente. Mas vi você com sua namorada mais cedo — soltou Finch, sem pensar.

Selena congelou. Parou de andar e uma expressão vazia tomou seu rosto.

— Vi você beijar aquela ruiva hoje cedo, quando eu estava a caminho da casa de Simon — admitiu Finch. — Desculpa — acrescentou, sem saber bem o porquê.

Do nada, Selena agarrou o braço de Finch e a arrastou para dentro da floresta. A menina gritou e tentou desesperadamente não tropeçar nas raízes enquanto Selena a puxava. Finalmente, quando estavam fora do alcance da estrada, Selena a soltou e se virou bruscamente, fazendo o cabelo loiro-dourado esvoaçar.

Finch recuou, encostando-se em uma árvore. A casca áspera arranhou a pele através do vestido. Selena chegou bem perto, com o rosto acima dela. Apoiou um braço na árvore, prendendo Finch ali, e com o outro apontou um dedo entre os olhos dela.

— Se você falar uma palavra sequer disso para alguém — rosnou —, vou acabar com você. Vou...

Finch levantou as mãos.

— Selena, não vou contar para ninguém. Jamais contaria.

Selena recuou um pouco, franzindo a testa.

— Quê?

— Se você não se sente confortável de saberem que namora uma menina, não vou contar para ninguém. — Finch abaixou as mãos devagar. — Prometo.

Selena piscou, franzindo a testa novamente. O olhar dela era penetrante, ainda mais pelo brilho nos olhos verdes que se sobressaía na névoa. Ela se afastou devagar, passando a mão no cabelo e beliscando o nariz. Olhou para os pinheiros, apertando o maxilar. Finch se distanciou da árvore, abrançando o próprio corpo.

Quase um minuto se passou enquanto Finch esperava Selena brigar com ela de novo. No entanto, a outra menina endureceu a expressão, talvez para se impedir de chorar. Finch não tinha considerado que a questão seria tão sensível.

— Quer voltar pra escola? — perguntou Finch, depois de um tempo.

Selena sacudiu a cabeça, como se quisesse se livrar de um pensamento.

— Tá. Tá, vamos.

Elas saíram da floresta devagar e, quando voltaram à estrada, fez-se silêncio. Os carros aceleravam pelas curvas à esquerda, parecendo prestes a derrapar e capotar. O céu foi ficando mais escuro, pesado de nuvens, e a maresia espessa vinha junto.

— Não é que eu tenha medo das pessoas saberem que sou bi — disse Selena, por fim, olhando para a frente. Seus ombros relaxaram. — É... Kyra. A menina que você viu. Não quero que achem que estamos namorando. Porque não estamos, e temos... um passado confuso.

— Ah — falou Finch, assentindo com a cabeça. — Saquei.

— Só isso? Não quer saber o que é?

— Você quer falar sobre isso? — perguntou Finch.

Selena hesitou.

— Eu... Não. Não quero.

— Então não, não quero. Mas... obrigada por confiar em mim.

Selena levantou o rosto para o céu, respirando fundo e suspirando.

— Não faça eu me arrepender.

seis

Na noite seguinte, Finch já estava quase saindo quando Sumera falou:

— Ei, vai sair?

Ela se virou. Sumera pausou o documentário de *true crime* a que estava assistindo. Finch ficou feliz quando descobriu que esse parecia ser um grande interesse da colega, já que era um ponto em comum entre as duas. Sumera estava com o cabelo castanho-escuro preso em um coque, e o rosto coberto por uma máscara facial branca.

— Ah... vou — disse Finch, coçando o pescoço. — Vou dar um pulo nos túneis.

— Sozinha? — perguntou Sumera, franzindo a testa.

— Eu, hum, esqueci um negócio lá outro dia. Estou indo buscar. — Finch abriu a porta. — Enfim...

— Deixa eu te mandar um mapa. — Sumera abriu o celular e mandou uma foto para Finch. — Assim você não se perde — continuou. — Lá embaixo é bem confuso.

— Valeu, Sumera.

Finch salvou a imagem, um mapa dos túneis desenhado à mão e de aparência bastante gasta, como se tivesse circulado com bastante frequência, enfiado nos bolsos e nas mochilas das meninas da Ulalume enquanto passeavam debaixo da escola.

— Muita gentileza sua — acrescentou.

Ela deu de ombros.

— Tranquilo. Eu ia muito aos túneis no ano passado... mapeei quase tudo. Se precisar de um guia, é só falar.

Finch sacudiu a cabeça.

— N-não precisa. Mas obrigada.

Sumera a fitou por um segundo, torcendo no dedo um fio solto do cobertor. Finalmente, perguntou:

— Está tudo bem? Você parece... tensa.

— Eu? Tensa? Nunca — mentiu Finch, com a voz trêmula, antes de levantar a mão e acenar. — Enfim, volto já, já. Talvez eu ainda consiga pegar o finalzinho desse documentário.

— Combinado. Até mais, Finch.

— Até!

Finch fechou a porta ao sair, seus olhos claros um pouco mais brilhantes do que o normal. Em sua cidade natal, não era exatamente a pessoa mais popular, então ainda era meio surpreendente que alguém quisesse passar tempo com ela. Finch gostava mesmo da ideia de fazer amizade com uma pessoa tão legal quanto Sumera.

Depois de seguir o caminho do túnel, foi atraída à sala de Nerosi do mesmo jeito de antes. As paredes de concreto logo deram lugar às de terra, as raízes grossas e brancas de luzes bruxuleantes emaranhadas no teto derramando seu estranho brilho nela.

Quando Finch chegou ao fim do corredor, Nerosi surgiu de uma ondulação cintilante no ar. Estava trançando o cabelo, seus dedos habilidosos cruzando as mechas.

— Você voltou! — exclamou Nerosi, abrindo um largo sorriso. — Parece que faz tanto tempo que não te vejo.

Finch tentou não fazer careta enquanto imaginava como ficar presa naquela sala sem ter com quem conversar por dias a fio devia ser torturante. Talvez ela devesse descer ali com mais frequência, ao menos para preservar a sanidade de Nerosi.

— Desculpa pela demora... Queria esperar até encontrar alguma coisa.

O rosto de Nerosi se iluminou.

— Ah, é? Teve sorte?

Finch assentiu. Pegou o celular e mostrou a fotografia que havia tirado da porta do armário de Simon.

Nerosi inclinou a cabeça para o lado.

— Quantos... fios.

— Ah, é. Os métodos do meu amigo são meio excêntricos.

Finch quase tropeçou na palavra. Será que podia chamá-lo assim? Eles só tinham conversado poucas vezes desde a chegada de Finch a Rainwater. Em que momento ela poderia considerar alguém como amigo?

Ela recomeçou:

— Enfim, encontramos sinais de que talvez alguma coisa tenha acontecido com um grupo de adolescentes aqui. O nome Killing Howard é familiar?

Nerosi arregalou os olhos. Ficou em silêncio por um momento antes de começar a balançar a cabeça na afirmativa, primeiro devagar, e então acelerando ao falar:

— Eu... sim. Acho que me lembro... que eram como você. Humanos que vinham aqui e falavam comigo às vezes, da última vez que estive aqui. — Ela piscou, olhando ao redor, e falou: — Eu esqueci que já tinha estado aqui... Mas não deve ter tanto tempo. Sabe quando foi a última vez que eles vieram? Uns dois meses?

Finch mordeu o lábio.

— Hum... Não é bem isso. Está mais para... duas décadas. Mais ou menos.

— *Como assim?* — questionou Nerosi, boquiaberta. — Duas décadas? Não pode ser. Como eu posso ter passado esse tempo todo no vazio? Quase... — soltou, franzindo a boca, e se abraçou. — Vinte anos.

Sem saber o que dizer, Finch sussurrou:

— Sinto muito.

— O tempo passa de um jeito estranho quando se está sozinha. — Nerosi endireitou os ombros. — Suponho que isso explique por que minhas memórias são tão nebulosas. Mas Killing Howard... Eu me lembro deles, com certeza. Eles vinham me ver e tocavam música para mim. Honestamente, no começo eram bem ruins.

— Você não sabe o que aconteceu com eles, né? — perguntou Finch. — Ou tem alguma informação? Tipo o nome dos integrantes da banda?

— Nome... Não, não mais. Desculpa — disse Nerosi, antes de piscar, como se finalmente entendesse o que Finch tinha dito. — Aconteceu alguma coisa com eles?

Finch prendeu a respiração. Talvez precisasse parar de fazer aquelas perguntas para Nerosi.

— Eles sumiram. Ninguém os vê desde 2004.

— Que horror.

Nerosi se abaixou, cruzando as pernas e se recostando. Ela ainda flutuava a alguns centímetros do chão, leve como sempre.

— Acho que eram meus amigos — continuou. — Eu... os ajudava. Com pequenos favores.

Finch hesitou.

— Favores? Como assim?

— Ah, é! Esqueci de dizer.

Nerosi voltou a se levantar. Ela esticou a mão e o ar ao redor começou a se distorcer, ondulando e emanando tons de azul, rosa e verde.

— Parece que, afinal, tenho algum poder.

Finch recuou. Diferente das outras vezes, entrar na sala não havia lhe causado dor de cabeça, mas olhar a distorção na mão de Nerosi, sim.

— O que é isso?

— Não sei bem, mas, quando controlo, dá para... mudar as coisas — falou, apontando uma das velas. — Olha só.

Ela abanou as mãos cintilantes devagar, como se estivesse dentro d'água. Uma onda colorida surgiu ao redor das velas caídas, embaçando--as. Nerosi se concentrou, fechando os lábios com força, antes de esticar as mãos bruscamente.

Quando a distorção se esvaiu, as velas tinham dobrado de tamanho e a cera branca ficara distintamente preta.

Finch ficou boquiaberta, e Nerosi sorriu.

— Viu?

— É impossível. — Finch suspirou.

Ela pegou uma das velas. Esfregou a cera com o dedo, esperando soltar uma camada preta, mas nada aconteceu. A vela estava sólida.

Nerosi deu de ombros.

— Talvez não seja. Quando você falou de Killing Howard, lembrei que eu fazia umas coisas assim para eles. Uns pequenos favores... lustrava a guitarra, consertava o amplificador, transformava notas de um em notas de vinte...

Finch ficou boquiaberta.

— Então você consegue... mudar a realidade? Manipulá-la como quiser?

— É... parece uma boa descrição — concordou Nerosi, olhando as mãos e as cicatrizes nos braços. — Não sei dizer por quê, e acho que não consigo fazer nada além de mudar umas poucas coisas, mas sei que, quando eles desciam aqui, ajudá-los fazia eu me sentir mais... forte. Como se eu estivesse mais presente neste mundo, em vez de ser apenas um fragmento. E eu não me dissipava que nem na outra noite.

Enquanto Finch escutava, não conseguia parar de olhar a vela em sua mão. Fantasmas ela conseguia entender. Talvez até conseguisse aceitar o cervo estranho com muitos olhos que percorria a mata. Mas aquilo? Parecia... bom, mágico demais.

Nerosi continuou:

— Talvez a gente possa fazer uma... troca. Se eu tiver sorte, ajudar você será a chave para sair desta sala.

— Trocar o quê, exatamente? — perguntou Finch.

Nerosi deu de ombros.

— Depende. O que você quer, Finch?

Ela hesitou. Fazia tempo que não pensava no assunto. Por muito tempo, seu único objetivo era entrar em Ulalume. Depois disso, era difícil imaginar o que mais poderia desejar.

Além do óbvio. Mas Finch duvidava que Nerosi pudesse usar aquela habilidade para reviver os mortos.

— Eu… eu não sei — disse Finch, mordendo o lábio. — Vou pensar. Talvez eu descubra mais alguma coisa sobre Killing Howard, aí volto aqui em um ou dois dias.

Nerosi concordou, sorrindo.

— Eu adoraria. É sempre bom ver você, Finch. E, sério… pense bem. Gostaria de usar esses poderes para ajudá-la, se puder.

— É muita gentileza sua. — Finch deixou a vela junto às outras e limpou a mão grudenta de cera na calça. — É melhor eu ir, mas volto logo.

Nerosi sorriu.

— Estarei esperando.

Finch se despediu e saiu de lá, acenando para Nerosi ao virar a esquina do corredor de terra. Voltando pelo túnel, se perguntou como qualquer uma daquelas coisas que vira poderia ser possível. Será que um fantasma poderia mesmo alterar a realidade com essa facilidade? Certo, não foram grandes feitos, mas Finch nunca ouvira falar de algo parecido.

Naturalmente, não era como se todas as histórias fossem verdadeiras. Ela com certeza nunca ouvira algo a respeito de uma criatura semelhante a Nerosi.

Finch estava suspirando quando o som de passos a fez parar de repente. O aviso de Sumera a respeito de sair à noite lhe veio à mente mais uma vez: se andar por Ulalume após o horário de recolher já era ruim, Finch nem imaginava a confusão em que se meteria por estar nos túneis, que oficialmente eram proibidos às alunas.

Ela quase não teve tempo de entrar em um corredor menor e se esconder atrás da esquina antes de alguém aparecer. Em silêncio, Finch pegou o celular no bolso e o esticou para o outro lado da curva, deixando aparecer só a pontinha.

A tela mostrava apenas a escuridão.

Os passos ficaram mais altos, e Finch rapidamente tirou uma foto antes de se esconder outra vez, o coração a mil. A pessoa passou direto, os sapatos batendo no concreto. Soava distintamente como o eco de saltos altos.

Conforme o som foi diminuindo, ela soltou a respiração. O que mais alguém faria ali àquela hora?

Abriu a galeria de imagens do celular, selecionando a foto que tinha tirado antes de se esconder. A iluminação do corredor era suficiente apenas para distinguir a cor do cabelo da menina e do batom com que pintara a boca. Vermelhos, os dois.

O coração de Finch estremeceu. Ela reconheceu a menina da manhã do dia anterior: era a que havia beijado Selena em frente ao farol.

Kyra.

Quando Selena acordou no dia seguinte, encontrou Kyra, Risa e Amber terminando de tomar café da manhã na sala. Ela mal teve tempo de dar bom-dia antes de Kyra se levantar da cadeira em um pulo e saltitar em sua direção com um entusiasmo raro.

— Acordou — disse Kyra, sorrindo. — Estava torcendo para você se levantar logo.

Selena a fitou, surpresa.

— Você... está bonita.

Kyra sorriu, revelando a boca cheia de dentes brancos e reluzentes. Selena podia jurar que não estavam assim na véspera. Também podia jurar que Kyra tinha pelo menos um pouquinho de acne na testa. E os fios de cabelo ressecados por causa do descolorante ruim.

Porém, como que de forma instantânea, aqueles minúsculos defeitos haviam sumido. Aquela versão de Kyra tinha a pele mais impecável que Selena já vira, além de um cabelo ruivo-fogo sedoso, sem a tinta manchada, nem os fios curtos e ressecados. As sardas espalhadas no nariz se destacavam como se ela tivesse pegado sol recentemente; era de uma fofura enlouquecedora. Selena não sabia explicar, mas parecia que alguém tinha usado um filtro nela.

Selena sentiu o rosto arder. Era muita injustiça Kyra estar bonita assim antes das oito da manhã.

A ruiva passou os dedos pelo cabelo brilhante.

— Boa notícia, St. Clair: a coisa que encontramos nos túneis não era um monstro.

Selena levantou as sobrancelhas.

— Como assim?

— Foi mal... sua investigação estava demorando — respondeu Kyra, dando de ombros. — Então eu desci sozinha ontem. Você nem acredita o que encontrei. Ela... bom, honestamente, não sei o que ela é. Mas... — falou, apontando o cabelo — ela fez isso.

— *Ela?* — perguntou Selena.

Kyra abriu um sorriso meio arrogante, de lábios fechados.

— Para sua informação, ela se chama Nerosi — falou, enrolando uma mecha de cabelo no dedo. — E quer nos ajudar. Como agradecimento por termos libertado ela.

— Nos ajudar? — perguntou Selena, piscando e sacudindo a cabeça devagar. — Você entende a loucura disso, né? Uma mulher estranha e brilhante dos túneis quer realizar nossos desejos?

— Não pensei que você fosse ser tão conservadora — disse Kyra, dando de ombros e ajeitando o cabelo antes de pendurar a mochila no ombro. — Vou para a aula. Se mudar de ideia, vou visitar Nerosi de novo hoje à noite.

— Nem morta — respondeu Selena, agradável.

— Azar o seu. — Kyra acenou com os dedos. — Tchauzinho.

Assim que ela saiu e fechou a porta, Amber enroscou o dedo em alguns fios de seu cabelo com mechas iluminadas.

— Tá, tipo, não quero ser maldosa, mas... qual é a probabilidade de Kyra ter, sei lá... tomado cogumelo ou algo do tipo ontem?

Selena sacudiu a cabeça em negativa.

— Ela vive dizendo que o corpo é um templo. Ela não mexe com essas paradas.

Risa não pareceu convencida.

— Eu já a vi beber vodca com leite porque não tinha mais nada para misturar. Acho que chamou de *Milk-shake alcoólico*.

— Tá, com algumas exceções. — Selena suspirou. — Olha, não vamos nos precipitar. Precisamos de mais informações antes de fazermos qualquer coisa.

— Está insinuando que devemos descer nos túneis de novo? — perguntou Risa.

Selena sacudiu a cabeça.

— De jeito nenhum. Lembra que, da última vez, a gente acordou na grama, sem lembrar como foi parar lá?

Amber deu de ombros.

— Bom, talvez valha a pena. Seja lá o que tenha acontecido com Kyra, o fato é que a deixou muito bonita — falou, olhando ao longe com ar sonhador. — Se tiver mesmo uma moça mágica esquisita debaixo da escola, será que ela pintaria meu cabelo de loiro? Acho que ficaria legal.

— Você é inacreditável. — Selena pegou o copo térmico de café e pendurou a bolsa no ombro. — Dane-se, vou embora. Por favor, não se meta no túnel atrás de mulheres esquisitas que topem descolorir seu cabelo de graça.

— Não prometo nada! — cantarolou Amber.

Selena soltou mais uma reclamação antes de roubar uma maçã da bancada e sair pela porta.

sete

Na noite após a conversa com Nerosi, Finch aumentou a temperatura do chuveiro até encher o banheiro de vapor. Sentia-se grata por ter sido alocada em um dos melhores quartos do campus, pois a maioria das meninas precisava tomar banho nos banheiros compartilhados dos alojamentos.

Quando se esticou para enxaguar o condicionador do cabelo, porém, teve a sensação repentina e nítida de estar sendo observada.

Ela rapidamente secou os olhos, com o coração a mil. Como alguém teria conseguido entrar ali? Ela tinha trancado a porta do banheiro e a porta da suíte. Cautelosa, pegou a beirada da cortina com os dedos.

Espreitou para fora, agarrando a cortina com força. Uma nuvem de vapor tomava o ar, mas, fora isso, o banheiro estava vazio.

Você está imaginando coisas, gentilmente tentou convencer a si mesma.

Ela fez o possível para controlar a respiração, mesmo que o coração ainda martelasse o peito.

Saiu do chuveiro alguns minutos depois e se enrolou na toalha. Atravessou o vapor ainda espesso a caminho do espelho, secando o cabelo devagar. O espelho estava embaçado, e o reflexo era apenas um borrão indistinto.

Finch forçou a vista. Que estranho... no vidro embaçado, quase parecia que tinha uma outra pessoa de pele pálida bem atr...

Ela se virou de repente.

O banheiro estava vazio.

Finch levou a mão ao peito, a respiração ofegante. Apertou ainda mais a toalha e, com a mão, enxugou a condensação no espelho.

O próprio rosto a fitou, com olhos cinzentos e arregalados. Ela forçou a vista novamente, talvez fossem apenas gotas d'água presas ao vidro que nem minúsculas constelações, mas quase parecia que cores estranhas ondulavam no ar a seu redor.

Bem quando Finch se inclinou para enxergar melhor, algo engoliu todo o som.

Como eles caem fácil na armadilha, sussurrou uma voz suave em sua mente. *Humanos não passam de animais, imagino. E todo animal pode ser atraído pela isca certa.*

Uma gargalhada. *Como eu senti saudade disso.*

Antes que Finch conseguisse processar as palavras, entretanto, ouviu uma batida distante. Soltou um grito quando o som voltou, afastando o transe que a tomara.

— Finch? — chamou um sotaque londrino.

— S-Sumera! — Finch abriu a porta do banheiro, gaguejando. — M-mil desculpas, eu....

— Tudo bem? — perguntou a colega de quarto usando o uniforme de vôlei que fora modificado para ela não precisar expor tanta pele quanto algumas das outras meninas do time. — Eu pensei ter ouvido um grito.

— Mil desculpas... Acho que tenho escutado podcasts assustadores demais, porque imaginei que... — começou, então sacudiu a cabeça. — Deixa para lá. Eu... estou bem.

— Certeza?

Sumera franziu as sobrancelhas grossas.

Finch assentiu.

— Aham. Absoluta. Hum… — Ela olhou para o banheiro. — Você deve estar querendo tomar banho, já que acabou de voltar do treino, né? Vou liberar para você.

Apesar de Sumera ainda estar de sobrancelhas franzidas e boca torcida, não disse mais nada quando Finch saiu do banheiro para deixá-la entrar. Cochichou um agradecimento e deu a volta, passando por ela.

Finch tinha se afastado da porta em apenas alguns passos quando Sumera chamou:

— Foi você que desenhou isso?

Finch franziu a testa e voltou. Olhou para dentro do banheiro e viu Sumera apontar o espelho.

— É maneiro. — Sumera deu de ombros. — Talvez um pouco macabro.

Finch não conseguiu responder, a boca estava seca.

Desenhada em traços grossos no espelho embaçado pelo vapor estava a cabeça torta do cervo de oito olhos.

— Sei que pode parecer exagero, mas reservei esse horário para treinarmos até a apresentação. Quero que a gente se acostume bem ao palco antes do evento.

As luzes se acenderam, iluminando o espaço. O auditório da Academia Ulalume era decorado como um teatro antigo, com todos os detalhes no estilo *art déco*. Apesar de Finch já ter estado ali, arregalou os olhos como se o visse pela primeira vez.

Fazia alguns dias desde a experiência estranha de Finch com a voz no banheiro. Como as duplas e grupos estavam começando a ensaiar fora da aula, Selena se aproximara dela para comparar o trabalho. Depois de largar o material, a bailarina se sentou no palco, desamarrando as botas.

Viu que Finch a olhava, então falou:

— Pega o celular na minha bolsa. Quero te mostrar uma coisa.

Finch obedeceu e depois se sentou ao lado de Selena, que terminava de tirar o segundo pé de sapato. Ela afastou o cabelo dos olhos. O rosto estava na sombra, com o maxilar tenso.

— Você está bem? — perguntou Finch, suavizando a expressão.

— Não é nada. Apenas uma treta com uma colega de casa — disse Selena, hesitando um momento. — Bom... dane-se, você viu. Treta com Kyra — corrigiu.

Finch se lembrou de Kyra nos túneis, poucas noites antes. O que a fizera descer lá? Será que ela sabia de alguma coisa?

Finch decidiu não pensar demais. Em vez disso, olhou de relance para Selena.

— Quer conversar sobre isso?

— Talvez? É só que aconteceu uma... coisa no ano passado, e nós duas nos desculpamos e combinamos de superar, mas... acho que não sou boa em deixar as coisas para lá. E agora ela está agindo como se eu fosse uma escrota egoísta... — disse Selena, e balançou a cabeça. — Você certamente não está nem aí.

Finch cruzou as pernas.

— Tudo bem. Eu gosto de ouvir.

— Que bom que uma de nós gosta.

Finch riu, passando os dedos pelo cabelo. Ela corou, sutil, mas ainda de forma notável. Antes de maio, quando ainda tinha a capacidade de corar que nem uma pessoa normal, era muito mais perceptível.

Selena franziu a testa.

— Que foi? Nem foi uma piada tão boa assim.

— Eu... me desculpa — disse Finch, virando o rosto avermelhado, e cutucou o chão com o pé. — É que... você está sendo muito legal.

Selena levantou as sobrancelhas.

— Se estiver achando esquisito, posso voltar a ser escrota. Tenho umas ofensas em mente sobre esse seu estilo de boneca mal-assombrada.

— Acho que prefiro que seja legal.

— Combinado. — Selena olhou o celular. — Enfim, deixa Kyra pra lá. Eu estava ouvindo música enquanto corria ontem, e pensei *Ei, essa música me lembra Finch*, então fui procurar uma versão no piano, e encontrei. Talvez a gente possa usar na apresentação.

Ela passou um dos fones para Finch. Quando as duas estavam ouvindo, Selena deu play. Finch balançou o pé junto com as notas, marcando o ritmo por instinto. Cobriu a orelha vazia com a mão para abafar os outros sons e se concentrar apenas na música.

— É de um filme? — perguntou Finch, ainda balançando a cabeça, fazendo o cabelo branco e curto balançar também. — Essa música me soa familiar.

Selena olhou para o dedo com que ela tamborilava, tentando, sem sucesso, conter um sorriso tímido.

— Não ri de mim, tá?

— Por que eu faria isso?

Selena levantou a mão e revirou os olhos.

— Sei lá. Acho que minhas outras amigas ririam. É de *A viagem de Chihiro*.

Finch levantou as sobrancelhas.

— Jura? Não acredito! Eu amo esse filme.

Um sorriso leve ameaçou mover o canto da boca de Selena.

— Ah, legal. Se quiser, posso mostrar a partitura que imprimi.

— Com certeza. Consigo decorar bem rápido. — Finch tirou o fone quando a música acabou. — Você já teve alguma ideia para a parte da dança?

Selena confirmou e se levantou em um salto, alongando-se para cima e para trás e fazendo movimentos circulares com os tornozelos.

— Tive algumas. Posso mostrar?

Finch fez que sim, abraçando os joelhos e apoiando o queixo neles. Selena deu um pulo e correu até os bastidores, onde ficava o cabo do alto-falante. Um momento depois, a música encheu o auditório, e a poeira sob os holofotes parecia dançar.

Selena ressurgiu, tirando a regata e revelando o top por baixo. O tecido era fino, e Finch rapidamente desviou a atenção daquela parte da roupa. Selena largou a blusa perto da bolsa e foi até o canto do palco. O cabelo solto do rabo de cavalo brilhava dourado à luz dos holofotes.

— Já pensei na parte do meio toda, praticamente — explicou, ficando na quinta posição. — Sei que no começo falamos de fazer jazz, mas mudei de ideia, quero voltar para o balé. E aceito apenas críticas construtivas, tá?

Finch sorriu.

— Pode deixar.

Passaram-se alguns segundos antes de Selena subir na ponta e deslizar pelo palco, os braços flutuando levemente no ar. Cada movimento se conectava ao outro de forma completamente planejada, mas graciosa, como uma corrente de água seguindo seu fluxo pelas pedras. Finch admirou cada flexão e tensão nos músculos de Selena, acompanhando os detalhes de cada gesto. A pele exposta se iluminava no palco.

Finch perdeu o fôlego quando ela se lançou em um salto. Selena pairou no ar, como se estivesse suspensa do teto.

Então pousou, sem dificuldade, do outro lado. Finch se levantou e aplaudiu, dando pulinhos na ponta dos pés. Um pouco surpresa, Selena soltou uma gargalhada curta e fez um agradecimento.

— Que maravilha! Você é muito boa — elogiou Finch, aproximando-se e sorrindo. — Nunca vi alguém se mexer assim. O salto foi incrível.

Selena abanou a mão.

— Ah, fala sério. É só um salto gazela duplo... não é tão difícil.

— Para você, pode até ser, mas eu morreria se tentasse.

— Ah, que besteira — disse Selena, esticando a mão. — Vem, eu te ensino.

Finch começou a protestar, mas Selena pegou a mão dela e a puxou ao centro do palco. Finch cambaleou por um momento, até que Selena a segurou, levantando seus braços e a encorajando a abrir um pouco as pernas. A musicista ficou parada que nem uma estátua, sentindo o calor das mãos de Selena tomar sua pele até parecer que o corpo inteiro estava ardendo em cor-de-rosa. Riu de nervoso, sem saber o que fazer a seguir.

Quando estava satisfeita, Selena parou diante dela, assumindo uma versão muito mais graciosa da pose em que pôs Finch.

— Tá, é só me imitar.

Selena fez ponta com o pé, pisou e girou nele, dando um rápido passo deslizado antes de se jogar no ar com uma força que Finch não tinha a menor chance de copiar. Na verdade, quando tentou, estava mais para um pato arrastando os pés na lama do que para uma gazela saltitante. Ela pulou uns bons quinze centímetros no ar e pousou com um baque.

Ela esticou as mãos.

— Viu? Eu falei.

— Não, não, não — protestou Selena, parando atrás de Finch e apertando o quadril dela com as mãos. — Precisa segurar isso aqui. Encaixa a pelve.

— Encaixar *onde*?

— Confia em mim! — disse Selena, rindo também. — Vou guiar você — continuou, sem soltá-la. — Agora, ponta... Ah, isso, ótimo, bem assim. Você tem pé de gancho! Nossa, seus pés são lindos, é um desperdício.

Finch riu, perdendo a posição de novo. O hálito quente e mentolado de Selena fez cócegas no rosto dela. A pele de Finch normalmente era gelada, mas percebeu que estava prestes a suar.

— Agora, bem rápido, mesmo movimento — disse Selena, esticando o pé. — Vamos juntas. Pronta? Um, dois, *três*!

Finch se atrapalhou com os passos, e então pulou. Dessa vez, porém, em vez de bater no chão, ficou no ar, com as pernas dobradas e os braços esticados. Quase não percebeu que Selena a tinha levantado até que ela a girou. Finch gritou, meio apavorada, antes de cair na gargalhada. Selena a sustentou por mais um giro completo antes de voltar com ela ao chão, também tremendo de rir.

Finch segurou o braço de Selena para se equilibrar, ainda rindo.

— Como você fez isso? Você é muito forte!

— Balé é coisa séria — brincou Selena.

Selena levantou o braço e flexionou, revelando músculos surpreendentemente definidos, e Finch arregalou os olhos.

Selena acrescentou:

— E eu treino pesado na academia.

Finch suspirou.

— Uau.

Por um momento, as duas apenas se entreolharam, ainda suando e sorridentes, fitando-se. Finch involuntariamente desceu o olhar para a boca de Selena, entreaberta e pintada de vermelho.

O calor se espalhou em seu peito.

Os olhos de Selena, normalmente tão afiados, suavizaram-se. Finch percebeu, tarde demais, que ainda estava segurando o braço dela, então se desvencilhou, o calor indo das orelhas ao pescoço.

— Desculpa! — exclamou, recuando alguns passos. — Quer... quer saber, na verdade eu, hum, tenho *planos* com Sumera... Acabei de lembrar, eita! Foi mal, eu... eu tenho que ir.

— Já? — perguntou Selena, a expressão murchando. — A gente mal começou.

— Eu, hum, preciso treinar a música sozinha um pouco. Pianistas normalmente trabalham a sós, sabe. Muito importante esse... momento solitário.

Finch foi se distanciando e recolheu os pertences freneticamente antes de ser pega de olho em Selena outra vez. Os pensamentos dela estavam atrapalhados e desconexos, e era melhor fugir o quanto antes.

— Bom, foi bom te ver. Aqui... por aí... em todo lugar. — *Droga.* — Tchau!

Ela se apressou para ir embora. Atrás dela, Selena chamou:

— Finch? Onde...?

Estressada demais para pensar em outra coisa, Finch soltou:

— A gente se vê, tá?

Ela voltou correndo para Pergman com o coração se debatendo no peito.

Selena passou o resto do tempo livre treinando sozinha no auditório. Era uma boa desculpa para tentar conter as dúvidas constantes quanto ao que tinha acabado de acontecer.

Por que Finch iria embora assim, do nada? Seria ela uma daquelas meninas héteros que ficavam desconfortáveis quando uma menina queer a tocava? E se ela achasse que Selena era uma tarada tentando se aproveitar dela?

Selena sentiu um nó no estômago. Às vezes, momentos que nem esse a faziam desejar que não soubessem que ela era bi. Na maior parte do tempo, as pessoas diziam que estava tudo bem, que não se incomodavam, mas aí ela sorria demais ou dava um cutucão ou *sei lá*, e de repente achavam que gestos completamente platônicos se tornavam flertes. Como se a identidade dela a tornasse uma ameaça inerente.

Ultimamente, ela fazia questão de nem se aproximar fisicamente demais de outras meninas de quem era próxima. Tinha sido burrice relaxar perto de Finch. O fato de ela ser uma menina aparentemente gentil que dizia coisas aparentemente gentis não garantia que fosse diferente de outras garotas hétero.

Com o rosto corado, Selena pegou a mochila no chão e foi embora.

Ela passou o dia repensando a interação, encolhendo-se de vergonha sempre que pensava na sensação de levantar Finch e girar com ela. Assistiu às aulas em silêncio, sem puxar conversa, como faria normalmente. Parecia que estava cercada por uma névoa espessa demais para enxergar através, e o resto do mundo estava do outro lado.

O que finalmente a despertou, na saída da última aula, foi ouvir uma menina cochichando com uma amiga:

— Viu Kyra e as amigas mais cedo? Será que elas usam o mesmo produto na pele? Estou morta de inveja.

Kyra e as amigas? Desde quando Kyra era a líder do grupo?

Selena continuou andando rumo ao farol. Conforme avançava, porém, escutava mais cochichos de meninas ao longo do caminho. Sussurravam o nome de Kyra, elogiando-a. Não só ela, mencionavam Risa e Amber também.

Sempre que alguém a notava, a encarava com expressão muito específica. A princípio, Selena não conseguiu discernir, mas elas estreitavam os olhos e faziam uma leve careta.

Seria... pena?

Bem quando Selena estava prestes a puxar uma das meninas e perguntar que história era aquela, seu celular vibrou. Era uma mensagem de Risa.

Risa

Se sua aula já acabou, estamos no Jardim Waite. Tem bubble tea pra você.

Selena franziu os lábios antes de guardar o celular e fazer uma curva fechada em direção aos jardins.

O lugar havia sido projetado pela diretora de Ulalume quando ela entrara no cargo, no início dos anos 1990. O que antes não passava de mais um trecho de árvores no lado sudeste do campus, deu espaço a um luxuoso jardim verdejante. A área era cercada por sebes altas e bem podadas e portões de ferro forjado envoltos em trepadeiras de dama-da-noite. Quando Selena empurrou o portão, foi atingida pelo perfume de hemerocale, áster e anêmonas-do-Japão rosa-claras. As flores balançavam suavemente ao vento.

O jardim era amplo, atravessado por uma trilha de pedra. Era comum que as meninas fossem até ali para estudar ou para matar tempo depois da aula nos raros dias ensolarados de Rainwater. Apesar do céu nublado, a trilha estava ladeada por grupos de meninas estudando sob as magnólias, os sapatos abandonados na grama junto às mochilas.

No entanto, Selena imediatamente notou um pequeno aglomerado um pouco adiante. Apesar de estarem todas em seus próprios grupos, pareciam cercar o mesmo ponto central, bem no meio do jardim. Selena passou no meio das pessoas, mais uma vez ouvindo aquelas mesmas palavras nas conversas sussurradas: *Viu o cabelo de Kyra? A pele de Amber está incrível! Será que Risa fez alguma coisa diferente com as unhas?*

Selena finalmente as notou ao virar a esquina. Kyra, Amber e Risa estavam sentadas sob um chafariz borbulhante esculpido na forma de uma sereia que cuspia água. Kyra estava deitada, de óculos escuros, acompanhada de Amber, que estava de pernas cruzadas e mexendo no celular, e Risa, de costas eretas, com um livro didático de psicologia aberto no colo coberto pela saia xadrez.

Foi então que Selena entendeu exatamente do que todo mundo estava falando.

As três estavam estonteantes, de cabelo liso e sedoso, pele limpa, unhas impecáveis. Pousadas no chafariz, pareciam ninfas da mitologia grega, magicamente transportadas ao campus de Ulalume.

Selena sentiu um nó no estômago.

Uma voz ao lado dela falou:

— É esquisito não ser o centro das atenções, né?

Selena se virou e encontrou Sumera Nazir recostada em uma árvore, de sobrancelhas erguidas. Selena fez cara feia e dirigiu a ela um olhar venenoso.

— Posso ajudar? — rosnou Selena.

Sumera deu de ombros.

— Desculpa, eu falei em voz alta? Foi sem querer.

Selena corou.

— Vai se ferrar, Mer.

Sumera recuou brevemente ao ouvir o antigo apelido, mas se recompôs na mesma hora e voltou a olhar o celular, ignorando Selena.

Selena revirou os olhos e se aproximou das outras meninas.

Risa foi a primeira a erguer o rosto.

— Que bom que você chegou — falou, oferecendo-lhe um *bubble tea* de açúcar mascavo. — O gelo já estava derretendo.

Selena aceitou, hesitante, e se sentou na beira do chafariz, ao lado da amiga.

Pela primeira vez na vida, ela se sentiu deslocada naquele grupo. Não é que as feições delas tivessem mudado; só pareciam muito… arrumadas. Como se tivessem passado horas fazendo cabelo e maquiagem antes de entrar em um set. Era o tipo de perfeição inalcançável para uma pessoa comum.

De repente, Selena tomou muita consciência do frizz no cabelo e das espinhas de estresse no rosto.

Tomou um gole de *bubble tea*, esperando que alguma delas se pronunciasse.

Amber, claro, foi a primeira a ceder. Ela mexeu no cabelo. Na véspera, tinha luzes, mas agora estava com um tom vibrante de castanho-dourado.

— E aí? O que achou?

Selena mastigou e engoliu um pouco de sagu.

— Precisaram sacrificar uma virgem, por acaso?

Amber ficou completamente escandalizada e Kyra olhou para Selena com irritação. Risa tentou, sem sucesso, segurar a risada.

— Não — respondeu Kyra, tirando os óculos para Selena sentir o impacto completo de seu olhar. — Fomos visitar Nerosi ontem. Imaginei que, depois de seu piti, você não quisesse ir.

Esse fato irritou Selena por dois motivos. Primeiro, propositalmente deixar de convidar uma das amigas para um evento era o tipo de manipulação escrota que Selena normalmente se orgulhava de fazer quando alguém a incomodava — Kyra não deveria retribuir. E, segundo, e muito mais importante, elas não tinham escutado os avisos dela quanto aos túneis.

— Ela é muito simpática — comentou Amber, com um sorriso alegre. — E está presa lá embaixo. Ela falou que, se ajudar a gente, pode fortalecer a conexão com este mundo e se libertar de lá.

— Ela foi mesmo muito educada — concordou Risa. — E parece que nos ajudar é tão benéfico para ela quanto para nós.

— E olha só — concordou Kyra, enrolando uma mecha do cabelo nos dedos. — Está todo mundo comentando. Estão mortas de inveja.

Selena acompanhou o olhar de Kyra para as outras meninas que as cercavam. Todas as olhavam discretamente, desviando o rosto em um movimento rápido, como se estivessem olhando para o sol.

Sentiu uma dor no peito ao perceber que ninguém olhava para ela.

— Vocês nem sabem o que essa Nerosi é — sussurrou Selena, para que apenas as amigas escutassem. — Como podem ter certeza de que ela não está apenas se aproveitando de vocês?

— É você quem está julgando sem nem a conhecer — argumentou Kyra.

Amber concordou com um gesto frenético da cabeça.

— Exatamente! Você mudaria de ideia se conversasse com ela.

Vendo a tensão no rosto de Selena, Risa acrescentou:

— Você não precisa pedir nada. Mas desconfio que se sentiria melhor se pudesse conversar com ela.

— Mas pode pedir também, se quiser — acrescentou Kyra, dando de ombros, e dirigiu o olhar cor de mel para as mãos de Selena ao redor do copo de *bubble tea*. — Ela provavelmente consegue consertar essas suas cutículas. Você deve ter ficado bem ansiosa hoje.

Selena se encolheu, puxando as mãos. Ela tinha acabado com as cutículas depois do momento constrangedor com Finch. Tinha cutucado tanto que algumas chegaram a sangrar.

— Não se preocupa — disse Amber, tocando o joelho da amiga. — A gente apresenta você.

Selena olhou para as três. Estava se sentindo extremamente desconfortável. Estava habituada a ser quem dava ordens, quem estava no centro de tudo. E, em menos de duas semanas, tinha passado do cerne do grupo a alguém que observava da margem.

Assim como todas as outras meninas, que olhavam discretamente de baixo das magnólias.

Selena mordeu o lábio. Então, cautelosa, falou:

— Eu... eu acho que mal não vai fazer. Digo, conversar com ela.

Kyra curvou a boca em um sorriso feroz enquanto Amber comemorava, abraçando Selena e quase as derrubando no chafariz. Risa disfarçou o sorrisinho com mais um gole de *bubble tea*.

— Você vai amá-la! — exclamou Amber, radiante. — Ela é muito legal, Selena. Tem, tipo, pele brilhante...

Selena se desligou do que Amber estava falando. Em vez disso, encontrou o olhar de Kyra.

Kyra tomou um gole do *bubble tea* de morango, se apoiando com a mão atrás do corpo. O cabelo caía em ondas suaves pelo ombro, como um rio de fogo reluzindo ao sol.

O coração de Selena deu um pulo.

— Isso aí, St. Clair — disse Kyra, sorrindo, e botou os óculos de novo. — Você não vai se arrepender.

oito

Naquela tarde, depois de passar uma hora sentada na cama roendo a tampa de uma caneta ansiosamente, Finch diminuiu o brilho do notebook e inclinou a tela para mais perto. Abriu uma janela anônima no navegador. Hesitou com os dedos no teclado por um momento antes de digitar a busca.

Como saber se sente atração por alguém?

Deletou rápido. Não era bem isso que ela queria saber.

Andar com gente gay pode fazer a gente virar gay?

Não, também não era isso.

Como saber se não sou hétero?

Melhor.

Os resultados da busca apareceram, oferecendo uma quantidade de artigos e matérias em revistas femininas que ensinavam a identificar os “sinais”. Finch secou o suor da testa. Que bobeira. Aquilo era perda de tempo.

Ela clicou em uma matéria.

Você ama quando suas atrizes preferidas usam terno.

Finch amava *mesmo* quando suas atrizes preferidas usavam terno.

Alguém bateu à porta e Finch deu um pulo tão grande que quase saiu pelo teto. Fechou os sites e o notebook com força.

— Entra!

Sumera olhou para dentro do quarto.

— Te assustei?

Finch passou a mão no cabelo para ajeitá-lo e afastou o notebook.

— N-não.

— Você não mente tão bem, sabia? — Recostada no batente, Sumera arqueou a sobrancelha. — Quer conversar?

— Não — soltou Finch, rápido. — Droga… — corrigiu-se, levantando as mãos. — Desculpa, que grosseria. É só que… é…

— Ei… tudo bem. Não precisa me contar — tranquilizou Sumera, botando as mãos nos bolsos da calça larga de brim. — Enfim, vim convidá-la para ir comigo encontrar Ira e Zara hoje. Estou preocupada com você, e acho que pode ser bom mudar de ares.

Finch se assustou um pouco.

— Você está… preocupada comigo?

Sumera deu de ombros.

— Bom, sim. Na sua primeira noite, você sumiu da minha festa e só voltou às três da manhã, e depois disso começou a passear sozinha nos túneis e a agir como se estivesse sendo perseguida por aí.

Finch não sabia como interpretar aquilo. Por um lado, era fofo ela se preocupar. Por outro, se sentia um pouco… julgada.

— É… pode ser — disse ela, passando a mão no cabelo de novo. — Hoje estou ocupada, mas obrigada… Talvez possamos convidá-las para virem para cá amanhã.

Sumera abriu um sorriso.

— Elas vão adorar. O que acha de assistirmos àquele documentário da Netflix que você anda comentando?

— Ah! O das falsificações dos Mórmons?

Por um momento, a ideia de uma noite vendo filmes foi suficiente para distrair Finch e fazê-la sorrir pela primeira vez desde a manhã no auditório.

— Com certeza — acrescentou. — Diz para elas que mandei um oi.

— Pode deixar — respondeu Sumera, com a expressão mais suave. — Se cuida, Finch.

Ela fechou a porta e deixou Finch no silêncio.

Logo que Sumera foi embora, Finch se arrependeu de recusar o convite. Assim que ficou sozinha, voltou a repetir os mesmos pensamentos incessantes: o jeito como seu coração disparou quando Selena a erguera no ar e o fato de não ter conseguido pensar em mais nada no momento em que olhara a boca de Selena.

Definitivamente isso só aconteceu porque Selena era, de fato, atraente. Poderia ter acontecido com qualquer uma.

Certo?

Pegou o material e o jogou na mochila. Precisava arranjar uma distração o quanto antes.

O sol ainda não tinha se posto por completo quando Finch saiu de Pergman Hall. Ela desceu o caminho de pedra que levava ao centro do campus, sem saber exatamente para onde estava indo. Talvez a um lugar qualquer em que pudesse se concentrar em algo além de Selena St. Clair.

Finch botou os fones de ouvido para bloquear o som das outras meninas conversando na volta para os alojamentos após o jantar. Recentemente, tinha aprendido que a maior parte do corpo discente tratava Selena e as amigas como celebridades do campus, e em especial naquele dia específico. Se quisesse parar de pensar nela, precisava de silêncio.

Foi assim que Finch acabou subindo a escada que levava à biblioteca de Ulalume. Era construída com as mesmas pedras cinzentas do resto do campus, e também tinha torres altas e janelas estreitas, com a base retangular e o topo pontiagudo.

Lá dentro, o cheiro de tinta velha e de páginas amassadas e desgastadas pelo tempo tomava o ambiente. Outras meninas estavam sentadas a mesas compridas de mogno, iluminadas por pequenas luminárias verdes. Estavam cercadas por papéis, equilibrando precariamente copos de café em pilhas de livros. Atrás delas, fileiras de estantes se estendiam sob um teto altíssimo.

Finch não notou que tinha parado ao lado da mesa de atendimento até a bibliotecária perguntar:

— Posso ajudá-la a encontrar alguma coisa?

Finch paralisou. A bibliotecária tinha cabelo pintado de preto e usava delineador e batom vermelho-escuro. Se não soubesse, Finch diria que era uma aluna, mas, olhando melhor, parecia ter uns trinta e poucos anos.

— A... ah... hm — soltou Finch, engolindo a ansiedade que começava a subir à garganta. — Você por acaso teria os anuários escolares de 2004? Eu... eu estou fazendo um trabalho sobre alguns alunos da época.

A bibliotecária sorriu.

— Está procurando os anuários de Ulalume ou do Colégio Rainwater? A escola pública não tem espaço para história local na biblioteca, então guardamos o acervo de anuários de lá.

— Ah, sério? Aceito os dois, então.

A bibliotecária foi até o computador e chamou Finch. Enquanto se reorientava diante da bancada, a bibliotecária digitava no teclado, a tela refletida na lente dos óculos redondos.

— Hum. Que esquisito... Na verdade, não temos o anuário de 2004 de nenhuma das duas escolas. Nunca chegaram a ser digitalizados. Serve o de 2003 ou de 2005?

Finch concordou.

— Pode ser o de 2003?

— Claro. — A bibliotecária se levantou. — Venha comigo.

Finch a seguiu. A bibliotecária, cujo crachá dizia HELENA, a conduziu até um andar inferior, em uma seção separada no subsolo, que tinha algumas estantes protegidas por vidro. Passaram por uma placa que dizia: HISTÓRIA LOCAL DE RAINWATER.

— Os anuários ficam aqui — indicou Helena.

A bibliotecária mal precisou parar diante da estante antes de pegar dois volumes e entregá-los a Finch.

— Aqui, 2003. Fique à vontade para olhar outros anos também... estão todos aqui.

Finch agradeceu e pegou os anuários, além de mais uns dois que tirou da estante, e então se sentou a uma mesa para examiná-los. Aquele andar da biblioteca estava vazio, por isso ela aproveitou a área toda.

Durante a hora seguinte, debruçou-se sobre os anuários, estudando os nomes e as imagens, procurando alguma pista que indicasse as identidades dos membros de Killing Howard. Encontrou algumas fotos da banda marcial do colégio e conferiu se algum dos músicos lembrava alguém das fotos que vira na casa de Simon, mas era difícil distinguir, considerando a baixa resolução das imagens.

Outra hora se passou e o céu lá fora escureceu. Quando o relógio se aproximou das nove, Finch se recostou na cadeira e suspirou.

Não estava chegando a lugar algum. Tinha aberto o anuário de 2003 do Colégio Rainwater na página dos alunos do penúltimo ano, e nada no rosto deles chamava sua atenção. Não era como se ela esperasse ver uma camiseta estampada com EU ♥ NEROSI nem nada do tipo, mas torcia para pelo menos notar algum detalhe que os distinguisse.

Finch fechou os olhos, debatendo se poderia pedir mais alguma coisa à bibliotecária para conseguir mais informações, quando o som de vozes chamou sua atenção. Ela abriu um olho e viu um grupo de alunos a algumas mesas dali, rindo e se empurrando. O único motivo que fez eles chamarem sua atenção — além do volume das brincadeiras — foi o fato de alguns serem meninos: deviam ser alunos do Colégio Rainwater.

— Acho que deveríamos pedir para ela arranjar uma vaga para tocarmos no Octavia's — disse um dos meninos, com o braço atrás do outro; no total, eram três meninos e duas meninas. — Qual é a pior coisa que ela pode fazer? Recusar?

— Talvez seja melhor a gente se ater a noites de microfone aberto — disse outro menino do grupo.

Finch hesitou, olhando para aquele que tinha acabado de falar. A palidez dele não era natural, e ele tinha cabelo branco e olhos cinzentos, estranhamente semelhantes aos dela. Mordia o lábio ao fazer contato visual com uma das meninas, uma garota latina com uma nuvem de cabelo escuro e cacheado, em busca de apoio.

A menina abanou a mão para descartar a ideia.

— Victor, já passamos da fase de microfone aberto. A gente devia fazer shows de verdade, e não apresentações aleatórias de uma música só em cafés! Qual é o problema de pedir ajuda pra Nerosi? Como Theo falou... o pior que pode acontecer é ela recusar.

O menino de cabelo branco deu de ombros.

— Eu... eu sei lá. Não quero que ela sinta que estamos abusando.

Finch se levantou sem pensar. Estavam falando da mesma Nerosi? Será que ela não era a única que sabia daquilo?

Ela se aproximou do grupo. Ninguém a notou, mas ela pigarreou ao chegar.

Mesmo assim, ninguém olhou.

— Licença? — chamou Finch, sentindo-se constrangida por ninguém registrar sua presença. — P-posso falar com vocês? Escutei vocês dizerem que...

Ela se calou. Ninguém se virou para ela. Na verdade, parecia que ela nem tinha dito nada, já que eles imediatamente continuaram a conversa sobre tocar no Octavia's, sem mudar o entusiasmo.

— Eu... — Finch fechou a cara. — Ah. Tá. Foi mal.

Nesse momento, porém, Finch notou a aura tênue e multicolorida ao redor deles. Era sutil o suficiente para ela não perceber de imediato, mas, vendo mais de perto, ficou perfeitamente nítida, ondulando ao redor da cena em tons de rosa, azul e verde, uma cortina que os separava.

Ela esticou a mão para tocar as ondulações, mas recuou quando um dos jovens ergueu o rosto.

Era o menino de cabelo branco. Ele a encarou diretamente, arregalando os olhos e abrindo um pouco a boca. Engasgou-se no que ia dizer.

A menina de cabelo cacheado o olhou.

— Vic?

— Você... está vendo essa menina? — perguntou ele, e os outros viraram a cabeça quando ele apontou para ela. — Bem aqui?

A outra menina, que tinha cabelo pintado de laranja, levantou as sobrancelhas.

— Como assim? Não tem n...

Finch sentiu um toque no ombro e deu um pulo, soltando um grito esganiçado.

— A gente já vai fechar.

Era Helena, de sobrancelhas arqueadas. Ela inclinou a cabeça para o lado e falou:

— Tudo bem? Não quis assustá-la.

— Ah... Ah, não! Não, claro. Só...

Finch voltou a olhar a mesa.

Estava vazia.

Um calafrio subiu pelas costas dela quando a bibliotecária perguntou:

— Se não se incomodar de arrumar suas coisas, posso guardar os livros que você pegou.

Então agora estou vendo coisas? O que está acontecendo comigo?

Sacudindo a cabeça, Finch respondeu, rápido:

— S-seria ótimo, obrigada! — Ela voltou à própria mesa e empilhou os livros. — D-desculpa, eu...

Ela parou quando estava prestes a fechar o último anuário. Ali, no fim da página, estava alguém que reconhecia. Porém, ele tinha o cabelo e os olhos castanhos, e sua pele era rosada e perfeitamente normal. Diferente do branco marfim que ela tinha visto um segundo antes.

Era ele. O menino da mesa.

— Tudo bem? — perguntou Helena.

— T-tudo, claro — disse Finch, pegando o celular. — Posso só tirar uma foto disso aqui, rapidinho?

Helena concordou, nitidamente desistindo de apressá-la.

— À vontade.

Finch tirou uma foto rápida do menino e devolveu os anuários para ela.

— Muito obrigada! Agradeço mesmo a ajuda.

Ao sair da biblioteca, mandou a foto para o grupo com Simon e Selena e escreveu:

Acho que é um dos integrantes da Killing Howard.

O nome sob a foto, em letras pretas e nítidas, era VICTOR DELUCA.

nove

HOJE, 8:15

Simon

Finch, você estava certa quanto a Victor

A mãe dele ainda mora em Rainwater

Encontrei ela na lista telefônica e ela confirmou que ele era da Killing Howard

Também me deu o nome dos outros integrantes

Selena

Ela deve ter adorado receber um telefonema do nada de um desconhecido para falar do filho morto

Simon

morto, não, desaparecido!

Será que ela toparia responder a algumas de nossas perguntas?

Simon

Toparia! Perguntei, e ela disse que pode hoje ou sábado

Selena

foi mal, tô ocupada hoje

pode ser sábado

Também!

Simon

Então sábado

Pouco antes da meia-noite na sexta-feira, Selena, Kyra, Amber e Risa vestiram roupas pretas e saíram de fininho do farol Annalee. Caía uma chuva fina e a bruma se erguia da terra encharcada, cobrindo o campus em um véu fantasmagórico. As luzes dos postes curvados piscaram, iluminando breves vislumbres das meninas enquanto elas pediam silêncio, avançando o mais rápido possível para atravessar Ulalume e chegar aos túneis.

Entraram pelo acesso perto de Pergman Hall, seguindo a deixa de Kyra. Ela dissera a Selena que tinha usado aquela entrada quase toda noite na semana anterior.

O coração de Selena batia acelerado e o suor encharcava a testa e as mãos. Ela estava convencida de que qualquer farfalhar das árvores era um segurança de Ulalume fazendo a ronda do terreno. Se ela se metesse em outra encrenca depois daquela história da tequila, duvidava que o

Conservatório de Boston, sua faculdade dos sonhos, perdoaria essas duas infrações gritantes no histórico escolar.

Felizmente, a descida ao túnel foi tranquila.

— Tudo bem, St. Clair? — perguntou Kyra, contendo uma risada. — Está meio pálida.

Selena se empertigou e a olhou com raiva. Sarcástica, falou:

— Ai, verdade. Pena que não instalaram iluminação que favorecesse mais por aqui, né? Com o que andam gastando o dinheiro da mensalidade?

Kyra revirou os olhos e resmungou:

— Um charme, como sempre.

Levaram mais uns dez minutos para chegar ao corredor de terra de que Selena se lembrava da primeira noite do ano letivo. As plantas bioluminescentes pulsavam luz fantasmagórica acima delas. Selena sentiu o estômago revirar e manteve-se um pouco afastada enquanto Kyra avançava a passos ágeis, dirigindo-se à sala ao fundo do corredor como se fosse a proprietária do lugar.

Selena sentiu um toque gentil no braço e, quando se virou, viu que Amber a olhava com um sorrisinho.

— Tudo bem — disse Amber. — No começo, eu também estava com medo.

Selena se desvencilhou.

— Eu não tenho medo de nada.

Abraçando o próprio corpo, Selena apertou o passo para alcançar Kyra. Porém, parou abruptamente assim que entrou no recinto. Diante de Kyra estava uma criatura que roubou o ar dos pulmões de Selena e a congelou no lugar.

O olhar preto de Nerosi recaiu sobre ela. Quando a menina tentou retribuir, uma sensação penetrante e dolorida a percorreu. Era quase como unhas arranhando um quadro-negro ou metal rangendo, mas pior, como se pudesse arrancar a consciência de Selena de dentro dela tal qual a semente de uma fruta.

— Ah! Desculpa — disse Nerosi, desviando o rosto e olhando para Selena apenas de soslaio. — Esqueço o que acontece com humanos quando me olham.

A voz era suave e melodiosa, com um sotaque musical, mas impossível de identificar. Lembrava a voz de uma fada de filme infantil, doce e convidativa.

— Nerosi, esta é Selena — explicou Kyra, indicando com a mão. — Foi dela que eu falei.

Nerosi acenou com a cabeça antes de se aproximar, delicadamente pisando nos traços desenhados no chão, em perfeito equilíbrio. Ela se movia na ponta dos pés, como uma bailarina.

— Você é tão linda quanto Kyra falou.

Selena ficou paralisada quando a criatura esticou o braço como se fosse tocá-la, mas Nerosi acabou recuando quando a menina tensionou os ombros. A criatura deu um passo para trás.

— Ah — disse Nerosi, desanimada. — Você está com medo de mim.

— E o que você é? — perguntou Selena, brusca, sacudindo a cabeça. — Um fantasma? Um demônio? Não tem como ser real.

— Você consegue olhar para algo que está a sua frente e duvidar da realidade? — perguntou Nerosi, sem o menor traço de julgamento, apenas curiosidade.

Selena hesitou, rezando para que ninguém percebesse o tremor em suas mãos.

— Não estou falando da realidade *física* — argumentou Selena, a indicando com um gesto. — Estou falando do que está embaixo disso aí. Do que você é de verdade, além da aparência.

— Selena — começou Kyra.

Nerosi esticou a mão para interrompê-la.

— Não… eu entendo. Não tem problema demorar a acreditar. Por que confiaria em mim? Nós acabamos de nos conhecer. Preciso conquistar sua confiança.

Selena assentiu.

— Exatamente. Então, me explique por que está fazendo isso — falou, indicando as outras. — Realizando os desejos de meninas aleatórias. O que ganha em troca?

Por um segundo hesitante, Selena pensou ter visto Nerosi torcer a boca em uma careta. Porém, se foi o caso, a expressão foi notada imediatamente e transformada em outro sorriso suave.

— Bom, Kyra certamente explicou que estou presa aqui — disse Nerosi, indicando a sala. — E eu gostaria de sair. O problema é que não tenho uma conexão forte com este mundo — continuou, apontando para as meninas —, exceto por vocês. Quando uso minhas habilidades para ajudá-las, sinto-me mais... sólida, digamos. Menos um fantasma, mais uma pessoa. Desconfio que, se continuar a fortalecer meu elo com vocês, conseguirei sair daqui.

— E depois disso, vai fazer o quê? — perguntou Selena. — Supondo que a gente ajude você a sair daqui, pra onde você iria?

Os olhos de Nerosi vagaram pelo corredor, e a luz azul das raízes se refletiu como estrelas no vazio preto de seus olhos.

— Para casa, imagino. Onde quer que seja. Ainda não me lembro de onde vim.

— Não se lembra — repetiu Selena, cruzando os braços. — Que conveniente.

— Ela está apenas tentando ajudar, Selena — defendeu Amber, arregalando os olhos.

Antes que Selena pudesse retrucar, Nerosi falou:

— Não, ela está certa. Sei que não foi uma boa resposta. Adoraria ter uma. Mas o tempo que passei presa no vazio... roubou minha identidade. Só agora estou começando a juntar as peças. A escuridão... — falou, desviando o olhar e fazendo uma careta. — Rouba tudo da gente. Nossos pensamentos, nossa voz, tudo o que nos torna quem *somos*.

Ela olhou as cicatrizes riscando os braços brancos como a neve e acrescentou:

— Nem sei de onde veio isso.

Selena arregalou os olhos quando lágrimas começaram a escorrer pelo rosto de Nerosi. Kyra rapidamente foi para o lado da criatura, tocando seu ombro, e Amber acompanhou a amiga. Risa ficou para trás, olhando com irritação para Selena, que não conseguiu fazer nada além de ficar parada ali, vendo Nerosi abraçar Kyra e Amber.

Para uma figura que parecia tão etérea, ela era estranhamente humana.

— Desculpa. — Nerosi recuperou o fôlego. — É difícil lembrar.

— Tudo bem — disse Kyra, estreitando o olhar para Selena. — Selena nunca foi muito delicada.

A cabeça de Selena estava a mil. Ela não esperava aquilo. Sentiu um nó no estômago.

— Eu... eu — começou Selena. — Desculpa, não percebi...

Nerosi sacudiu a cabeça e soltou as meninas, secando os olhos.

— Não, foi injusto da minha parte. Você só fez uma pergunta.

Kyra olhou com raiva para Selena e murmurou:

— *Sua escrota.*

Selena se encolheu. Não era a primeira vez que alguém a acusava daquilo, mas, normalmente, era em resposta a algo que ela fizera de forma intencional. Ouvir a crítica quanto a algo assim fez ela se sentir estranha e culpada.

— Desculpa — murmurou Selena.

— Tudo bem — disse Nerosi, secando o resto das lágrimas, e avançando um passo até Selena. — Eu entendo. Você quer se proteger, e proteger suas amigas. Mas eu quero mesmo ajudar, se você permitir.

Selena engoliu em seco. Quase sentia que, depois disso, não podia recusar; não sob os olhares das amigas, em graus diferentes de censura.

Nerosi acrescentou:

— O que você quer, Selena?

Selena mordeu o lábio. Olhou de uma amiga para a outra, pensando em como todo mundo as admirara no jardim, como se fossem excepcionais, sobre-humanas.

Ela acenou com a cabeça.

— A mesma coisa que fez para elas.

Nerosi sorriu.

— Ah. Fácil. Posso estar sem a maior parte das minhas habilidades, mas isso consigo fazer.

Nerosi se aproximou e Selena se preparou, fechando os olhos. Quando a criatura tocou seu rosto, Selena voltou a abri-los, e se viu refletida nos olhos pretos.

Desta vez, não olhou para os olhos, apenas para seu reflexo. A euforia a dominou ao ver o cabelo liso, a pele limpa, o brilho que a iluminava por dentro. A culpa anterior se foi, substituída pelo fascínio que lhe trouxe cor à face e luz aos olhos.

Nerosi se afastou e sorriu.

— Prontinho.

— Eba! — comemorou Amber, indo abraçá-la. — Viu? Não tem por que se preocupar.

Selena olhou para as mãos. As cutículas machucadas tinham sido curadas. O mesmo valia para os hematomas deixados nas canelas pelo balé. Todos os defeitos superficiais tinham sumido.

— Sei que é pouca coisa — disse Nerosi —, mas espero que, assim, você volte para me visitar.

Estranhamente, Selena mal lembrava por que tinha desconfiado tanto dela. Por que duvidaria de alguém que oferecia dádivas por pura bondade? Especialmente alguém que parecia tão dedicada a ajudar.

— Obrigada. — Selena sorriu para Nerosi e, de novo, encontrou o espelho de seus olhos.

Percebeu, no reflexo, que seus dentes ficaram ainda mais brancos.

Nerosi respondeu com um gesto de cabeça.

— De nada. Sua visita é sempre bem-vinda. Apesar de eu não poder garantir que terei força o suficiente para atender a todos pedidos, certamente darei um jeito de realizá-los.

— Adoraria ter como me comunicar com você sem descer aqui — disse Amber. — Às vezes é assustador atravessar o campus de noite.

Nerosi concordou.

— Eu entendo. Posso contar um segredinho?

As meninas pareceram se animar, aproximando-se.

Nerosi sorriu.

— Eu tenho um emissário aqui na ilha. Se falarem com ele, eu escuto.

— Um emissário? — repetiu Risa, insegura.

Nerosi assentiu.

— Uma espécie de... mensageiro. Só lembrei recentemente que tenho uma conexão com ele, porque ele voltou a compartilhar mensagens comigo. Talvez já o tenham visto... ele aparece na forma de cervo.

Selena levantou as sobrancelhas.

— O cervo de oito olhos trabalha para você?

Mesmo com a vibração quente que percorria as veias de Selena, algo naquele fato lhe descia com um gosto incômodo.

Nerosi assentiu.

— Isso. Às vezes, ele me permite enxergar por seus olhos. Eu estava confusa com as visões que andava tendo até agora, mas percebi que, desde o início, vieram dele. Então, se precisarem de mim, podem procurá-lo. Ele ficará de olho.

— Que incrível. — Kyra suspirou. — Você é incrível.

— É gentileza sua — disse Nerosi, voltando a olhar para Selena. — Foi um prazer conhecê-la, Selena. Espero vê-la de novo.

A jovem concordou.

— Com certeza.

Depois disso, as meninas se despediram de Nerosi, agradecendo mais uma vez antes de saírem pelos túneis. O presente da criatura deixou Selena com um sorriso no rosto e uma leveza nos pés. O tipo de satisfação que vinha com a sensação de invencibilidade.

Quando emergiram no campus de Ulalume, Kyra se virou e, falando com elas, foi andando de costas.

— Tenho outra boa notícia — falou, puxando a mochila e abrindo o zíper, de onde tirou uma garrafa, sorrindo. — Um entregador *acidentalmente* deixou isso lá em casa hoje depois de eu pedir ontem para Nerosi.

Os olhos de Amber brilharam.

— É um rosé espumante Moscatel?

Kyra confirmou.

— Para comemorar que Selena finalmente caiu na real — falou, e fez um gesto com a cabeça. — Querem dividir isso aqui na praia?

Amber se animou, jogando as mãos para o ar e girando. Risa aceitou, e Selena não conseguiu conter um sorriso.

Pelo menos por um segundo. Até ouvirem passos se aproximando.

Selena foi a primeira a se esconder atrás de uma árvore, seguida de perto por Risa, que puxou Amber também. Kyra, porém, nem se mexeu.

Perto dali, na trilha de paralelepípedos entre os alojamentos, um guarda do campus fazia a ronda da madrugada. Ele apontou a lanterna de um lado para o outro, sem olhar na direção delas. Porém, bastava ele se virar para pegá-las no flagra.

Com álcool.

De novo.

Selena sentiu um aperto na garganta. *Desta vez, vão fazer muito pior do que me suspender do programa de dança.*

— Kyra, vem cá! — sibilou, quase inaudível.

Kyra apenas riu baixinho e sacudiu a cabeça. Ela levou um dedo à boca brilhante, devagar, e apontou o bosque.

Das árvores soou um grito retumbante, que se estendeu em ecos. Causou um calafrio em Selena de deixar o cabelo em pé. Em seguida, ouviram um farfalhar nos arbustos, e o guarda exclamou, perguntando quem vinha lá.

Por um segundo, oito órbitas brilhantes e um par de galhadas imensas, decoradas com veludo rasgado, surgiram. O cervo de oito olhos soltou outro berro, repuxando os lábios ao redor dos dentes afiados. Era quase o tom do bramido de um alce, mas um pouquinho… humano demais.

Provavelmente por isso enganou o guarda, atraindo-o para dentro da mata.

O cervo se virou e fugiu, levando o guarda em seu encalço.

— Viram? — Kyra riu. — Nerosi está cuidando da gente. Não temos o que temer.

Risa estremeceu.

— Vamos embora antes que ele volte.

Amber concordou, e elas foram correndo até a praia, mantendo-se atentas aos arredores. Entretanto, quando notaram que não estavam sendo seguidas, voltaram a sorrir. Em pouco tempo, estavam rindo, gargalhando cada vez mais alto até chegarem à praia na ponta sul de Rainwater. O som normalmente chamaria a atenção, mas naquele momento elas se sentiam intocáveis.

Mesmo que, no fundo da cabeça de Selena, uma voz cochichasse: *É bom demais para ser verdade.*

Ela escolheu ignorá-la.

dez

HOJE, 8:03

Você entende muito de fantasmas?

Simon

Até demais, eu diria

Legal!

Perfeito!

Maravilha!

Fantasmas normalmente respondem quando a gente fala com eles?

Hipoteticamente

Simon

Às vezes? Imagino que seja igual a pessoas vivas. Podem ignorar se não quiserem conversar.

Por quê?

Só curiosidade! Nada de esquisito hahaha

Mas se eu visse um fantasma, seria normal que ele meio que… repetisse um evento?

Como se encenasse um momento de quando estava vivo?

Simon

Isso está mais para um Eco

Eco? Com E maiúsculo?

Simon

Isso. É exatamente o que você descreveu: parece ser um fantasma revivendo algo que aconteceu no passado. Há quem ache que não são bem fantasmas, mas momentos reais que ocorreram no passado, refletidos no presente. Bem bizarro

O que causaria algo assim?

Simon

Não sei. É raro, exceto em alguns pontos específicos ao redor do mundo. Tem uns para o oeste, um no Japão, alguns na Rússia. E mais um, que eu saiba de cabeça.

Aqui?

Simon

Acertou

Sério?

Simon

Aham. Muitas pessoas em Rainwater relatam ver os parentes mortos por aí, vivendo a vida normalmente. O curioso é que nunca acontece com desconhecidos.

Você já viu?

Simon

Não. Não há ninguém que eu queira ver. Ou ninguém que queira me ver.

Você acha que os Ecos têm… consciência?

Simon

É o que normalmente dizem

Ou que os vivos os controlam

Os Ecos mostram o que precisamos ver, o que quer que seja

Hum.

Simon

Ainda tem certeza de que não viu nada?

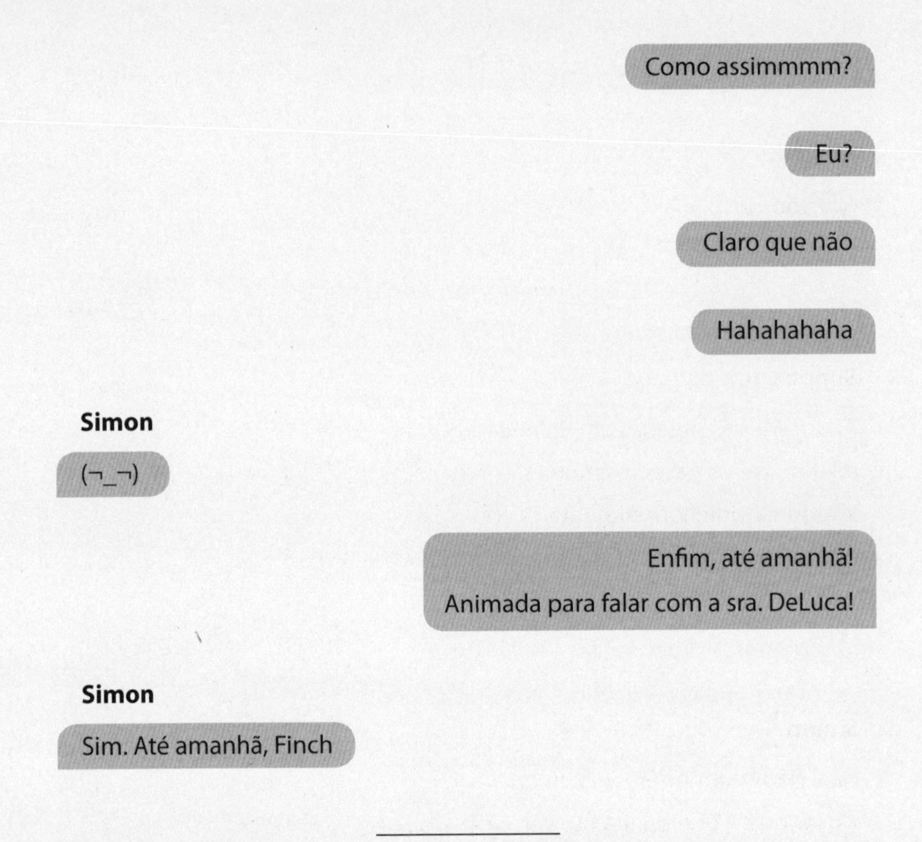

A manhã de sábado chegou com um leve toque da luz do sol espreitando pelo céu cinzento. Enquanto se arrumava, Finch pensou na conversa que teve com Simon. Seria possível que seu desejo de descobrir mais a respeito de Killing Howard tivesse causado o Eco?

Ou será que a banda quisera entrar em contato com ela?

E se o que aconteceu na biblioteca tiver sido de fato um Eco, como Victor conseguira vê-la?

Ela suspirou, pegando a mochila e a pendurando nos ombros. Talvez a conversa com a mãe de Victor ajudasse a responder essas dúvidas.

Vinte minutos depois, Finch seguiu até o ponto em que a estrada Rainwater se conecta ao campus. Simon e Selena já estavam esperando no jipe da sra. Hemming.

— Chegou! — exclamou Simon quando ela entrou no banco de trás.

Selena se virou para olhá-la. Apontou para o peito de Finch e comentou:

— Belo suéter. Adorei o comprometimento com o uniforme até no sábado.

Finch sentiu o rosto esquentar. Não sabia explicar o que em Selena fazia seu coração bater ainda mais forte do que da última vez que a vira, mas Selena estava absolutamente incrível. Parecia uma modelo photoshopada que caíra da capa de uma revista no meio daquele jipe.

Passou um instante até Finch perceber que esperavam que ela dissesse alguma coisa. *Ah, é… uniforme. O que era mesmo?*

Finch olhou para a própria roupa. Tinha vestido o suéter que comprara em maio, com ACADEMIA ULALUME estampado no peito. Tecnicamente, seguia o código de vestimenta, mas ficava casual demais com a saia xadrez e a meia branca de costume.

— Hum — soltou Finch. — Orgulho escolar? — falou, a voz falhando.

Selena abriu um sorriso estonteante antes de murmurar:

— *Puxa-saco.*

Finch sentiu que o coração ia explodir.

Por sorte, Simon deu partida no jipe antes que ela pudesse responder. Selena se virou e mexeu no rádio até encontrar uma música pop bem chiclete, fazendo o amigo revirar os olhos.

Quando os três chegaram à casa, encontraram a sra. DeLuca sentada na varanda, fumando um cigarro. Considerando o papel-alumínio no cabelo, estava pintando as raízes grisalhas para combinar com o restante do cabelo acaju. Ela nem se mexeu quando o grupo saiu do carro.

— Sra. DeLuca? — chamou Simon, aproximando-se. — Sou Simon. Nos falamos por telefone.

Ela tirou o cigarro da boca, apagou na xícara lascada a seu lado, e guardou o que sobrara atrás da orelha. Analisou os três, o olhar se demorando um pouco mais em Finch. Uma espécie de reconhecimento brilhou nos olhos azul-claros. Antes que Finch pudesse perguntar, a sra. DeLuca apontou para o suéter de Ulalume.

— É melhor não mexer com essa escola — falou. — Se seus pais tivessem a mínima noção, não mandariam você estudar em um lugar com histórico de matar as alunas.

Um calafrio percorreu Finch.

— C-como é que é?

— Era sobre isso que gostaríamos de falar com a senhora — interrompeu Selena, sem se abalar.

— Certo. — A sra. DeLuca se levantou e fez sinal para que a acompanhassem. — Entrem. Querem café? Chá?

Os três aceitaram o café. Eles se sentaram à mesa da cozinha, que rangia, enquanto a sra. DeLuca foi buscar as xícaras. Finch ficou admirada com a quantidade de fotos que a sra. DeLuca tinha conseguido pendurar na parede.

Ela logo reconheceu Victor como único filho da mulher. Ele era bonitinho, com um sorrisão, dentes separados e pele marrom-clara. Em quase todas as fotos, tinha o cabelo escuro e a pele bronzeada. Exceto por uma, que Finch não conseguia parar de olhar.

Em uma foto em que ele posava ao lado da mãe diante de uma falésia da orla, o cabelo dele estava branco como giz, assim como a pele.

Exatamente como no Eco.

Sutilmente, Finch pegou o celular e tirou uma foto do retrato.

A sra. DeLuca voltou com café, leite e açúcar. Finch se animou com a oportunidade de diluir o gosto, e encheu a maior parte da xícara com leite. Enquanto isso, Simon falou como estava agradecido pela dona da casa aceitar recebê-los, e se desculpou por trazer lembranças difíceis à tona.

— Ele era tudo para mim — disse ela, olhando as fotos na parede. — Às vezes penso que ele pode entrar pela porta como se nada tivesse acontecido. Chego a achar que o vi pela cidade, com as mesmas roupas e tudo. É esquisito, sabe?

Finch concordou devagar. Depois da morte dos pais, ela passara as primeiras semanas achando que os via em todo lugar. Uma mulher no mercado com a mesma cor de cabelo e altura era a mãe dela por alguns segundos, e um homem varrendo o quintal de camisa de flanela, o pai.

Por um momento, convencia-se de que tinham mentido para ela, e que os pais haviam conseguido sobreviver ao acidente e estavam bem ali.

Até que os indivíduos se viravam, revelando serem outras pessoas, e o peito de Finch doía com o peso de uma minúscula segunda — ou terceira, quarta, quinta — morte.

— Eu entendo — sussurrou Finch.

A sra. DeLuca a olhou, levantando a sobrancelha, mais em tom de pergunta do que de julgamento, mas não questionou. Em vez disso, continuou:

— Mas vocês certamente não vieram me ouvir falar de luto. Nem imagino o que querem saber de um desaparecimento que aconteceu há mais de uma década.

Simon pegou o celular e começou a gravar.

— Bom... ok. Então. Algumas coisas. A senhora poderia me falar um pouco sobre a Killing Howard? Como começaram, como Victor se envolveu?

A sra. DeLuca revirou os olhos à menção de Killing Howard.

— Vic sempre quis participar de uma dessas bandas choronas... especialmente depois do acidente.

— Que acidente? — perguntou Simon.

A sra. DeLuca mordeu o lábio.

— Pouco mais de um ano antes do desaparecimento, Vic derrapou na estrada e bateu em uma árvore. Foi dado como morto no hospital, mas, de algum jeito, ele sobreviveu. Depois disso, ficou diferente.

Ela apontou para a foto na parede, uma imagem dos dois na falésia.

— Ficou pálido assim. O cabelo dele começou a crescer de outra cor, que nem o seu, meu bem. Foi muito estranho.

A pele de Finch ficou gelada e ela arregalou os olhos.

— Ele... ele *morreu*?

A sra. DeLuca confirmou.

— Por um momento, sim. Sem batimentos cardíacos, sem respiração. Até que... *bum*. Acordou e chamou por mim. Já tinham até puxado o lençol para cobri-lo.

— Parece um milagre — disse Simon.

— Pode ser. Para quem acredita nessas coisas. — A mulher tomou um gole demorado de café antes de suspirar e abaixar a xícara. — Pouco depois disso, ele conheceu a namorada, Margo, numa dessas festinhas da Ulalume. Foi ela quem decidiu montar a banda.

— Parece que a senhora não gostava muito dela — brincou Selena.

A sra. DeLuca revirou os olhos.

— Ela era... bom, ela era bem *ambiciosa*, não posso negar. Acho que Vic gostava disso nela. Provavelmente foi por essa razão que continuou insistindo, mesmo depois da banda ser expulsa várias vezes de estúdios de ensaio.

— Expulsa? — perguntou Finch. — Por quê? Eles causavam confusão?

— Pode-se dizer que sim. — A sra. DeLuca riu. — Eles eram horríveis. Ninguém os deixava tocar em lugar algum da cidade. Uma vez, foram expulsos do palco ao som de vaias em um show de microfone aberto em Portland.

Finch não conseguia nem imaginar como reagiria se alguém fizesse isso com ela quando estava começando a aprender piano.

— Mas... eu soube que eles melhoraram muito, não?

— Pode até ser... para quem gosta desse tipo de música — respondeu a sra. DeLuca, tamborilando com os dedos na mesa. — Mas sim. Eles melhoraram muito. Theozinho, o vocalista, deixou de ser desafinado de um dia para o outro. Eles receberam uma doação anônima de alguém em Ulalume para comprar instrumentos novos. Iam tocar em Portland quase toda noite... Chegaram até a ser convidados para shows em Boston e Nova York. A plateia começou a surgir do nada. Parecia mágica. Imagino que seja por isso que tanta gente em Rainwater acha que eles foram embora para trabalhar com música.

A sra. DeLuca estreitou os olhos, fechando a cara. As rugas fundas ao redor do queixo indicavam a Finch que ela vivia de cara fechada.

— Mas sei que não foi isso — continuou. — Vic nunca iria embora sem se despedir.

— Parece mesmo uma história de sucesso — disse Simon, e verificou se o celular ainda estava gravando. — Se não se incomodar de responder, o que acha que mudou a situação deles? Pura sorte? Mais ensaios?

Sem hesitar, a sra. DeLuca falou:

— Um pacto com o diabo.

Simon arqueou as sobrancelhas e Finch abriu a boca, devagar. Selena, que tinha passado os últimos dois minutos examinando as unhas, ergueu o rosto para a sra. DeLuca, arregalando os olhos.

— É o que Vic me dizia — continuou a sra. DeLuca, sem nem sorrir. — Que piada esquisita, né?

Os três se entreolharam.

Finalmente, Simon quebrou o silêncio.

— A senhora não acha que ele estava falando sério, acha?

— Não seria uma história e tanto?

Ela respirou fundo, olhando o celular ainda iluminado de Simon no centro da mesa. Ela esticou a mão e parou a gravação.

— Prefiro manter isso fora de registro — falou.

— Claro — disse Simon, e guardou o celular no bolso.

A sra. DeLuca se levantou, fazendo um gesto para eles esperarem. Finch murmurou uma pergunta para Simon, mas ele deu de ombros, mostrando que sabia tanto quanto ela. Enquanto isso, Selena aproveitou para pegar mais café, apesar do olhar do amigo.

— Que foi? — perguntou. — É o primeiro café decente que tomo em três semanas.

A sra. DeLuca voltou com algumas folhas de papel, que espalhou na mesa. Finch, Simon e Selena se debruçaram para examinar as imagens, apertando os olhos e franzindo a testa.

Eram ilustrações incrivelmente detalhadas do cervo de oito olhos, visto de vários ângulos, desenhadas em traços grossos e escuros, com sombras drásticas. O veludo que Finch vira nos chifres estava ainda mais sangrento nos desenhos, como se o cervo tivesse acabado de matar algo.

— Um pessoal da cidade dizia que os meninos adoravam ao diabo — explicou a sra. DeLuca. — Eu não acreditei, até ouvir Victor falar com Margo de uma... *Rainha Galhada*, ou algo do tipo. E aí encontrei isso no quarto dele... Foi Margo quem desenhou. Achei que pudesse ser alguma coisa Wicca, mas ele ficou todo confuso quando perguntei, então parece que não.

— A senhora acha que Victor e os outros integrantes da Killing Howard estavam cultuando esse cervo? — perguntou Simon, um pouco mais direto do que Finch esperava.

A sra. DeLuca ficou quieta por um instante, ainda segurando o canto de um dos desenhos.

— Não sei se foi exatamente isso — admitiu ela. — Mas acho que estavam aprontando alguma coisa.

Finch não conseguiu deixar de notar que a cor se esvaíra do rosto de Selena.

Simon levantou as sobrancelhas.

— Então a senhora acha que eles...?

— Quero que vocês saibam, antes de eu falar isso, que Victor era um bom menino. Ele não machucaria nem uma mosca. Ele tinha o coração sensível... sensível demais para um mundo desses, se querem saber — disse a sra. DeLuca, respirando fundo e olhando a foto na parede. — Mas esses meninos... Eles podem ter começado como uma banda. Isso, eu acredito. Mas não continuou assim. — Ela ergueu os olhos para Finch. — Killing Howard era uma seita.

onze

Um silêncio sepulcral reinou na viagem de volta a Ulalume.

Simon fez o possível para atravessar a nuvem soturna que pendia sobre as meninas, sugerindo que haviam feito um enorme progresso. Ele ponderou que o que haviam descoberto podia indicar que os integrantes da Killing Howard desapareceram por algum motivo sobrenatural, mas nem Selena nem Finch pareciam preparadas para discutir o assunto.

Selena olhou de relance para o retrovisor. Finch estava ainda mais pálida do que de costume, com as mãos enfiadas nas mangas do suéter. Apesar de sempre parecer meio abatida e doente, as olheiras dela ficaram ainda mais pesadas, e sua expressão estava sombria; ela quase não piscava.

Selena torceu a boca e suspirou, recostando-se no banco com os olhos fechados.

Uma seita. Killing Howard era uma seita.

E, se sabiam do cervo de oito olhos, deviam saber de Nerosi também. Seria razoável que ela tivesse usado seus poderes para ajudá-los a alcançar fama e sucesso, não? Claro que fama e fortuna pareciam pedidos muito maiores do que eliminar pontas dupla no cabelo e clarear os dentes.

A voz de Nerosi ecoou na cabeça dela: *Apesar de eu não garantir que terei força o suficiente para atender a todos os pedidos, certamente darei um jeito de realizá-los.*

O que Nerosi precisou fazer para conseguir realizar aquilo?

Selena sentiu o estômago se revirar. Seria possível que a sra. DeLuca estivesse enganada, e que eles só tivessem deixado a cidade para viver de música? Começado uma vida nova longe de Rainwater?

Ela duvidava.

Simon parou o jipe no limite do campus de Ulalume.

— Chegamos — falou, olhando de Finch para Selena. — Tentarei encontrar mais informações sobre os outros integrantes com base no que a sra. DeLuca nos contou. Mando mensagem, ok?

Selena deu um tapinha no ombro dele.

— Valeu pela carona, Sy. Até mais.

Finch também murmurou um agradecimento e abriu a porta, descendo para o asfalto.

Simon deu ré no jipe e dirigiu por entre as árvores. Enquanto o carro sumia de vista, Selena viu Finch olhando para os pés, lacrimejando. Sem pensar, esticou a mão e tocou seu braço.

— Tudo bem?

— Eu… eu preciso voltar — disse Finch, desvencilhando-se de Selena e apontando para Pergman Hall. — Estou… bem enjoada.

Selena sentiu o rosto arder e afastou a mão. *Tá. Merda. Esqueci que não devia tocar nela.*

— Só preciso ficar sozinha — sussurrou Finch, sacudindo a cabeça. — Me… me desculpa. A gente… se fala depois.

Ela saiu apressada, sem dizer mais nada, e deixou Selena boquiaberta em silêncio.

À noite, quando o sol se pôs em Rainwater, Selena se encolheu no sofá com o seu jantar: um pote de sorvete de chocomenta. A televisão estava no volume máximo, e o âncora do jornal relatava que os próximos dias seriam de tempo ruim. Parecia que só havia tempestade em seu futuro.

O farol estava tomado por uma mistura de sons. Amber ouvia a playlist irritante de sempre, cheia de músicas de cantoras pop e com um nome insuportável tipo *Chefona da porra toda*, sem ironia, enquanto Risa competia discretamente do outro lado do corredor com indie folk. Kyra estava secando o cabelo no quarto.

As outras meninas tinham mandado mensagem mais cedo para convidá-la para ir com elas a uma festa, mas Selena não estava no clima. Estava ocupada, preocupada com Finch.

Não era a sua intenção ficar pensando naquilo, mas lá estava ela. Finch parecia um cachorrinho abandonado, e a mesma cara triste que dava a Selena vontade de gritar um mês antes tinha começado a tocar seu coração, como as teclas de um piano. Enquanto observara Finch se arrastar até Pergman Hall mais cedo, chegou até a sentir dor no peito, acompanhada de um desejo repentino de abraçar e acalentar a outra.

E… *acalentar*? Que merda sentimental era essa?

Selena abaixou o pote de sorvete com calma antes de agarrar uma almofada e cobrir o rosto para abafar um grito.

Não era possível que ela estivesse a fim de Finch Chamberlin.

Ela se recusava a estar a fim de Finch Chamberlin.

— O que está rolando, St. Clair?

Ela quase pulou. Nem tinha ouvido Kyra desligar o secador, muito menos sair do quarto e aparecer atrás dela. Selena se virou, prestes a soltar um comentário ácido, mas as palavras morreram na boca quando olhou para Kyra.

Ela estava usando um vestido preto e decotado, que destacava suas curvas. Tinha passado batom e sombra escuros, em um estilo vamp pouco característico. Porém, essa parte só chamou a atenção de Selena por um momento.

O que a fez arregalar os olhos foi o novo corte de cabelo de Kyra. O cabelo ruivo que brilhava à luz estava curto, em um corte chanel reto, na linha da mandíbula.

Selena levantou as sobrancelhas.

— Nunca imaginei você de cabelo curtinho.

Kyra levou a mão ao cabelo e bagunçou um pouco.

— Ficou legal, né?

— Quem cortou? — perguntou Selena, estreitando os olhos. — Achei que você não confiasse em *nenhum cabeleireiro caipira de cidade pequena*, como você mesma disse.

Por um momento, Kyra pareceu meio pálida, mas logo deu de ombros.

— Acho que nunca disse isso. Cortei com uma moça no centro.

— Ah, é? Qual era o nome dela?

— Até parece que eu lembro nome de cabeleireira. — Kyra bufou, revirando os olhos. — Por que você está tensa assim?

— Porque sei quando você mente para mim, Kyra — disse Selena, torcendo o nariz. — Especialmente sobre uma coisa tão boba. O que você está escondendo?

— Nossa, *não é nada* — respondeu Kyra, cruzando os braços pálidos e franzindo a testa. — Que estraga-prazeres. Vim aqui só pra te convidar pra festa mais uma vez, caso tenha mudado de ideia.

Como se combinado, Amber escancarou a porta e saiu, usando calça jeans e cropped.

— Você deveria vir mesmo! Vai ser muito mais divertido com você.

Ao ouvir a conversa, Risa também saiu do quarto. Estava usando uma camisa transparente com colarinho enfiada para dentro da saia, e tinha prendido o cabelo preto em um rabo de cavalo. Selena sentia o cheiro do perfume leve e quente.

— Se estiver ruim, podemos ir embora mais cedo — ofereceu Risa.

Selena sacudiu a cabeça em negativa.

— Não — falou, apontando a televisão. — Mas valeu. Na real, marquei um encontro hoje.

As três meninas arregalaram os olhos.

Selena mostrou o sorvete.

— Com Ben e Jerry.

Kyra revirou os olhos, Amber piscou, nitidamente sem entender a piada, e Risa conteve uma risada.

— Suas piadas são piores que as do meu pai — resmungou Kyra.

— Precisamos ir — disse Risa, com as mãos nos ombros de Amber e Kyra. — Aproveite o sorvete, Selena.

A menina acenou quando elas foram embora.

— Tchau! Vou morrer de saudade!

Kyra dirigiu a ela mais um olhar de irritação antes de fechar a porta.

Selena se recostou, na companhia apenas da lenga-lenga do noticiário. Ela se deitou, equilibrando a colher do sorvete no nariz, e olhou para o teto. Sem motivo, imediatamente voltou a pensar em Finch.

Foda-se, pensou, pegando o celular.

HOJE, 21:32

acordada?

Finch

são nove e meia, meio cedo pra dormir, né?

olha, quem sou eu pra julgar. está um pouco melhor?

te achei meio triste

espero que não tenha sido por minha causa

Finch

Você não fez nada!

Só estou lidando com muitas paradas pessoais

aah saquei

pena ainda estar meio mal

Finch

Tranquilo. C'est la vie

o que você normalmente faz pra se sentir melhor?

Finch

Ah. Não sei. Ouvir música talvez?

que tipo de música?

Finch

Sei lá. Feliz? Foi muito vago

foi perfeito, na real

espere, por favor

Finch abaixou o celular, esperando Selena mandar o que tivesse em mente.

Ela estava enroscada em um ninho de cobertores na cama e tinha deixado intocada na mesa uma xícara de chá feita mais de uma hora antes. Ela dissera a si mesma que ia adiantar o dever de casa, mas, com o nível de ansiedade que estava sentindo, parecia praticamente impossível.

O que a sra. DeLuca dissera a respeito do acidente de Victor ficara em sua cabeça, repetindo-se em looping como um disco arranhado: *Derrapou na estrada e bateu em uma árvore. Foi dado como morto no hospital.*

Como às vezes acontecia, a lembrança do acidente de Finch lhe voltou à mente.

Ela se lembrou de como o frio da água penetrara os nervos, percorrendo-a como um choque elétrico. Lembrou-se de que os pulmões queimaram, suplicando por ar enquanto ela tentava, sem sucesso, lutar contra a correnteza. Que o mundo tinha ficado embaçado e escuro. Que ela tinha perdido a sensação do corpo inteiro.

E finalmente nada.

Mais nada.

Ela sacudiu a cabeça. Não podia ter *morrido*. Era impossível. Como ela teria conseguido abrir os olhos e nadar até a superfície se estivesse morta? Não teria rastejado pela lama e desabado entre os juncos, vomitando a água do rio. Nem teria conseguido se levantar e cambalear até o acostamento da estrada, onde ficara parada, em choque, até outro carro passar e o farol iluminar a pele branca como a barriga de um peixe, os olhos cinzentos e arregalados e o corpo e roupas imundos de lama e sangue.

O motorista do carro quase não conseguira frear antes de passar voando. Ao sair do carro para perguntar se ela precisava de ajuda, Finch desmaiou no colo dele.

Quando acordara novamente, estava envolta por uma manta térmica, cercada por policiais e paramédicos. Uma das socorristas perguntara seu nome, iluminando seus olhos com uma lanterna. Ela mal conseguira responder, assimilando a realidade e percebendo que aquilo não era um pesadelo.

— Meus pais ainda estão lá no fundo. — Finch chorava, lágrimas cortando a lama no rosto. — Ainda estão no carro! Precisa ajudá-los... senão eles... senão vão...

— Vamos cuidar de tudo, tá? — dissera a paramédica. — Concentre-se em ficar acordada enquanto a levamos ao hospital.

— Não posso abandoná-los — gritara Finch.

Ela tentara se levantar, mas as pernas não a sustentavam. A paramédica mal conseguira segurá-la enquanto, com a voz trêmula e rouca, ela suplicava:

— Vou ficar sozinha. Por favor... Não quero ficar sozinha. Preciso deles.

— Por enquanto precisamos cuidar de você, Finch — insistira a paramédica. — Concentre-se em mim, tá? Vamos ajudá-la.

Finch tinha desabado depois daquilo, sem conseguir falar enquanto era posta na ambulância. Tudo tinha desacelerado, como se o próprio tempo tivesse parado, tentando impedi-la de entrar no Depois que chegara quando aquele acontecimento terrível encerrara seu Antes. O acontecimento que os policiais viriam a dizer que era apenas um acidente quando a entrevistaram no quarto frio e higienizado do hospital. O acontecimento que não deveria ter ocorrido, mas, sem razão, ocorrera.

Lágrimas arderam nos olhos de Finch.

O celular dela vibrou.

Secando as lágrimas e fungando, ela destravou a tela e viu que Selena tinha mandado mais uma mensagem. Dessa vez, vinha com um link para uma playlist no Spotify.

O título era *Músicas felizes para uma Finch triste.*

HOJE, 21:55

Selena

escuta isso

pode ajudar a te distrair do que está te deixando triste

Ah

Uau

Que fofo, Selena ❤

Selena

fofa? eu? imagina

mas é sério, se quiser conversar, estou aqui

foi mal, sei que parece uma cafonice

Hahahaha

Tranquilo

Obrigada

Selena

sempre que precisar ❤

Finch sentiu um calor desnorteante no peito.

Fazendo o possível para enterrar as lembranças, pegou os fones da mesinha de cabeceira e começou a ouvir a playlist de Selena. A primeira música iniciava com uma melodia suave de piano, e passava para uma letra sobre amor inesperado. Finch se deitou em posição fetal, abraçada ao celular e enroscada na coberta, e fechou os olhos para escutar.

Por um momento, não se sentiu tão só.

Conforme o relógio avançava noite adentro, porém, Finch não conseguia dormir.

Não enquanto aquela pergunta muito específica martelava em sua mente.

Levantando-se, deixou os fones no travesseiro, calçou os sapatos e pulou a janela.

Quando chegou à sala de Nerosi, a criatura estava diante do altar de chifres. A silhueta dela parecia mais opaca do que da última vez que Finch a vira. Um pouco menos fantasmagórica.

Ela se virou assim que Finch entrou.

— Ah... Oi, Finch. Faz tempo que a gente não se vê. Senti saudade.

Nerosi se aproximou com um sorriso carinhoso.

— Não acha que está meio tarde para descer aqui?

— Tô tranquila — mentiu Finch, e fungou, ainda meio entupida de chorar. — Eu, hum… Eu vim porque tinha uma pergunta meio… estranha.

Nerosi piscou.

— Claro. Como posso ajudar? Precisa de um favor?

— N-não é bem isso — corrigiu Finch, rápido. — É uma pergunta sobre você.

Nerosi pareceu tensa, mas talvez fosse só ilusão da luz.

— Infelizmente, não me lembrei muito mais do que já contei.

Finch balançou a cabeça.

— Eu entendo. Mas me lembro que, quando a gente se conheceu, você disse que sentia uma conexão entre nós. E eu queria saber… É possível que a gente tenha se conectado antes de eu tirar você do vazio?

Quando Nerosi arregalou os olhos, Finch acrescentou:

— Porque, alguns meses antes da gente se conhecer, uma coisa muito terrível aconteceu comigo, e depois… bom, eu fui atraída para cá. Como se alguma coisa me guiasse até você.

Nerosi congelou por um momento. Seus dedos se contraíram ao lado do corpo e seus olhos estavam ainda mais arregalados do que o normal; Finch precisou se lembrar de não a olhar de frente. Ela apertou a boca, formando uma linha reta.

Finalmente, falou:

— Talvez tenha… alguma coisa aí.

— Além disso — continuou Finch —, o que exatamente é esse cervo de oito olhos, e por que parece estar ligado a você? Porque ele apareceu naquela noite.

Finch não percebeu que tinha começado a arfar, e que o coração tinha acelerado, até acrescentar, em voz mais alta:

— Na noite em que meus pais morreram.

Nerosi recuou, botando o pé para trás como se prestes a correr.

— Eu… eu não conheço cervo algum.

— Então por que ele parece saber onde você está? — questionou Finch. — Ele me trouxe até aqui da primeira vez.

— Não me lembro de cervo algum — disse Nerosi, baixinho, sacudindo a cabeça, e olhou para Finch, de testa franzida e sobrancelhas unidas por pena. — Finch, me desculpa. Talvez ele me conheça, mas eu, não, juro.

— Você está mentindo para mim? — insistiu Finch.

Ela não sabia dizer por que se sentia tão corajosa, mas as peças não estavam se encaixando. Nem com a morte dos pais, nem com o desaparecimento de Victor... Nada fazia sentido.

O rosto de Nerosi murchou. Foi uma reação tão humana que Finch se encolheu. Ela ficou quieta por um longo instante.

— Acho que... tem uma coisa que escondi de você — disse Nerosi, esfregando os olhos. — Não quis magoá-la, Finch. Mas parece que você descobriu.

Finch levantou as sobrancelhas.

Nerosi respirou fundo.

— Você está certa. Surgiu uma conexão entre nós antes de você aparecer aqui pela primeira vez. É porque eu ouvi seus chamados na noite do... — falou, engolindo em seco. — Na noite do acidente no rio.

As palavras foram como um soco na boca do estômago.

— Você estava lá?

Nerosi sacudiu a cabeça em negativa.

— Não exatamente. O vazio no qual eu estava presa... era em uma realidade paralela a essa, e às vezes eu ouvia coisas deste mundo, quando a barreira se afinava. Naquela noite, ouvi você suplicar por socorro, pedir para não morrer, então eu... eu usei o pouco de energia que tinha para conectar nossas forças vitais. A conexão permitiu que você usasse um pouco de minha força para ficar viva. Pense nisso como um canal. Desconfio que seja por isso que você acabou... se parecendo um pouco comigo.

Finch olhou para si mesma. Era verdade: o cabelo e a pele brancos eram quase idênticos aos de Nerosi.

A cabeça de Finch estava a mil.

— É por isso que também vejo as ondulações esquisitas no ar?

Nerosi confirmou.

— Sim. Nossa conexão parece ter deixado você sensível a coisas além deste mundo. Você tem uma percepção inata do sobrenatural.

Finch se calou, chocada.

— Desculpa por não contar — disse Nerosi. — Só queria protegê-la.

— Mas... — protestou Finch, soltando um sopro trêmulo. — Se você me salvou... por que não salvou meus pais?

Nerosi fez uma careta. O silêncio se estendeu entre elas, carregado, e Finch estava à beira das lágrimas. Os olhos de ônix de Nerosi cintilavam quando ela sacudiu a cabeça e mordeu o lábio.

— Perdão — conseguiu dizer. — Só escutei você. Queria ter ajudado eles, queria mesmo. Sei que não é desculpa, mas é tudo que tenho a oferecer.

Finch olhou para o chão, vendo duas lágrimas pingarem no círculo de cinzas que prendia Nerosi.

— Finch... — começou Nerosi.

Mas a menina já tinha voltado ao túnel, deixando para a criatura apenas o eco de seus passos.

doze

A semana seguinte passou como um borrão para Finch. Durante o dia, ela ia às aulas, ensaiava com Selena e depois passava a noite com Sumera e as amigas. Distraía-se o tempo todo, incapaz de escapar das próprias memórias. Estava com dificuldade para dormir, preferindo ficar acordada noite adentro para anotar tudo o que sabia em um caderno de espiral após acabar o dever de casa. Botar as palavras no papel parecia ser o único jeito de fazê-las parar de se repetirem na cabeça. Toda noite, ela era confortada pelo som da tempestade lá fora; chovia sem parar fazia quase uma semana.

Finch pensou nisso ao abrir o guarda-chuva no caminho de volta para Pergman depois da aula de cálculo sexta-feira à tarde. As nuvens pesavam no céu, cobrindo o sol como um lençol cinzento. Quando estava prestes a se perder em pensamento de novo, o celular vibrou no bolso: era uma nova mensagem de Simon.

HOJE, 15:21

Simon

Oi! Minha mãe vai passar o fim de semana fora, então vou dar uma festa hoje, se quiser vir

Que legal! Que horas?

Simon

Umas nove e meia. Mas pode vir quando quiser

Nove e meia tá ótimo!

Simon

Maravilha

Mal posso esperar pra te ver ❤

Ela guardou o celular no bolso e arregalou os olhos. Desde quando ele mandava aquele tipo de mensagem? Por que estava mandando *coraçãozinho*?

— E aí, vai no Simon hoje?

Finch quase deu um pulo, mas, ao se virar, viu que Sumera a tinha alcançado, digitando uma mensagem no celular.

— Como você sabe?

Sumera virou o celular para revelar a própria conversa.

— Ele me contou. Você não soube por mim, mas ele quer chegar em você hoje à noite.

Finch congelou. Ela obviamente tinha passado um tempo com Simon e Selena por causa da investigação da Killing Howard, e tinha se encontrado com ele uma vez ou outra quando Sumera o convidara para ver filmes com elas e as amigas, mas eles nunca ficaram… *a sós*. Muito menos *romanticamente*.

Seria seu primeiro encontro romântico.

Sumera franziu as sobrancelhas.

— Tá tudo bem?

Finch fez que sim e retomou a triste tentativa de acompanhar o ritmo de Sumera; a diferença de altura deixava Finch em grande desvantagem.

— Foi mal, é que eu... eu não tinha pensado em Simon... assim.

Foi a vez de Sumera arregalar os olhos.

— Tá de brincadeira, né?

Finch franziu a testa.

Sumera levantou as mãos.

— Você vive falando dele! Vocês se viram praticamente todo fim de semana desde o começo das aulas! Parece algo que você faria com o menino de quem gosta.

Finch mordeu o lábio. Realmente gostava de passar tempo com Simon, mas não sentia frio na barriga quando conversavam nem sonhava acordada com ele. Talvez um dia pudesse virar alguma coisa assim, mas, para ela, ainda eram apenas amigos. Sair para um encontro romântico estava dez passos à frente de seus pensamentos no momento.

Visualizou Simon a abraçando pela cintura e se aproximando para beijá-la. Ela fez uma careta e torceu o nariz.

Sumera viu a expressão e franziu a testa.

— Quer que eu dê um toque nele? Não quero que vocês dois fiquem sem graça...

Finch sacudiu a cabeça bruscamente.

— Não! Não, tudo bem. Estou de boa com isso.

— *Tem certeza?*

Se tenho certeza? Bom, Finch sabia que Simon era engraçado. Também era gentil. No geral, era bem bonitinho... Ela sempre sentia certa inveja da coleção de camisas dele. Então ele era tudo o que ela poderia pedir em um possível primeiro namorado, né? Ele se encaixava em todos os requisitos.

Só estou nervosa porque nunca saí com ninguém antes, pensou.

Finch assentiu.

— Tenho, sim. Só... — começou, deixando a palavra no ar. — O que se veste para uma festa em que um menino vai chegar na gente?

Sumera sorriu.

— Vou falar com as gêmeas.

Enquanto Sumera trocava mensagens com Ira e Zara, Finch sentiu uma bola de ferro pesar em sua barriga.

À tarde, Selena empurrou a porta lateral do teatro e encontrou Finch já sentada ao piano, tocando a interpretação mais furiosa que já ouvira da "Sonata para piano nº 8", de Beethoven. Sentou-se na primeira fila, percebendo, depois de um momento, que Finch não havia percebido que ela estava lá.

A menina esmurrou as teclas nas últimas notas, mordendo o lábio ao se concentrar em cada pequeno som. Quando finalmente concluiu a música, soltou um enorme suspiro, um gemido, e ainda deixou a cabeça pesar nas teclas, batendo em todas de uma vez, em cacofonia.

Quando o som das notas aleatórias se dissipou, Selena se levantou e aplaudiu, para o horror de Finch, que deu um pulo e levou a mão ao peito.

Selena caiu na gargalhada.

— Bravo! Muito bom.

Finch soltou um grunhido e, ainda rindo, Selena subiu no palco e ofereceu-lhe a mão. A pianista esfregou a testa e aceitou a ajuda dela para se levantar.

Em um tom contrariado e quase infantil, resmungou:

— Eu não sabia que você estava aqui.

Selena sorriu.

— Prefere que eu anuncie minha presença sempre que chegar em algum lugar?

— Talvez — respondeu Finch, cruzando os braços.

Caramba, ela é tão fofa, pensou Selena. Ela se beliscou. *Meu Deus... posso parar de ser gay por, tipo, dez minutos?*

— Vou fazer questão que você saiba que cheguei da próxima vez — falou, enquanto tirava a jaqueta e se alongava. — A boa notícia é que acho que acertei aquela pirueta com salto que estava me atrapalhando...

Do nada, Finch soltou:

— Por que você e Simon não namoram?

Selena soltou os braços.

— C-como é que é?

Finch cobriu o rosto com as mãos.

— Desculpa, foi muito invasivo...

— Não, tá... tranquilo. — Selena botou as mãos na cintura e deu de ombros. — Acho que nunca senti atração por ele. Eu o vejo como um irmão — falou, e estreitou os olhos. — Por que a pergunta?

Finch olhou para o outro lado, sacudindo freneticamente uma das pernas.

— Sumera me disse que ele está planejando chegar em mim na festa.

Selena ficou paralisada, sentindo que o chão tinha se aberto sob seus pés. Finch continuou sentada, balançando a perna, sem olhar para ela. Finch, com o rosto literalmente de boneca, o cabelo em um rabo de cavalo curtinho, e a voz suave que fazia Selena sentir que estava flutuando sempre que a ouvia.

Merda.

— Acho que só queria confirmar que... por você tudo bem — disse Finch, por fim, encontrando o olhar de Selena. — Já que ele é seu melhor amigo e tal.

Selena conjurou a imagem de Simon Hemming, logo ele, puxando Finch para um beijo. Uma onda de calor tomou seu rosto, e uma carranca se desenhou em sua boca. Ela inspirou fundo e sentiu a compostura desaparecer.

Finch e Simon não podiam namorar.

Selena jogou o cabelo para trás.

— Pode ser, se você não se incomodar de todo mundo saber que você não tem critério.

Foi a vez de Finch mostrar surpresa.

— Como assim?

— Eu não saio por aí falando da minha amizade com o moleque criptídeo... Ninguém dá a mínima para ele ser legal ou não, depois de saberem que ele é tão esquisito.

Finch franziu a testa.

— Bom, pra mim é importante.

Selena soltou uma gargalhada seca.

— Você por acaso está realmente interessada nele? Ou só vai dizer sim porque ele está prestando atenção em você?

Finch cruzou os braços e balançou a cabeça.

— Não entendi por que você está sendo tão… cruel.

— Porque eu sou cruel! — disse Selena, abrindo os braços. — A perfeitinha da Sumera não avisou? As pessoas não te avisaram? Não é novidade.

— Você está sendo ridícula — rebateu Finch, recolhendo o material e pendurando a mochila no ombro. — Podemos ensaiar segunda-feira.

— É isso? — perguntou Selena, parando na beirada do palco enquanto Finch corria até a porta. — Nada? Você vai simplesmente fugir?

Finch parou com a mão na maçaneta e encarou Selena.

— Vou aceitar o pedido de Simon hoje. Se você tem um problema com isso, diga alguma coisa, mas não vou ficar aqui parada deixando você pisar em mim e nele só porque todo mundo deixa. — Ela escancarou a porta. — Tchau, Selena.

treze

Zara deixou Finch pegar um vestido emprestado para a festa; o que seria ótimo se ela não fosse mais de dez centímetros mais alta do que Finch, que mal chegava a 1,55 metro. O que deveria ser um vestido até os tornozelos acabou sendo um que arrastava no chão, fazendo com que fosse necessário levantar a saia para subir os degraus que levavam à casa de Simon.

Por outro lado, pelo menos o vermelho do vestido poderia dar a impressão errônea de que tinha alguma cor na aparência de Finch. Talvez fosse por isso que tanta gente a olhou ao entrar na festa, acompanhada de Sumera e das gêmeas.

Ou talvez fosse porque já estava se espalhando o boato de que ela tinha mandado Selena St. Clair catar coquinho.

Ela esperava que não fosse aquilo.

Lá dentro, a festa estava lotada de meninas de Ulalume e residentes de Rainwater, aglomerados em círculos fechados e ao redor de mesas onde montavam jogos de beber. A música berrava dos alto-falantes, fazendo vibrar o chão com o som do baixo. Luzes multicoloridas saltavam pela sala em padrões variáveis, como um caleidoscópio. Copos descartáveis eram agitados no ar, que parecia pesado de tanto suor e umidade ambiente.

As gêmeas logo se afastaram e foram conversar com outras garotas da escola, deixando Finch torcendo as mãos ao lado da colega de quarto. Sumera esticou a mão e tocou seu ombro.

— Você está bem? — perguntou, franzindo as sobrancelhas.

Sumera tinha passado sombra dourada, que destacava a cor de âmbar dos olhos.

Finch suspirou.

— Só... nervosa. Agitada. Meio enjoada.

— Ah — disse Sumera, maravilhada —, o amor.

— Oi, gente! Aqui!

Simon foi correndo até elas, usando uma camisa de botão estampada com um monte de Pé-grandes minúsculos. Acenou para Sumera e abraçou Finch. Por mais que ela se esforçasse, acabou enrijecendo o corpo inteiro no abraço. A quantidade de perfume que ele tinha passado fez Finch lacrimejar.

— Posso pegar uma bebida pra você? — perguntou Simon, com um sorriso enorme.

Ele praticamente precisava gritar para ser ouvido em meio à música.

— Por favor! — exclamou ela, e se repreendeu por soar tão ávida. — Hum... é, eu, hum, aceito, sim.

— Cerveja?

Finch considerou, até lembrar: *Ele planeja chegar em você hoje.*

— Quer saber? — disse ela, levando a mão à cintura para tentar parecer casual, apesar da ansiedade profunda que a tomara até os ossos e lhe dava a impressão de que todo mundo ali conseguia ver o quanto estava nervosa. — Vamos virar uns shots.

A palavra "shots" causou um burburinho na multidão, e Finch corou. Nunca tinha tomado um shot, só ouvira falar na televisão. Por um segundo, se perguntou se havia usado a palavra corretamente.

Simon levantou a sobrancelha por um segundo, mas acabou sorrindo e dando de ombros.

— Partiu.

Para compensar a pouca experiência com bebida, Finch decidiu que o melhor era tomar três doses em sequência.

A primeira foi de vodca, com Simon. Se a morte tivesse gosto, Finch imaginava que fosse aquele. Ela se engasgou e quase vomitou ao sentir a garganta arder. Rindo, Simon ofereceu um gole de cerveja para aliviar o gosto, mas foi pior ainda. Quando ele estava distraído, ela se virou e cuspiu a cerveja no vaso de clorofito da sra. Hemming, implorando mentalmente que a perdoasse.

— Você está linda hoje! — gritou ele em meio à música, que mudava de trinta em trinta segundos porque ninguém concordava quanto ao que escutar. — Eu... eu gostei do vestido.

— Obrigada. Está muito comprido.

Simon riu.

— Hum... é. Acho que sim.

Finch apontou para o corredor.

— Onde fica o banheiro?

— Primeira porta à esquerda.

— Show.

Ela saiu apressada.

A segunda dose foi na saída do banheiro, quando ela esbarrou em duas meninas da aula de música, que disseram que ela era uma das melhores pianistas que já tinham ouvido em Ulalume. Sentindo o peso da ameaça da síndrome de impostora, Finch perguntou:

— Querem virar uns shots?

Dessa vez, foi vodca de limonada. Não tinha gosto de limonada.

Foi naquele momento que Finch deveria ter parado de beber. Para alguém do tamanho dela, duas doses eram suficientes para fazê-la rir em um volume irritante de tão alto e desequilibrá-la um pouco. Ela mal notou que tinha se passado meia hora enquanto ela dava a volta no salão, se apresentando para todo mundo.

A terceira dose, dessa vez de tequila, veio de um grupo do Colégio Rainwater. Quando ela tomou a bebida e mordeu a fatia de limão que enfiaram na cara dela, os meninos comemoraram como se Finch tivesse marcado o gol da final de um campeonato.

— Finch? Tudo bem aí? Estava te procurando.

Finch deu as costas para os meninos da Rainwater e viu uma Sumera de braços cruzados e sobrancelha erguida.

Finch fez sinal de joinha e secou tequila que tinha escorrido no queixo.

— Tô ótima.

— Não senti muita firmeza nisso. — Sumera bufou. — Olha, acho melhor voltarmos para casa. Está ficando tarde, e estou preocupada…

Ouviu-se um rangido, e então Selena St. Clair e as amigas entraram.

O mundo de Finch parou.

Selena estava de calça jeans rasgada e de barra dobrada, bota de cano curto e um cropped preto. A cabeleira loira descia em ondas ao redor do rosto e, quando ela passou a mão no cabelo, Finch notou que tinha botado unhas postiças pretas e afiadas, como garras. Os olhos verdes estavam delineados de preto, como de costume, mas com um toque mais esfumaçado que os deixava ainda mais penetrantes. E a boca…

Vermelha-carmim e brilhante.

Foi nesse momento que Finch teve certeza de que sentia uma atração irrevogável e inquestionável por Selena St. Clair.

— Finch? Podemos conversar?

Ela se virou e encontrou Simon, que segurava o copo descartável vermelho com os dedos pálidos de tensão. Suor brilhava em sua testa. Ele engoliu em seco.

Finch apontou para o copo.

— O que é isso aí?

— Hum… Cuba Libre. Mas honestamente tem uns noventa por cento de rum…

Finch pegou a bebida da mão dele, virou o resto e devolveu o copo.

— Claro. Vamos conversar.

Selena sentiu um peso no peito quando Finch sumiu com Simon.

Ficou lá, imóvel, enquanto Amber e Kyra saíam do lado dela e se misturavam à multidão, cumprimentando uma variedade de meninas que gritavam seus nomes com a voz esganiçada. Em segundos, já estavam com copos de bebida, cercadas de pessoas atentas a tudo o que diziam.

Risa tocou de leve o ombro de Selena e indicou a parede no fundo da sala. Selena concordou e seguiu a amiga, afastando-se da porta.

As duas encontraram um canto vazio e aceitaram bebidas que umas meninas ofereceram. Risa rapidamente virou o conteúdo do copo em um vaso de clorofito e Selena tomou um gole do dela. Limonada com vodca... passável.

Elas observaram a multidão, especialmente Amber e Kyra, que absorviam toda a atenção.

— Semana passada foi igual — comentou Risa, fingindo tomar um gole do copo descartável para ninguém aparecer e oferecer mais bebida. — Ninguém deixava elas em paz.

— Será que é por causa do poder de Nerosi? — perguntou Selena, feliz de falar de outra coisa além do fato de ter visto Finch sumir para, supostamente, se agarrar com o melhor amigo dela.

Chegou a considerar ir atrás deles, mas sabia, no fundo, que era uma ideia terrível. Só deixaria Finch ainda mais furiosa.

Risa suspirou.

— Parte disso, sem dúvida.

— Posso perguntar uma coisa?

Risa levantou o olhar do copo.

— Hum?

— Kyra anda... esquisita ultimamente? — perguntou Selena, tamborilando os dedos no copo. — Acho que ela mentiu para mim sobre o corte de cabelo.

Risa arqueou as sobrancelhas.

— Ela não te contou? Foi Nerosi quem pediu o cabelo. Ela disse que precisava de alguma coisa física deste mundo para juntar a força necessária para realizar o desejo de Kyra.

Um calafrio percorreu a espinha de Selena. Ela arregalou os olhos e perguntou:

— Ela deu *o cabelo* para Nerosi?

A amiga confirmou.

— Kyra queria a capacidade de fazer as pessoas lhe obedecerem. Uma espécie de... carisma intensificado. — Risa virou o olhar castanho-escuro para Kyra, que estava recebendo beijos na bochecha de duas meninas diferentes. — Parece estar funcionando.

— Opa, opa, opa... como é que é? — perguntou Selena, balançando a cabeça. — Não, ela não me contou nada disso! Como ela pôde fazer uma coisa dessas?

Risa deu de ombros.

— Cabelo parece um preço pequeno a pagar para ter um dom desses. Conheço pessoas que dariam muito mais para serem ouvidas.

— Você não está querendo dizer... — Selena estava chocada. — Não está considerando...

Risa balançou a cabeça em negativa, o cabelo caindo em ondas escuras ao redor do rosto em forma de coração. Selena sempre achara que a amiga era quem tinha a aparência mais régia do grupo. A aparência dela própria era comparada a várias influenciadoras do Instagram, Amber tinha um ar de menina comum e Kyra gostava de fingir ser uma espécie de *femme fatale*. Mas Risa parecia ter o poder de se sentar em um trono e controlar um reino inteiro. Tinha algo na postura dela, de ombros empertigados e queixo erguido, que fazia o corpo pequeno aparentar três metros.

— Não estou nem aí para o que pensam de mim — disse ela, seca. — Pelo menos não para o que essa gente aí acha. Mas... — acrescentou, com a expressão murcha. — Ando passando por alguns... problemas acadêmicos recentemente.

— Você? — perguntou Selena, piscando. — Achei que você estivesse entre as melhores da turma.

— Eu estava. Antes de a gente começar a lidar com isso tudo — falou, apontando para Kyra e Amber em meio às pessoas. — Não consigo mais me concentrar como antes. Parece que só consigo pensar nessa história de Nerosi. Ando tão distraída que minhas notas caíram.

Selena fez um barulho de desdém.

— Conhecendo você, aposto que foi uma nota sete em um teste surpresa.

Risa a olhou com uma raiva afiada.

— Não foi isso, não. Na verdade, estou quase reprovando em matemática. E correndo o risco de perder a bolsa.

Selena arregalou os olhos.

— Risa...

Ela bufou.

— Não que você pense nisso, porque gente branca olha para mim e supõe que sou boa em certas coisas. Sei o que vocês pensam de mim, e não é lá muito agradável.

Selena recuou. De repente, fazia ainda mais sentido Risa ter entrado no grupo de Selena ao se oferecer para ajudá-la a colar. Ela tinha que conquistar as outras alunas de algum jeito, e aquilo era exatamente o que esperavam dela.

— Risa, me desculpa — disse Selena, passando a mão pelo cabelo. — Foi muita insensibilidade de minha parte.

— Já estou acostumada — respondeu Risa, rangendo os dentes, sem encontrar o olhar de Selena. — Se precisar de mim, estarei com Amber e Kyra.

Ela entrou no meio da multidão.

Finch alisou o vestido pela milionésima vez. Ela estava sentada na ponta da cama de Simon, quase encostando os joelhos nos dele. Estava tonta, e não sabia se era de nervosismo ou de bebida.

O estômago revirou. Definitivamente era a bebida.

— Tá, hum — começou Simon, secando as mãos na calça, e Finch focou o olhar na boca dele, se esforçando para vê-la como via a de

Selena. — Queria te perguntar uma coisa. Desde que a gente começou a sair…

Ela continuou a olhar para a boca dele. Admitia que não era a pior que já vira. Para um menino, ele tinha lábios volumosos, que pareciam razoavelmente macios. Era certamente melhor do que a média. Nota seis, cravado.

— …agora pode ser uma boa hora para perguntar o que você sente. Porque eu te acho absolutamente incrível, Finch.

Finch abriu a boca para falar e voltou a fechar, o coração a mil.

Então ela o beijou.

Simon ficou tenso por um instante, mas, depois de um segundo, a beijou também. Finch fechou os olhos com força, se concentrando na mão dele que tocava seu cabelo e no lábio inferior entre os dentes dele. A princípio, nada nela reagiu.

Porém, pensou na boca vermelha e brilhante que tinha visto na sala. Se ela conseguisse fingir… fingir que sentia as mãos de Selena em sua cintura, a língua dela deslizando em sua boca. Ela beijou com mais força, agarrando a camisa de Simon com a mão. Imaginou que a respiração dele saía de entre os dentes perolados de Selena, e que a pele macia do pescoço dele era a dela.

Ela conseguiria. Desde que…

Simon se afastou um pouco, arfando.

— Nossa. Eu… eu nem sabia se você gostava de mim.

A ilusão se estilhaçou.

Ele se abaixou para mais um beijo, mas Finch se desvencilhou. Estava enjoada. Ao olhar o rosto de Simon, sentia que tinha acabado de beijar uma estátua de cera. Lágrimas brotaram em seus olhos.

— Finch?

Simon tentou tocá-la, mas parou quando ela se encolheu. Ele arregalou os olhos.

— Eu…? Eu fiz alguma coisa…?

— Não, não… você… — Lágrimas desciam pelo rosto de Finch. Ela sacudiu a cabeça, tremendo de soluçar. — Mil desculpas, Simon. Não dá… não posso…

Finch tossiu, lágrimas voltando aos olhos. A casca da árvore arranhava a mão enquanto ela cuspia bile com gosto de Coca na mata. Secou a boca com o punho fechado, manchando o rosto de batom. Lágrimas de rímel desciam em córregos pretos pela face.

Ela se endireitou, os ombros tremendo enquanto chorava. Abraçando com força o próprio tronco, voltou à estrada arrastando os pés e a cauda do vestido na terra.

Andou uns três metros antes de a dor de cabeça ficar intensa demais para ser ignorada.

Finch chiou, massageando a testa. Pelo canto do olho, viu uma ondulação no ar.

Ali, emoldurada por cores ondulantes do outro lado da estrada, estava uma picape branca. A frente do veículo estava toda amassada, colidida com uma árvore, e fumaça escapava do capô deformado. O vidro da frente estava distorcido por rachaduras espalhadas, e o farol dianteiro direito estava pendurado por fios, como um olho arrancado da cavidade.

Finch pisou no asfalto e avançou devagar. Ao se aproximar, percebeu que tinha uma pessoa no carro, caído para a frente com o cabelo cobrindo os olhos.

Sangue estava espalhado pelo painel.

— Ai, meu Deus. — Finch suspirou, cobrindo a boca com a mão.

Ela correu para a porta do carona, gritando:

— Senhor? Senhor, está me ouvindo?

Ela foi pegar a maçaneta, mas, horrorizada, viu que sua mão a atravessava.

A pessoa se mexeu um pouco e sussurrou:

— Eu não… não quero morrer.

— Vamos lá — suplicou Finch, desesperadamente tentando pegar a maçaneta.

Sempre que tentava, o objeto escapava por entre os dedos que nem fumaça. Ela tentou bater a mão na janela, mas também a atravessou.

A pessoa virou o pescoço para olhá-la, sangue escorria de um corte feio na testa. O pouco de pele que Finch enxergava estava muito pálido. Com a voz fraca, ele a olhou de frente e implorou:

— Por favor... por favor...

O coração de Finch deu um pulo. Ela o reconhecia. Tinha visto aquele rosto em todas as idades na cozinha da mãe, mil pequenos fantasmas de um filho perdido cedo demais.

Victor DeLuca.

O ar frio da noite soprou na pele de Selena quando ela saiu aos tropeços, procurando Finch na estrada. As árvores balançavam à brisa forte, apenas sombras no escuro. Eram poucos os postes de iluminação até a cidade, apenas a meia-lua iluminava o asfalto preto que cortava a mata.

Não demorou para Selena notar Finch na beira da estrada, olhando atentamente o outro lado. Selena correu até ela, amaldiçoando-se por ter calçado sapatos que dificultavam a situação.

Finch atravessou o asfalto. Esticou a mão para pegar alguma coisa que Selena não enxergava. Ainda estava chorando, os ombros tremendo enquanto falava freneticamente no meio da escuridão.

Uma luz brilhou no canto do olho de Selena quando um carro virou a curva. Era um daqueles carros elétricos, quase inteiramente silencioso exceto pelo ruído do cascalho sob os pneus. Estava avançando a no mínimo 140 quilômetros por hora.

Finch não pareceu notar os faróis voando em sua direção.

O motorista acelerou. Não a viu.

— *Finch!* — gritou Selena, correndo até ela.

Finch ergueu o rosto bem quando os faróis a iluminaram completamente, os olhos imensos e lacrimosos refletindo a luz.

Selena saltou e se jogou em cima dela.

O tempo desacelerou. O carro virando a curva, não. Selena voou até Finch, de braços esticados.

Foi então que outra coisa surgiu em seu campo de visão, atrás de Finch. Uma picape amassada contra uma árvore... e um menino lá dentro, encarando Selena.

Ela colidiu com Finch e as arremessou no acostamento, atravessando a visão da picape.

O carro, sem nem notar o que estava acontecendo ali, seguiu pela estrada vazia.

Selena respirou fundo, tremendo enquanto piscava e o mundo ao redor entrava em foco de novo. Finch estava debaixo dela, de costas no asfalto. As mãos de Selena emolduravam o rosto dela, uma de cada lado. Estava pálida como a lua, com os olhos imensos e a maquiagem borrada por causa do choro. O peito subia e descia, e os braços tremiam.

Selena tocou o rosto de Finch.

— Você está bem?

Finch sacudiu a cabeça, primeiro devagar, e depois bem rápido.

— Não.

— Tá, quer saber? Faz sentido.

Selena se virou para olhar a estrada atrás dela.

Nada de picape.

Nada de menino.

Selena esboçou uma pergunta:

— V-você viu...?

— Victor DeLuca — murmurou Finch. — Victor DeLuca estava naquela picape.

— É, estava, sim — concordou Selena, antes de se endireitar e oferecer a mão para Finch. — Vamos dar o fora daqui. Podemos conversar no farol.

Finch aceitou a mão dela sem hesitar. Selena a ajudou a se levantar, segurando-a pelo ombro para equilibrá-la, pois estava cambaleando. Finch fungou, soltando um pedido de desculpas engasgado ao se apoiar em Selena, que nem a ouviu.

Em vez disso, enquanto conduzia Finch estrada abaixo, olhou para trás mais uma vez.

Meio escondido pelas folhas, viu a silhueta ameaçadora do cervo de oito olhos. Seu olhar brilhante se cruzou com o de Selena. Ela não tinha certeza, mas parecia até que a criatura estava com raiva dela.

O cervo soltou ar pelas narinas antes de sumir floresta adentro.

catorze

Assim que chegaram ao farol, Selena levou Finch para o quarto e lhe ofereceu um cobertor antes de descer para pegar água e biscoitos. Quando voltou, Finch estava sentada na cama, usando um lenço de papel que pegara da mesa de cabeceira para secar os olhos.

Selena entregou a água e subiu na cama ao lado dela. Finch tomou um golinho.

— É melhor você beber tudo — aconselhou.

Finch franziu a testa. No caminho de volta, tinha ficado bastante óbvio que havia bebido demais, e estava falando com a voz meio arrastada.

— Eu não... não preciso disso.

— Precisa, sim. Precisa muito mesmo — insistiu Selena, e passou um biscoito. — Disso também. Amanhã vai me agradecer.

— Está parecendo Sumera — resmungou Finch, mordendo o canto do biscoito.

Selena conteve uma careta. Ela percebeu que já tinha, de fato, estado do outro lado da equação, no passado: Sumera oferecendo água e biscoitos, dizendo que chamaria a supervisora se ela não acabasse de comer. Na época, Selena tinha achado muito irritante, mas finalmente entendia.

Finch bebeu o resto da água e fungou.

— Desculpa. Você só está tentando ajudar.

Selena concordou. Pegou um pacote de lencinhos demaquilantes e o entregou para Finch.

— Isso também pode ajudar. Parece que você acabou de ser reprovada da faculdade de palhaço.

Finch riu um pouquinho disso e começou a limpar o rímel e o batom borrados no rosto. Selena ficou mais tranquila vendo-a sorrir, mesmo que só por um instante.

Selena tentou desesperadamente não dar atenção à proximidade das mãos e das pernas delas, mas era como se seus nervos tivessem ganhado vida própria. Cada minúsculo movimento de Finch irradiava ondas de choque entre elas, e os sinais chegavam a seu coração e o aceleravam.

Quando Finch acabou de comer, Selena perguntou:

— Posso trazer mais alguma coisa? Chá? Outro cobertor? Aspirina?

Finch riu, empurrando de leve o braço de Selena.

— Olha só. Você me mimando assim.

Selena corou, de um vermelho-vivo.

— Mi... Não! Estou apenas te ajudando, porque sou sua amiga. Pode tirar esse sorrisão ridículo da cara.

Finch não tirou o sorrisão ridículo da cara. Na verdade, ele só aumentou.

— Somos amigas?

Selena franziu a testa, o rosto ainda ardendo.

— Óbvio. Eu não pularia na frente de um carro em movimento pra te salvar se não me importasse pelo menos um pouquinho.

— Um pouquinho... — disse Finch, contendo um sorriso. — Que elogio.

— Se você continuar assim, vou te dar um chute.

Lá fora, um trovão rugiu, um prelúdio à chuva que caiu segundos depois. A água fustigou os vidros, embaçando a bruma que escondia o mar cinza-escuro e revolto. Um relâmpago cortou o céu como um sorriso afiado, iluminando o quarto por um momento de lampejo antes de estourar nas sombras.

Finch a olhou com expectativa.

Selena revirou os olhos.

— Entendi o recado. Pode ficar aqui... Eu vou dormir no sofá. Mas só depois de você me explicar o que rolou.

O sorriso de Finch sumiu.

— Simon falou que se chama Eco — começou Finch, parecendo mais sóbria depois da pergunta. — Ele disse que é tipo... uma visão de alguma coisa que aconteceu no passado sendo repetida à nossa frente. Eu já vi alguns.

— Alguns? — perguntou Selena, arregalando os olhos. — Foi assim que descobriu o nome de Victor?

Finch confirmou.

— Isso. Eu vi um Eco dele na biblioteca, com o resto da banda. Eles estavam conversando sobre Nerosi...

Finch fechou a boca de repente, e a cobriu com a mão.

Selena congelou.

Ela perguntou:

— Nerosi?

Suor brotou na testa de Finch.

— Eu falei Nerosi? F-foi erro meu, eu quis dizer, hum... é...

— Você também a conhece?

Passou-se um instante de silêncio antes de Finch arregalar os olhos. Mesmo em silêncio, a resposta à pergunta de Selena estava óbvia em seu rosto.

— A gente a encontrou na véspera da volta às aulas... naquela sala nos túneis. Tinha outra menina lá. De cabelo branco.

Selena sacudiu a cabeça quando as peças se encaixaram, e desejou voltar ao passado e gritar no próprio ouvido: era óbvio.

— Era você — continuou.

— Você estava lá? — Finch suspirou.

Selena concordou.

— Por que não me conta o que lembra, e eu te conto depois?

Foi o que fizeram. Finch falou sobre a primeira noite, quando sentira um puxão no peito que a conduzira pelos túneis até a sala. Contou que tinha libertado Nerosi e desmaiado. Por sua vez, Selena explicou que a tinham seguido achando que ela ia à mesma festa que procuravam, e que depois acordaram no meio da floresta de manhã, desorientadas e apavoradas. Enquanto conversavam, Selena sentiu um pouco da tensão se esvair dos ombros; era quase uma espécie de confessionário, e desabafar era estranhamente reconfortante.

— Kyra é quem mais tem falado com ela — esclareceu Selena. — Eu... eu não apareci tanto por lá.

— Por que não? — perguntou Finch.

Selena mordeu o lábio. Tinha medo de dizer a coisa errada, mas admitiu:

— Porque não confio em Nerosi.

Selena fez uma careta, esperando receber a mesma repreensão que Kyra lhe dera diante dessas suspeitas.

Em vez disso, Finch concordou.

— Eu também não. Tem alguma coisa esquisita nessa história.

— Porra, pois é. Hoje Risa me falou que ela pediu o cabelo de Kyra.

Finch arregalou os olhos.

— Para fazer *o quê*?

— Acho que para se fortalecer.

Selena mordeu a bochecha por dentro, deixando o olhar vagar para a janela. O som da chuva batendo no farol era alto, e o vento, suficiente para deixar um frio úmido no ar.

— Na minha opinião, é suspeito pra caramba — acrescentou.

Finch concordou.

— Acho que peguei ela no flagra outro dia. Estava mentindo sobre o cervo de oito olhos... disse que não sabia nada sobre ele, mas acho que sabe.

Selena perdeu o fôlego.

— Sim, ela estava mentindo pra você.

Finch arregalou os olhos.

— Ele é emissário dela — explicou Selena. — Ela vê pelos olhos dele ou algo assim. *Nisso* eu acredito. Agora, na estrada? Ele estava observando a gente.

— Por que ela… — Finch se interrompeu, estremecendo. A expressão vacilou, e ela inspirou fundo. — Ah…

— Que foi? — perguntou Selena.

— Nada — disse Finch. — Só… uma lembrança ruim. Antes de acontecer, eu vi o cervo de oito olhos. Nunca achei que fosse coincidência, e, se Nerosi não quer que eu saiba…

— Ela tem motivos para esconder — concordou Selena. — Assim como tenho certeza de que ela escondeu coisas das últimas pessoas que a invocaram, logo antes de sumirem da face da terra. Ela deve ter feito com eles o mesmo joguinho que está fazendo com a gente.

— Então, se descobrirmos o que aconteceu com eles… — começou Finch, mordendo o lábio. — Talvez possamos impedir a história de se repetir conosco.

— Exatamente.

Selena notou, então, que Finch tinha aproximado ainda mais a mão, e os dedos mindinhos estavam quase encostados. Por um momento, pensou em tocá-la, mas lembrou que Finch se desvencilhara da outra vez. Por isso, cruzou as mãos no colo, e soltou um suspiro.

— Talvez a gente deva contar para Simon — falou Selena. — Se ele soubesse, provavelmente…

Ela parou de falar ao ver a expressão desanimada de Finch.

— Ou… não precisa — disse, inclinando a cabeça de lado e observando Finch curvar a boca bem desenhada em uma carranca. — Aconteceu alguma coisa hoje? Com vocês dois?

Um pequeno soluço escapou da boca de Finch, apesar de ela ter tensionado o maxilar para conter o choro. Os olhos dela começaram a brilhar, exatamente da mesma cor do mar de tempestade lá fora.

Selena tentou tocá-la de novo, mas hesitou.

— Se… se não quiser me contar, tudo be…

Porém, no momento seguinte, a barreira implícita que se estabelecera entre elas nas últimas semanas se desfez. Selena ficou paralisada quando Finch se recostou nela, apertando o rosto contra seu ombro para conter o fluxo de lágrimas. Após um momento atordoada, abraçou Finch e apoiou o queixo na cabeça dela.

— Tudo bem — prometeu Selena. — Estou aqui.

Finch sacudiu a cabeça, apertando os olhos para conter as lágrimas.

— Parece que... me falta alguma coisa, sabe? Passei a vida toda esperando para sentir o que outras meninas sentem por meninos, toda aquela animação ou emoção, ou qualquer coisa do tipo, mas *não sinto*. Quando era mais nova, achei que fosse só por ainda ser criança, mas agora... — O rosto inteiro se contorcia enquanto ela tentava parar de chorar, sem sucesso. — Eu tinha certeza de que isso mudaria hoje. M-mas, quando eu beijei Simon, eu não senti... nada.

Os ombros dela tremeram, e Selena se desemaranhou o suficiente para pegar um lenço da mesa de cabeceira, que Finch aceitou para secar os olhos e assoar o nariz.

Selena secou uma lágrima do queixo de Finch e falou:

— Ei, escuta... não tem nenhuma regra que obrigue você a sentir atração por meninos. Por ninguém, na verdade. E, honestamente, homens não são tudo isso. Na nossa idade, eles mal se comprometeram com o uso de desodorante, e deveríamos nos impressionar como se isso fosse uma vitória do caralho.

O comentário fez Finch rir um pouquinho. Ela fungou e ergueu a cabeça, encontrando o olhar de Selena. Estavam a poucos centímetros de distância, com os narizes quase encostados. Um rubor tomou a face de Selena; assim de perto, se sentia estranhamente vulnerável, como se Finch pudesse enxergar dentro dela e saber o que escondia sob a superfície. Seu coração vibrou, ecoando uma dor quente pelo peito.

Finch soltou:

— Acho que gosto de meninas.

— Ah. Hum.

Selena ficou tão atordoada que todas as sinapses do cérebro pareceram falhar ao mesmo tempo, incapazes de processar a informação diante delas. Provavelmente foi por isso que acabou falando:

— Bem-vinda ao clube. Podemos fazer camisetas.

A boca de Finch tremeu por um momento antes de ela cair na gargalhada, mais uma vez enterrando o rosto no ombro de Selena. A menina se xingou mentalmente, enquanto Finch a abraçava com mais força: *Fazer camisetas? Nossa senhora, St. Clair.* Ela ficou algum tempo sentada assim, rindo e fungando intermitentemente, com a cara na camiseta de Selena.

— Você ainda está megabêbada, né? — supôs Selena, quando as risadas começaram a diminuir.

— Não sei do que você está falando — respondeu Finch, bocejando e se aninhou mais. — Estou ótima.

— Legal... legal, legal — disse Selena, recostando-se na cabeceira, ainda abraçada em Finch. — Que tal eu deixar você aqui, e ir dormir no...

Finch roncou baixinho, encostada em Selena.

— Claro. — A menina suspirou.

Ela respirou fundo e fez o possível para tentar se desvencilhar, mas Finch a abraçou ainda mais forte. Selena soltou outro suspiro, encostou a cabeça na de Finch, e fechou os olhos.

Vou ficar acordada até ela se mexer, pensou. *Aí eu desço.*

Porém, apesar do esforço, levou apenas uns dois minutos até que também pegasse no sono.

Selena e Finch acordaram na manhã seguinte com o som da porta velha de carvalho do quarto sendo escancarada, e Kyra falando:

— Oi, St. Clair, Amber fez panqueca...

Ela se calou ao ver Finch embolada nas cobertas. Ao ouvir o som da porta, Finch abriu um pouco os olhos, gemendo quando a luz do sol surgiu e destacou a dor de cabeça latejante que se refugiara na frente do crânio.

Ela só reparou que tinha mais alguém com ela na cama quando Selena se endireitou e, passando a mão pelo cabelo emaranhado, perguntou para Kyra:

— Te mataria bater na porta?

O rosto de Finch esquentou quando a realidade a atingiu.

Estava na cama de Selena St. Clair. Tinha passado *a noite toda* na cama de Selena St. Clair depois da conversa delas sobre…

Ela congelou.

Contara para Selena que gostava de meninas.

E Kyra, que subia na ponta dos pés para beijar o rosto de Selena, estava olhando para Finch como se ela fosse uma ratazana na despensa.

— Por que ela tá aqui? — perguntou Kyra, brusca, e apontou a pilha de cobertas sob a qual Finch se escondia.

— Kyra, são oito da manhã — disse Selena. — Menos, por favor. Finch dormiu aqui por causa da tempestade.

— Na sua *cama*?! — exclamou Kyra, esganiçada.

Finch fez uma careta. *Como a voz dela consegue ser alta assim tão cedo?*

— Desculpa… Eu… eu bebi demais na festa e peguei no sono sem querer.

— Não precisa se desculpar — disse Selena, voltando o olhar de irritação para Kyra.

Ela tinha dormido de maquiagem, mas o delineado borrado nos olhos deixava a eletricidade deles ainda mais vívida. Como um relâmpago em meio a cinzas vulcânicas.

— Kyra, sai do meu quarto. Agora.

— A casa também é minha, tá? — rebateu Kyra, virando o olhar elétrico para Finch. — É você quem precisa ir embora.

As palavras de Kyra tinham algo estranho: apesar de não ser bem um comando, parecia. O peso delas afundou nos pensamentos de Finch e se duplicou mais e mais até ela só conseguir pensar *vai, vai, vai*. Nunca havia sentido vontade de obedecer a Kyra até então, mas de repente parecia a coisa mais importante do mundo. Sentiu o rosto relaxar e o corpo começar a se mexer sozinho.

Ela se ouviu dizer:

— Tá. Vou indo.

— Quê? — disse Selena, segurando o punho dela. — Finch, você não precisa fazer o que ela está dizendo.

— Na verdade, precisa, sim — disse Kyra, com um sorriso torto marcando seu rosto. — Rápido, Finch.

Rápido, rápido, rápido, a voz de Kyra ecoou em sua cabeça.

Finch deslizou pelo resto da cama de Selena, uma passageira sendo guiada por um corpo que não controlava mais. Ela se soltou das mãos de Selena, o olhar distante e vítreo. Pegou a bolsa do chão e se dirigiu à porta.

— Kyra! — exclamou Selena, irritada. — Que porra é essa? Para!

— Parar o quê? — perguntou Kyra, inclinando a cabeça e arregalando os olhos.

— Você sabe o quê — rosnou Selena. — De usar os poderes que Nerosi te deu.

Ao som do nome de Nerosi, Kyra congelou. Finch sentiu-se avançar para a porta, mas Selena segurou seu braço outra vez. A sensação do toque dela bastou para os pensamentos de Finch entrarem em foco. Ela respirou fundo, levando uma mão ao peito para retomar o controle dos movimentos.

Kyra arregalou os olhos.

— V-você sabe que...?

— Que você cortou o cabelo para ela? Sei, sim — disse Selena, soltando Finch. — Você não sabe mentir, Kyra. Nunca soube.

Kyra olhou de Selena para Finch e falou:

— Não acha melhor conversar sobre isso outra hora?

— Bom, a boa notícia é que Finch já sabe de Nerosi — revelou Selena, enquanto Kyra ficava pálida. — Porque foi ela quem a invocou, para começo de conversa.

Kyra encontrou o olhar de Finch, torcendo o nariz.

— *Você* invocou Nerosi? Ela nunca falou de você.

Por um momento, Finch não entendeu o tom de Kyra. Ainda a olhava com raiva, mas o tom de voz tinha um traço ferido, como se Selena tivesse apertado um ponto sensível ao indicar que alguém além de Kyra tinha uma relação com a criatura. Levou apenas um segundo, porém, para ficar assustadoramente óbvio o que Kyra sentia.

— Você está... com ciúme — concluiu Finch em voz alta, quase fascinada com o conceito.

O rosto de Kyra ardeu em vermelho.

— *Ciúme?* De alguém que Nerosi nem chegou a mencionar? Você não deve ser tão importante, se ela nem sequer achou necessário comentar comigo.

— Para ser justa, ela também nunca mencionou você para mim — retrucou Finch.

Quando Kyra torceu a boca em uma carranca, Selena se virou para Finch. Um sorrisinho se abriu em seu rosto e ela acenou com a cabeça, impressionada.

Antes que Kyra pudesse voltar a falar, Finch, sentindo-se estranhamente encorajada pelo sorriso de Selena, acrescentou:

— Talvez seja bom conversarmos. Porque acho que Nerosi está escondendo alguma coisa de todas nós, e ela nitidamente quer nos afastar por algum motivo.

— Finch está certa — concordou Selena. — Todo mundo deveria saber o que ela me contou ontem. Definitivamente tem alguma coisa ali que não bate.

— Podemos todas nos deitar na sua cama de conchinha para conversar também? — retrucou Kyra.

— Fala sério. Deixa de ser ridícula. — Selena revirou os olhos e apontou para a cama com a cabeça. — Nós cinco não caberíamos ali de jeito nenhum, nem de conchinha.

Finch conteve uma risada com a mão, enquanto Kyra fechava a cara ainda mais.

— Vou descer — disse Kyra, seca, e bateu a porta ao sair.

Amber arregalou os olhos.

— Então foi *você* quem invocou Nerosi?

Finch deu de ombros.

— Bom… foi. Não me orgulho tanto disso.

— Ah — disse Amber, e se recostou, com o queixo apoiado na mão. — Que pena.

Finch, Selena, Kyra, Amber e Risa tinham se reunido na sala para comer panquecas, tomadas pela tensão, uma combinação que Finch não achava ser possível até aquele instante. O brilho do sol ia e vinha conforme as nuvens carregadas vagavam pelo céu; a possibilidade de chuva pesando no ar.

Finch continuou:

— Eu fui… atraída até lá. Acho que ela me chamou para aquela sala, para eu invocá-la.

— O que faz de você assim tão especial? — perguntou Kyra. Selena dirigiu um olhar afiado para ela, e Kyra acrescentou: — Que foi? É uma pergunta razoável. Por que Nerosi quis que *você*, especificamente, a trouxesse de volta?

Finch tinha começado a se questionar exatamente a mesma coisa. Se Nerosi tivesse falado a verdade sobre a conexão que foi criada entre elas para salvar a vida de Finch, como isso a beneficiava? Aparentemente, poderia ser um gesto altruísta, mas Finch estava começando a perceber cada vez mais que Nerosi tinha outras motivações. Se fosse a conexão entre elas que tinha levado Finch aos túneis para invocá-la, seria esse o único motivo para Nerosi criar aquele elo? Só para Finch tirá-la do vazio?

E se o cervo de oito olhos fosse mesmo emissário dela, parecia improvável que ele estivesse no meio daquela ponte por mero acaso. Era possível que estivesse esperando os Chamberlin passarem? Assim como, Finch percebeu, poderia ter esperado por Victor DeLuca na noite em que ele batera o carro na árvore.

Não podia ser coincidência.

Finch mordeu o lábio.

— Não sei bem. Talvez eu seja um alvo fácil. Talvez sejamos todas alvos fáceis para ela. Nerosi acha que é fácil nos manipular para ajudá-la a conseguir… o que ela está tentando conseguir.

— Uau — disse Kyra, seca. — Como Nerosi ousa querer sair daquela sala em que está presa? Me parece mesmo do mal.

— Você nunca se perguntou por que ela acabou presa lá? — argumentou Finch. Kyra e Amber não reagiram, mas Risa levantou as sobrancelhas, levando Finch a acrescentar: — E o que pretende fazer quando sair?

— Finch está certa — disse Selena, a seu lado. — Precisamos admitir que há muitas lacunas na história dela. Mesmo supondo que tenha sido sincera com a gente, não é estranho ela nunca ter nos falado de Finch? E que de repente ela precise de coisas nossas em troca dos favores? São sinais bem ruins.

Risa argumentou:

— Ela não fez nada de ruim com a gente. Se tivesse más intenções, por que usaria o tempo dela conversando e fazendo pequenos favores?

— Porque é assim que se manipula alguém para fazer as coisas que você quer — retrucou Selena. Todas arquearam as sobrancelhas, e Selena fez um gesto para Risa. — Você entendeu o que eu quis dizer, né? Ela está mexendo com a gente.

Risa fez uma careta.

— É… é, acho que sim.

Enquanto isso, Kyra revirou os olhos.

— Você só diz isso porque não conhece ela como eu. Eu falo com Nerosi quase toda noite, e tudo o que ela quer é ser livre, que nem a gente. Ela só pediu meu cabelo porque não tinha conexão física suficiente com nosso mundo para me ajudar. Por que ela pediria minha permissão, se fosse um grande plano maligno?

Selena piscou.

— Você conversa com ela *toda noite*?

O rosto de Kyra ardeu.

— Sim. Tem algum problema nisso? Não posso conversar com alguém que de fato se importa comigo?

— *Kyra* — começou Selena.

— Entendo por que você não quer acreditar que ela mentiu — interveio Finch. — Eu só... Estou com medo de a situação piorar. Porque acho que já aconteceu antes, e os jovens envolvidos desapareceram.

— Desapareceram? — repetiu Amber, pálida, e, de olhos arregalados, virou o rosto de Kyra para Selena. — Por que Nerosi faria isso?

— Sabe o que eu acho? — disse Kyra, com um olhar malicioso para Finch. — Acho que você é a manipuladora aqui. A gente mal se conhece... por que confiar em uma menina nova aleatória que se meteu na nossa vida para fazer a gente duvidar da única coisa boa que nos aconteceu em *anos*? Você não tem provas, está cheia de acusações infundadas e *obviamente* tem uma queda pela Selena. Acho que está só tentando afastar ela da gente, para ficar com ela.

Finch fez uma careta e recuou, como se tivesse levado um tapa. Sentiu o olhar de Selena e o calor inundou seu rosto. O coração de Finch começou a bater mais forte, depois de ter admitido para Selena que gostava de meninas, será que ela acreditaria em Kyra? Que era tudo um esquema para seduzi-la?

— E... eu nunca... — gaguejou Finch.

— Vai se ferrar, Kyra — interveio Selena, irritada. — Finch é zero manipuladora. Você só está com medo de que ela esteja certa.

Kyra fechou a cara e se levantou com um salto.

— Quer saber? Foda-se.

Selena também se levantou.

— Kyra...

— Cansei de seu julgamento hoje, St. Clair — disse Kyra, e apontou para Finch. — E, pelo que vi em seu quarto, acho que você deve ter *mais* o que fazer.

Ela saiu pisando duro e bateu a porta.

Pouco depois, Finch se despediu e voltou a Pergman Hall. Selena se ofereceu para acompanhá-la, mas ela recusou. A cabeça dela ainda estava presa em uma rede de pensamentos emaranhados que demoraria para desembaraçar.

Quando abriu a porta do quarto, porém, ficou óbvio que não teria o tempo necessário.

Sentados na sala de estar estavam Sumera e Simon, tomando chá. Simon estava embrulhado em uma manta, e tinha olheiras fundas. Os dois a olharam quando ela entrou, e Finch parou de andar de repente.

Ele abaixou a xícara e se levantou com pressa.

— Vou lá. Mando mensagem mais tarde, Sumera.

— Simon… — chamou Finch, enquanto ele se dirigia à porta. — Eu… Podemos conversar? Por favor?

Ele a analisou como se ela fosse um serzinho se contorcendo debaixo do microscópio.

— O que quer dizer? Já entendi, Finch. Você não está interessada. Vou deixá-la em paz.

— Não! Simon, não é isso…

— Então está interessada? — perguntou ele, sacudindo a cabeça e fechando os olhos com força. — Não consigo te entender. Primeiro, você me beija, aí sai correndo como se sentisse nojo de mim.

— Eu… Tem um motivo, tá? — Finch tentou explicar, os ombros caídos, e beliscou o nariz. — Eu… só não sei se consigo… dizer.

Ele levantou as mãos.

— Legal. Nesse caso, vou vazar. Te dar um tempo para desengasgar.

Ele passou por ela, abriu a porta e a bateu ao sair.

Atrás dela, Sumera levantou as sobrancelhas.

— Você me deve algumas explicações.

quinze

Selena não teve notícias de Finch pelo resto do fim de semana. Tentou mandar algumas mensagens, mas não recebeu resposta. Depois do fracasso do apelo para Kyra e para as outras meninas em relação a Nerosi, além de tudo que tinha acontecido na festa, imaginava que ela precisava de um tempo.

Porém, teve notícias de Simon, que perguntou o que ela sabia a respeito de Tunger Hall.

— O lugar onde eu morei por dois anos? O alojamento em quarentena? Claro que conheço — disse Selena quando os dois estavam no quarto dela.

Tecnicamente, garotos eram proibidos de entrar nos quartos em Ulalume, mas Selena e as amigas tinham certa flexibilidade no farol, já que não havia uma supervisora para fazê-las cumprir as regras.

Simon concordou com a cabeça.

— Você se lembra do que a mãe de Victor falou da namorada dele, Margo, e mostrou uns desenhos dela? Vasculhei uns registros antigos de alojamento de Ulalume e descobri que ela morava lá. Você comentou que Tunger tem muitos esconderijos, então talvez a gente encontre alguma coisa.

Era verdade: Selena, Amber e Kyra guardavam bebida escondida atrás dos painéis do teto, acima da cama. Uma vez, decidiram explorar o forro do teto e encontraram um monte de coisas bizarras com etiquetas dos anos 1990. As meninas do outro lado do corredor chegaram até a mencionar que tinham encontrado marionetes no forro delas, e todo mundo em Tunger brincava que estavam amaldiçoadas por fantoches. Ainda assim, era tradição esconder coisas ali, e era possível que Margo tivesse deixado algo para trás.

— Sabe em que quarto ela morou? — perguntou Selena.

Ele sacudiu a cabeça em negativa.

— Não, mas o documento mencionava que era um quarto simples, não duplo, e, pela planta do prédio, os únicos quartos simples são os junto ao elevador. Então podemos procurar pelos quartos dos dois lados do elevador em cada andar.

— Você sabe que o acesso a Tunger está proibido para alunas, né? — disse Selena, já sorrindo.

— Não se entrarmos pelo túnel — corrigiu Simon.

Ele a cutucou com o cotovelo, mexendo as sobrancelhas e dizendo "Né? Né?". Ela fez o mesmo até acabarem se estapeando de brincadeira e rindo como quando eram crianças. Simon se virou e fez cócegas nela, e, por instinto, ela deu um tapa tão forte no rosto dele que ardeu a mão. Os dois passaram um instante se encarando, até Simon xingar Selena e ela cair na gargalhada, desculpando-se com dificuldade enquanto recuperava o fôlego.

— Posso dizer uma coisa? — perguntou Simon, a olhando de soslaio. — Às vezes eu sinto... saudade de você. Parece meio bobo, mas sinto saudade de conversar com você e não com... a Selena de Ulalume.

— Como assim? Sou duas pessoas diferentes?

Simon negou com a cabeça.

— Não. Mas você fica muito diferente com suas amigas de Ulalume. Fica toda escrota e malvada que nem elas, e é um saco, porque você não é assim de verdade. Sempre que a gente volta de Boston depois das férias, você muda.

Selena se irritou e quase começou uma discussão, mas hesitou. Simon estava certo. Ela era diferente em casa. Toda vez que voltavam para

Boston nas férias, os dois eram o tipo de amigos que ficavam de zoeira, jogavam vídeo game e roubavam cerveja dos pais para beber no porão. Não iam a festas, nem *saíam* muito, só para verem jogos dos Red Sox e filmes na região do Common. Caramba, Simon às vezes até a convencia a ver anime, e ela gostava.

Selena mordeu o lábio.

— Talvez seja um mecanismo de defesa.

— Defesa? Contra o quê? Ser amiga de babacas?

Selena riu e deu um empurrão nele.

— É, isso aí. Babaquice gera babaquice.

— Pena que Finch acabou sendo uma babaca também — murmurou Simon. — Eu tinha mesmo criado esperança.

Selena abriu e fechou a boca. Ela sabia que Simon estava na fossa naqueles dias, e Finch nitidamente não tinha se explicado. Por mais que ela gostasse da menina, Simon era seu melhor amigo, e ela queria que Finch ao menos criasse coragem para explicar que a questão era *ela própria, não ele*. Era um saco vê-lo sofrer, mas, mesmo que quisesse simplesmente poder dizer "Ei, Finch não gosta de meninos", esse segredo não era dela.

Finalmente, falou:

— Só para você saber, não acho mesmo que seja pessoal. Finch só está lidando com muita coisa.

Simon levantou as sobrancelhas.

— Ela já é comprometida? Tem um namorado na cidade dela, sei lá?

Selena riu.

— Ah, não, nada disso. Conversamos um pouco neste fim de semana e... é complicado. Mas não tem nada a ver com você.

Ele fez biquinho.

— Seria bom ter *alguma* pista sobre o que aconteceu, sabe? Quando a pessoa dá um sumiço desses, a gente fica pensando no pior. Achei que talvez eu tivesse feito alguma coisa para deixá-la desconfortável. Eu jamais gostaria que ela achasse que eu estava me aproveitando...

— De modo geral, é uma ótima intenção, mas não é nada disso — disse Selena, e o abraçou de lado. — Escuta, daqui a pouco você com certeza vai encontrar uma outra esquisitona para ouvir você tagarelar sobre o sobrenatural. Existem muitos peixes para serem fisgados, coisa e tal.

Simon conteve uma risada.

— Que delicadeza, hein?

— Só honestidade.

Selena se levantou, pegou um elástico na mesa e começou a prender o cabelo em um coque, então acrescentou:

— Mas já deu de falar sobre Finch... vamos para Tunger. Temos uma seita para encontrar.

Simon os conduziu pelos túneis, orientado pelo mapa que Selena lembrou que Sumera fizera no primeiro ano das duas em Ulalume. Não demorou para chegarem ao porão de Tunger.

Eles foram até o refeitório, cheio de cadeiras espalhadas. Poeira flutuava pelo ar bolorento e cobria todas as superfícies. A maioria das janelas estava revestida de papel, e apenas minúsculas frestas de luz do sol entravam ali. O papel estava todo grafitado, assim como as mesas.

— Vamos procurar os elevadores — disse Simon, a caminho da escada.

Os corredores estavam revestidos de lona e latas de tinta vazias e ferramentas estavam caídas pelo chão de madeira. A diretoria de Ulalume tinha prometido abrir Tunger em algum momento do ano seguinte, mas era improvável, considerando o estado do lugar.

— São só três andares. Vamos subindo.

Selena parou por um momento, olhando pela janela. O sol estava quase se pondo. A última coisa que ela queria era vagar por um prédio abandonado e assustador durante a noite. Eles tinham que ser eficientes.

Os dois se dividiram no primeiro andar, cada um abrindo a porta de um quarto, onde encontraram os móveis habituais de Ulalume: escrivaninha marrom-clara, cadeira, penteadeira e colchão sem lençol. Equilibrados em cadeiras, empurraram os painéis do teto para examinar o forro. Selena não encontrou nada no primeiro andar, mas Simon soltou um grito esganiçado. Quando ela saiu correndo para ajudá-lo, ele desceu da cadeira, xingando um rato.

— Rainwater deixou você muito mimado — disse Selena, sacudindo a cabeça. — Os ratos de Boston comeriam esses aí vivos.

Também não encontraram muita coisa no segundo andar, além de algumas caixas de preservativos que tinham no mínimo uma década. Brincando, Simon jogou uma delas em Selena, e ela a jogou de volta. Acertou o ombro dele, espalhando camisinhas velhas para todo lado, enquanto Simon caía na gargalhada.

— Tem certeza de que não precisa? — perguntou Simon, fingindo preocupação.

Selena imitou o tom dele:

— Tem certeza de que sua mãe não precisava?

Simon mostrou o dedo do meio e ela segurou uma risada.

Eles seguiram para o terceiro andar, onde o ar estava ainda mais mofado. Selena espirrou, cobrindo o rosto com o braço, e Simon torceu o nariz; nitidamente fazia tempo que ninguém tirava o pó daquele lugar. O andar também estava mais escuro: quem tinha revestido as janelas de papel fizera um trabalho muito melhor ali. Simon pegou o celular do bolso e ligou a lanterna.

— Bizarro — murmurou Selena.

— Talvez seja melhor seguirmos juntos — sugeriu Simon.

Quando Selena levantou a sobrancelha, ele se explicou:

— P-para ter mais luz. Dos dois celulares.

Ela abriu um sorriso trêmulo.

— Simon, você está com *medo*?

— Quê? Não! Só... — Simon olhou de um lado para o outro antes de abaixar a voz. — Olha, eu já vi muito filme de terror. Personagens que se parecem comigo morrem bem mais rápido do que personagens que se parecem com você.

— É verdade — refletiu Selena, e apontou o quarto da direita. — Vamos lá?

Os móveis eram os de sempre, apesar de as paredes estarem mais acabadas. Alguém parecia ter coberto o quarto todo com decorações penduradas, considerando a quantidade de buracos. Selena pegou a cadeira e subiu, tentando não pensar no rangido da madeira. Levantou a lanterna do celular e, com a outra mão, empurrou o painel do teto. Primeiro, tentou movê-lo de leve, mas notou que estava emperrado. Fez uma careta e tentou com mais força.

— Então tem certeza de que Finch não fugiu por causa de nada que eu fiz? — perguntou Simon.

Selena revirou os olhos.

— Certeza absoluta. É mais que... ela acabou percebendo que você não faz o tipo dela.

— Ai — resmungou Simon.

— Foi mal, cara. Não é pessoal — disse Selena, rangendo os dentes e fazendo mais força no painel. — Caramba, essa porra está colada, é?

Simon coçou o pescoço.

— Isso de *não fazer o tipo dela*... é que ela é lésbica ou algo assim?

Selena se engasgou no que ia dizer.

— Hum...

Exatamente naquele momento, ela conseguiu deslocar o painel e algo se soltou do forro. Selena saiu da cadeira com um pulo, e um livro caiu lá de dentro.

— Meu Deus. — Ele suspirou, com a mão no peito, o coração acelerado. — O que é isso?

Simon pegou o livro e soprou a capa com cuidado, para limpar a poeira. Estreitou os olhos e iluminou com o celular para conseguir ler:

— "Propriedade de Margo Velázquez-White. Não se meta."

Ele arregalou os olhos.

— Cara, isso é dela mesmo — acrescentou.

— Jura?

Selena se aproximou, olhando a capa. Era uma colagem caótica de adesivos políticos, todos antigovernistas, pró-queer e muito feministas. Também tinha um desenho do cervo de oito olhos colado com fita adesiva, no qual ela tinha escrito o nome e o alerta. Ver aquilo causou calafrios em Selena.

Simon abriu a primeira página. Ele recuou e se sentou no colchão exposto.

— Nem acredito. Demos sorte.

Enquanto isso, Selena abraçou o próprio corpo, sentindo frio. Até as menores frestas de luz tinham sumido, e, já que o sol se punha, o calor do dia começava a se esvair, assim como a luz. Ela queria acender uma lâmpada, mas a eletricidade de Tunger fora cortada havia quase um ano.

O chão do corredor rangeu e Selena ficou tensa.

Ela iluminou a porta fechada e sussurrou:

— Você escutou isso?

Simon não desviou os olhos do caderno.

— O quê?

Ninguém deveria entrar em Tunger, mas, se alguém os encontrasse, eles teriam problemas sérios.

Selena abaixou a voz, que se tornou um cochicho. O coração a mil.

— Simon, tem alguma coisa lá fora.

— Espera aí — disse ele, estreitando os olhos para enxergar melhor o caderno. — Isso aqui... Selena, você não vai acreditar nisso. Vem ver.

Selena estava paralisada.

— O prédio é velho, Selena, faz barulhos estranhos — falou Simon, chamando-a com um gesto. — Vem cá.

Selena olhou a porta por mais um momento.

Fez-se silêncio no corredor.

Ela respirou fundo, trêmula, antes de se juntar a ele, ainda atenta a novos ruídos.

A luz da lanterna do celular de Selena se somou à de Simon, destacando uma quantidade de polaroids coladas no que Selena percebia ser um caderno de desenhos. A primeira era de duas meninas: uma era latina, de botas Doc Martens e carteira com corrente, e a outra, branca, de cabelo curtinho laranja que gritava tinta Manic Panic. Alguém tinha desenhado cuidadosamente bigodes e orelhas de gatinho na menina de cabelo laranja, e, com menos precisão, outra pessoa tinha rabiscado chifres e rabo de diabo na menina de Doc Martens. Debaixo da foto estavam as palavras: *A gente se vê no inferno.* A outra foto era uma selfie das duas meninas, com três garotos fazendo caretas engraçadas atrás delas. Na imagem seguinte, só se via os meninos, dois tranquilamente abraçados, um beijando o outro na bochecha, e o terceiro um pouco afastado, com um sorriso nervoso. Selena forçou a vista e apontou o menino mais pálido.

— É Victor, né? E esses dois... Quais foram os nomes que a sra. DeLuca falou?

Simon confirmou.

— Theo e Xavier. Theo era o vocalista da Killing Howard, e Xavier, o baterista. Acho que eles namoravam.

Ele pegou outra foto, de Victor com a menina de Doc Martens. Ela usava uma camiseta curta da Coca-Cola e calça jeans preta, uma perfeita menina americana. Victor beijava a bochecha dela, que sorria.

— E essa com certeza é Margo — concluiu Simon. — Namorada de Victor.

— Não parecem uma seita — murmurou Selena.

— Verdade. Não vejo nenhuma camisa com os dizeres "entre em nossa seita sinistra". — Selena lançou um olhar irritado para Simon e ele riu. — Que foi? Claro que não parece uma seita... qualquer pessoa pode entrar em uma seita.

Optando pela maturidade, Selena botou o dedo do meio bem na frente da cara dele.

Ainda rindo baixinho, Simon virou a página.

— Parece um diário — comentou, depois de um momento, e mostrou para Selena. — Olha só.

Ela leu:

24 de setembro de 2004

Nunca fui de manter um diário — não gosto muito dessas paradas sentimentais, na real. Mas recentemente tudo começou a parecer um sonho. Quero registrar o que está acontecendo, mesmo que só a gente acredite.

Victor encontrou alguma coisa debaixo da escola. Não sei explicar o que é... Uma bruxa? Um anjo? Um espírito? Não encontro a palavra certa. Mas ela ofereceu ajuda com a banda, e parece que essa é nossa grande chance.

Quando eu e Victor fomos falar com ela, mencionei como nosso equipamento é ruim. É tudo de segunda mão... caramba, sabe, eu comprei o baixo em um bazar beneficente. É uma merda. Xavier já abriu um buraco na bateria, e o teclado de Sloan só fica ligado por dez minutos sem apagar.

Então imagine só que eu recebi uma mensagem da central de correio de Ulalume dizendo que tinha chegado um monte de entregas para mim, e começaram a trazer as caixas. Pedi para Sloan me ajudar a levar para o quarto, e fomos desembalando, jogando flocos de isopor no chão, e eram equipamentos novos, de um doador anônimo. Baixo, guitarra, teclado, bateria, microfones, amplificadores... tudo. E o som é incrível.

Não sei como conseguiu, mas Nerosi arrasou.

Margo

Simon perguntou:

— Quem é Nerosi?

Um calafrio percorreu Selena. Ela mentiu:

— N-não sei. A sra. DeLuca não falou dela.

— Dela? — perguntou Simon.

Selena gaguejou.

— P-parece nome de mulher.

— Você acha? — perguntou Simon, virando a página. — Aqui tem mais.

22 de outubro de 2004

Nerosi agora está pedindo sacrifício humano.

Brincadeira. Te peguei por um segundo, né?

Não, são só umas coisinhas, não humanos inteiros. Honestamente, considerando o que ela oferece, vale totalmente a pena. Sloan raspou a cabeça e deu o cabelo para Nerosi em troca de conseguir convencer magicamente o dono do Octavia's a nos dar mais uma chance depois da merda colossal da última apresentação. Xavier sofreu mais um pouco, mas nos arranjou dinheiro. Tipo, dinheiro de verdade! Dinheiro que compra coisas para promover a banda, dinheiro para alugar uma van e fazer shows em Portland e Boston. Não foi muito, mas é definitivamente melhor do que nada.

A única questão é que, mesmo com o equipamento novo irado e as oportunidades, o problema de verdade é que... alguns de nós ainda são uma merda.

Não quero ser malvada, mas a voz de Theo vive falhando, e Xavier fica tão distraído reparando nos erros do namorado que perde o ritmo e confunde a gente. Nunca vamos conseguir fazer sucesso se não dermos um jeito nisso logo, com ou sem shows.

Margo

Simon franziu os lábios.

— O que ela quis dizer com "sofreu"?

— Não faço ideia — respondeu Selena, virando a página.

9 de novembro de 2004

Nosso show no Octavia's foi um fracasso.

Um pesadelo. Theo parecia um gato esganado e todo mundo seguiu a deixa dele.

Estou tentada a me enfiar em um buraco e desistir.

Simon e Selena viraram a página.

14 de novembro de 2004

Talvez nem tudo esteja perdido.

Theo ligou para a gente e nos chamou para ensaiar, o que não fazemos desde o desastre do show. Quando nos encontramos, ele cantou um pouquinho e… uau. Provavelmente foi um presente de Nerosi, mas o moleque de repente tem um vozeirão.

O único problema é que parece ter alguma coisa meio… errada com Theo. Enquanto cantava, notei que ele precisava limpar sangue da boca. Quando perguntei o que ele deu para Nerosi, ele não quis me contar.

Mas seja o que for, deve valer a pena. Pela banda. Talvez a gente ainda tenha esperança.

Margo

Quando Simon pulou mais umas páginas, eles encontraram desenhos em vez de texto. Alguns eram semelhantes ao que tinham visto na casa dos DeLuca: o contraste nítido de preto e branco com imagens de um cervo na mata, de uma guitarra, de um teclado que parecia molhado por um líquido escuro.

Porém, quanto mais Simon folheava, mais sombrio ficava o tom da arte. Passou de objetos cotidianos para imagens estranhas e abstratas. Fractais com bocas escondidas, dentes emergindo das sombras. Outra ilustração mostrava o que pareciam ser pálpebras com fiapos escuros no lugar dos olhos. Ainda assim, o estilo era distintamente de Margo.

— Será que ela viu alguma coisa assim? — cochichou Simon. — Nos túneis?

Selena ficou pálida que nem cera.

— Eu… eu não sei.

A página seguinte era outro texto do diário.

2 de dezembro de 2004

Vale a pena. Tudo vale a pena, né? A plateia, a energia — eu daria qualquer coisa para continuar assim.

Qualquer coisa.

Né?

Eles folhearam mais um pouco, passando por imagens violentas de um veado com uma cabeça humana na ponta de cada chifre, e uma mulher de dentes afiados rindo, os olhos virados para trás. O registro seguinte era escrito em letra rabiscada, como se pela mão não dominante de Margo. O canto da página estava marcado por leves impressões digitais marrom-avermelhadas.

Eu não precisava deles
Não preciso deles
Ela vai ver por mim
E vão todos me ver

Simon passou a página de novo. Os garranchos fizeram Selena sentir um aperto na barriga. Com a mão trêmula, passou os dedos pelas folhas, finalmente entendendo que as marcas no fundo não eram rabiscos aleatórios — eram palavras.

ela está na minha
cabeça ganchos no cérebro dentro
do cabelo dedos apertando dedos apertados sugando para dentro
que nem um carrapicho no
sapato
espinhas ela tem espinhas as espinhas dentes me mastigam
mastigam minhas entranhas
ela vai
comer eu você
vivos

Selena ouviu alguém rindo.

Ela olhou para Simon, horrorizada.

— O que foi *isso*?

— Eu não disse nada.

No corredor, passos rangeram.

Selena e Simon ficaram paralisados. Apontaram as lanternas para a porta, iluminando a tinta descascada e a sombra onde antes estivera um cartaz. Selena avançou, mesmo quando Simon abriu a boca para tentar impedi-la. Ela levantou a mão, pedindo silêncio.

Com cuidado, ajoelhou-se, olhando pelo buraco da fechadura de bronze. Apoiou a mão na porta e se aproximou. Ao dobrar os dedos, arranhou a tinta.

Escuridão.

— Devem ser os ratos — murmurou Selena, com o coração ainda martelando o peito. — Porque não estou vendo...

Bem naquele momento, duas coisas aconteceram.

Simon berrou de pavor.

E, do outro lado da fechadura, um olho se abriu.

Ela se jogou para trás, aos gritos.

A gargalhada atrás deles ficou histérica, desesperada.

Selena se virou. Simon estava agarrado ao caderno de Margo, com os nós dos dedos brancos, tamanha a força. Uma silhueta surgira atrás deles, sentada no colchão, encolhida, com a testa encostada nos joelhos e o rosto escondido. Os ombros tremiam enquanto ela ria, cravando as unhas sujas nas pernas.

Ela relaxou os dedos e ergueu o rosto para fitar Selena. De início, Selena achou que ela tinha lágrimas escorrendo pelo rosto, até perceber de onde vinham. A menina não tinha olhos, apenas cavidades dilaceradas que pingavam sangue pela face, descendo pelo queixo e caindo no colchão. Ela arranhava as pernas com as mãos ensanguentadas, tossindo de rir, enquanto sangue entrava na boca. Os movimentos dela eram lentos, desconexos, como um vídeo game travado. Selena a reconhecia das fotos: tinha pele bronzeada, cabelo cacheado, Doc Martens, calça jeans preta e rasgada.

Margo.

— Vale a pena! — Ela ria, os dentes ofuscantes de tão brancos em meio ao sangue grudado na boca. — Vale a pena! Né? Não vale?

Selena pegou o braço de Simon.

— Vamos!

Ele apertou ainda mais o caderno e os dois fugiram do prédio sem olhar para trás.

dezesseis

HOJE, 21:37

Selena

acho que eu e simon vimos um eco

ou um fantasma muito fodido, não sei

Finch olhou a mensagem, sem saber como responder. Sem saber se *conseguiria* responder, visto que a disfunção executiva tinha enfiado as garras no cérebro dela naqueles últimos dias e roubado sua capacidade de fazer qualquer coisa além de existir.

Ela estava na cama, com um livro didático aberto na coberta. Havia aberto o livro e tirado a tampa de um marca-texto, mas precisou ler a mesma frase quatro vezes até perceber que não estava absorvendo informação alguma.

Largou o celular. Mesmo sabendo que deveria responder, não conseguia.

Em vez disso, decidiu que voltaria a estudar, e tentou, mais uma vez, ler a primeira frase da página. Foi então que as folhas começaram a brilhar.

Ao piscar para tentar afastar a imagem, a escuridão a cercou. Como na vez em que ela tinha se olhado no espelho do banheiro.

Não deve demorar, sussurrou uma voz. *Não pode demorar*.

Finch levou a mão à barriga, tomada por uma fome repentina. Um vazio que ela nunca havia sentido a arranhava por dentro, dando a impressão de que o corpo estava prestes a desabar. Doía, era como se o cérebro estivesse entrando em curto-circuito. Finch achou estranho, porque tinha acabado de jantar.

Era como se a fome não fosse dela. Só parecesse.

Quanto mais eu me alimento, murmurou a voz, *mais a fome cresce*.

Finch olhou ao redor freneticamente. A aura a cercava, mas ela estava sozinha.

— Olá? — chamou uma voz do nada.

Havia algo de familiar na voz, mas Finch não conseguia identificar o quê.

Sentiu uma leve vibração no peito, que não chegava a ser uma gargalhada. Algo entre ronronar e rosnar.

Lá vem ela, pensou a voz. *Bem na hora*.

A aura finalmente se esvaiu e Finch arfou, esfregando as mãos no cabelo.

A princípio, tivera certeza de que estava ouvindo coisas, mas, sabendo o significado das auras, tinha que ter algum significado mais profundo. Além do mais, Finch não estava apenas escutando; era como se ela estivesse dentro da cabeça e do corpo de outra pessoa. Mas o que seria aquilo? Outro tipo de Eco?

Ou alguma coisa pior?

HOJE, 23:02

sei que você tá meio mal mas foi uma parada bizarra

manda mensagem quando puder pfvr

— Merda. — Selena suspirou, largando o celular no sofá e fechando os olhos. Ela afundou de lado, se deitando e cobrindo os olhos. — Quando foi que eu comecei a parecer tão desesperada assim?

Ouviu um farfalhar esquisito ao deitar a cabeça na almofada e, depois de um momento, ela passou a mão por baixo da almofada e tirou uma folha de papel. Estava amassada. Considerando o que tinha visto mais cedo, chegou a esperar que fosse mais um pedaço de diário assustador.

No entanto, era um teste de estatística avançada, com o nome de Risa. A nota, 0,4, estava marcada em vermelho.

Selena fez uma careta. *Acho que ela tava falando sério.*

Nesse momento, a maçaneta girou e alguém encaixou a chave na porta. Selena ficou tensa, temendo que a versão sem olhos de Margo irrompesse dali.

Em vez disso, viu Risa, de sobretudo elegante, tentar pendurar as chaves nos ganchos da entrada. O chaveiro escorregou da mão dela e caiu no chão. Ela soltou um palavrão. Mesmo à luz fraca da luminária, Selena viu que as mãos dela estavam molhadas de sangue.

— Meu Deus! — exclamou Selena, se levantando. — Risa?

A menina ergueu o olhar das mãos ensanguentadas, os olhos escuros embaçados com lágrimas contidas. Ela estava pálida, o cabelo preto e comprido grudado no rosto suado.

— Selena. O-oi…

Selena respirou fundo, trêmula.

— O que aconteceu?

Risa rapidamente secou as lágrimas dos olhos, deixando uma mancha de sangue no rosto. Ela hesitou um momento, mas, percebendo que tinha sido pega no flagra, respirou fundo.

— Fiz um acordo — admitiu Risa, em um sussurro. — Com Nerosi. *Precisei* fazer.

Selena sentiu que tinha levado um tapa na cara.

— Você fez… o quê?

— Desculpa — murmurou.

Passando por Selena, Risa se arrastou até a cozinha e se debruçou na pia. Depois de respirar fundo algumas vezes, angustiada, ela jogou detergente demais nas mãos e as colocou debaixo de água fervendo. Assobiou entre os dentes, mal segurando um gemido. Selena estava chocada demais para falar.

Risa rangeu os dentes.

— Pega uns curativos para mim?

— Você *precisou* fazer? — Selena teve que erguer a voz para ser ouvida em meio ao som da água, e se aproximou até parar perto da pia. — O que Nerosi fez?

Risa fechou a torneira. Ela se recostou na bancada, olhando para Selena, torcendo a boca.

— Estou bem — falou, e Selena a viu contar mentalmente para se acalmar, respirando devagar. — Consegui o que precisava. O importante é isso.

Foi então que Selena notou sangue começando a borbulhar dos dedos da amiga no lugar onde antes ficavam as unhas.

— Puta *merda*.

— Curativos — repetiu Risa. — Por favor.

Selena foi correndo até o banheiro e pegou o kit de primeiros socorros. Ela começou a desembalar os curativos e passá-los para Risa, que cobriu os dedos, um a um.

Enquanto faziam isso, Selena perguntou, baixinho:

— Por quê? Mesmo depois de...

Risa fungou, tentando segurar as lágrimas. Elas já eram amigas fazia um ano, mas Selena nunca a tinha visto chorar.

— Eu... eu sei que o que você e Finch falaram de Nerosi pode ser verdade. Vocês estão certas, há buracos na história que ela nos contou e talvez ela não tenha boas intenções — falou, com um suspiro trêmulo. — Mas Nerosi era a única que podia me ajudar.

— Me ajuda a entender — disse Selena. — É por causa da bolsa?

Risa confirmou com a cabeça.

— Hoje fui oficialmente comunicada de que, se não melhorar as notas, vou perder a bolsa — contou, enquanto enfaixava o último dedo, fazendo uma careta ao flexionar a mão. — Pedi memória fotográfica para Nerosi. Unhas crescem... mas a bolsa não voltaria sozinha.

Selena sentiu uma pontada no peito. Ela vinha de uma família rica e nunca precisara se preocupar com a mensalidade de Ulalume. As mães dela moravam a duas horas e meia dali, em Boston. Se ela quisesse voltar para casa, mal precisariam debater sobre isso.

Selena nunca tinha parado para pensar como seria solitário estar tão longe de casa e precisar se esforçar dia e noite para ficar ali.

— Minha família abriu mão de muita coisa para eu estudar aqui — disse Risa. — Eu... eu não posso decepcioná-los. Precisei fazer isso. A recompensa é maior do que o risco.

Parte de Selena estava desesperada para repreendê-la, para dizer que Risa era a última pessoa que ela esperaria que fizesse pactos com demônios, e que não podia acreditar naquilo. Porém, pensando bem, se estivesse no lugar da amiga, provavelmente teria feito o mesmo.

— Eu entendo — respondeu Selena, por fim, encontrando o olhar de Risa. — E não culpo você.

— Obrigada, Selena. — Risa balançou a cabeça e secou os olhos. — Pode pegar minhas chaves? Para eu lavar o sangue?

— Claro — disse Selena, e deu um passo, mas parou. — Risa? — A outra menina levantou as sobrancelhas. — Não quero que pareça que estou dando ordens, mas... acho melhor a gente não descer mais lá para ver Nerosi. É que... Eu gosto de você, tá? Às vezes, sinto que você é minha única amiga de verdade aqui, e tenho medo do que vai acontecer se a gente continuar dando a ela o que ela quer.

Risa hesitou um momento, fitando os dedos com olhos marejados, e concordou.

— Se você também não descer, combinado.

— Combinado — concordou Selena.

Ela foi pegar as chaves de Risa, a preocupação formando um nó apertado no peito.

Finch percebeu que tinha passado o final de semana em uma das piores crises de depressão desde a morte dos pais. Ficou dois dias sem sair do quarto, só dormindo, vendo Netflix e ignorando as mensagens. Pensar em responder a qualquer pessoa parecia uma tarefa hercúlea.

Sumera bateu à porta algumas vezes, mas Finch fingiu estar dormindo. A colega de quarto ainda estava frustrada por causa da festa, mas Finch não tinha energias para se explicar. Não tinha energias para explicar nada a quem quer que fosse.

Ela não queria ser assim. Alguém que não aguentava as emoções da vida normal. Porém, em dias como aquele, quando acordava em meio a uma pilha de embalagens sujas de comida congelada, e nem conseguia se imaginar lavando o cabelo, era como se sentia. Só conseguia se encolher e esperar a nuvem escura da tempestade de emoções passar.

Na segunda-feira, Finch perdeu a hora da primeira aula. Conseguiu vestir uma blusa quase limpa e se arrastar para a segunda, fazendo a melhor cara de não-me-olhe para impedir que falassem com ela. Felizmente, pareceu funcionar na maioria das aulas, inclusive na de literatura anglófona americana, cuja matéria terminou mais cedo, permitindo que começassem o dever de casa no final da aula. Finch olhou distraída para a tela do notebook, debatendo se tinha energia para analisar criticamente *Enquanto agonizo* sem chorar.

Kyra e Amber, na fileira diante da dela, cochichavam em meio ao ruído de digitação.

— Só pesquisa o resumo. Tem tudo aí — resmungou Kyra. — Agora me deixa em paz. Você deveria saber fazer o trabalho sozinha.

— Kyra — choramingou Amber. — Fala sério. Eu não tô entendendo coisa alguma nessa cena idiota do celeiro!

— Eu não tenho culpa se você é burra — irritou-se Kyra, revirando os olhos. Ela se levantou. — Vou retocar meu delineado. Enquanto isso, se vira.

Kyra saiu da sala e o rosto de Amber murchou. Ela torceu a boca e fechou os olhos com força. Ao inspirar fundo, engasgou-se, mal conseguindo segurar as lágrimas que escorreram dos olhos.

— *Cacete* — sussurrou.

Finch mordeu o lábio. Literatura não era sua melhor matéria, mas ela tinha entendido Faulkner bem. Depois de um momento de dúvida, pegou o livro e pulou para a fileira da frente, sentando-se no lugar de Kyra.

Amber franziu a testa.

— Finch?

— Está falando da cena do celeiro com Dewey Dell, né? — perguntou Finch, abrindo o livro para mostrar a Amber os trechos que tinha anotado. — Olha essa parte. Ela está falando das... entranhas, né? E aí diz: "Sei que está aí, porque Deus deu às mulheres um sinal". Do que acha que ela está falando?

— Está com dor de barriga? — chutou Amber.

Finch balançou a cabeça.

— Quase. Você se lembra da história de Dewey Dell com Lafe? Então... se eles estão ficando... e Dewey Dell recebeu um sinal de Deus de alguma coisa nas entranhas...

— Ah! — exclamou Amber, o olhar se iluminando. — Ela está grávida!

— Isso! — disse Finch, apontando a página de novo. — Ela também fala sobre isso com a vaca depois. É por isso que está tão preocupada.

— Ah, isso faz muito sentido! — respondeu Amber, dando um tapa na própria testa. — Nossa, como eu sou burra. Kyra está certa.

— Não... Não está, Amber.

Finch abaixou o livro, fazendo o melhor para manter a voz baixa e não incomodar as colegas que estavam fazendo o trabalho. Ela olhou Amber outra vez. Tinha prendido o cabelo com mechas em um rabo de cavalo e usava maquiagem relativamente pesada. Havia exagerado no blush e o delineador estava torto.

— Se dê um pouco mais de crédito — disse Finch. — Você entendeu. E é difícil... é para ser difícil de propósito. Todo mundo precisa de ajuda às vezes.

— Mas eu preciso de ajuda o tempo *todo.* — Amber apoiou o rosto na mão e fez beicinho. — Não sou inteligente o suficiente para estudar aqui. Não sou artista nem cientista nem escritora... Sou só filha de uma ex-aluna.

Finch mordeu a bochecha por dentro, tentando não demonstrar a amargura que reverberou por seus músculos retesados. Ulalume tinha vagas preferenciais para alunas cuja família frequentava a escola havia gerações e conquistava o favor da administração por meio de doações impressionantes em troca de prédios com seus sobrenomes. Eram pessoas ricas que *não precisavam* ser boas em nada para entrar lá.

Pessoas que não precisavam passar anos se dedicando para conseguir uma bolsa de estudos.

Finch apertou o maxilar.

— É só, tipo... difícil — lamentou Amber, mais uma vez olhando o livro. Ela tinha cílios longos, nem precisava de rímel. — Todo mundo aqui tem alguma coisa especial — continuou. — Eu queria ser bonita como Kyra, ou... ou tirar as notas da Risa, ou dançar que nem Selena, sabe? Ser memorável... de alguma forma.

Finch se esforçou para a amargura que reverberava em sua cabeça não transparecer na voz.

— Todo mundo tem talentos diferentes, Amber. Você não deve se diminuir por não ser uma artista ou a melhor aluna da turma. Muitas pessoas talentosas e apaixonadas têm dificuldade na escola.

— Pessoas comuns — resmungou Amber, enrolando uma mecha de cabelo no dedo e franzindo a testa. — Que viram, sei lá, secretárias.

— O mundo provavelmente precisa mais de secretárias do que de gente que sabe analisar Faulkner — argumentou Finch.

Amber esboçou um sorriso.

— Até porque Faulkner escreve mal. Esse livro é um porre.

— É mesmo, né?

Ela exibiu um sorrisinho.

— Quer saber? Apesar de Kyra achar que você é uma ladra de amigas irritante e esganiçada, eu acho você muito legal, Finch.

Finch franziu a testa.

— Esganiçada?

Amber concordou com a cabeça.

— Foi o que ela disse. Ela acha sua voz irritante.

— Ah — disse Finch, balançando a cabeça. — Que legal.

— Ela só...

— E aí, vai devolver meu lugar, ou resolveu roubá-lo também?

Kyra as encarou com fúria, os olhos cor de mel recém-delineados com traços compridos. Finch mais uma vez se impressionou com a beleza dela, mesmo de cara amarrada. Sentiu-se pequena sob aquele olhar.

— Levanta — mandou Kyra. — Anda logo.

Finch não teve a oportunidade de brigar, porque as palavras começaram a ecoar na cabeça dela, como naquela vez no farol. Ela se levantou em um segundo, abraçando o livro, e voltou à própria mesa.

— Kyra — começou Amber, olhando para Finch por um momento. — Ela só estava me ajudando com...

— Até parece que ela sabe do que está falando — disse Kyra, olhando para Finch. — Você está melhor sozinha, Amber. Confia em mim.

Elas ficaram quietas por um momento, e Finch abaixou a cabeça, desejando ficar invisível. Parecia que a sala inteira estava olhando para ela. Os pensamentos sombrios voltaram. *É a sua cara piorar tudo. Claro que está deprimida assim.*

— Finch é uma boa pessoa, Kyra — cochichou Amber, por fim. — Ela não merece ser tratada assim só porque Selena gosta mais dela do que de você.

Finch precisou segurar o queixo para a boca não cair.

O lápis de Kyra estalou. A mão dela tremeu, os ombros se tensionaram. Depois de um longo silêncio, porém, pareceu que não se dignaria a responder àquela declaração.

Finch praticamente escutou o verniz perfeito de Kyra rachar.

À tarde, Finch matou o ensaio com Selena. O evento seria na sexta-feira, mas ela não estava nem aí. Depois de apanhar de sua química cerebral disfuncional e de Kyra, pensar em se apresentar diante da escola toda fazia ela sentir coceira até por dentro.

Em vez disso, passou horas no TikTok e pegou no sono às nove da noite.

No dia seguinte, acordou e fez praticamente a mesma coisa. Isso é, até umas quatro da tarde, quando batidas violentas na porta a acordaram de um dos muitos cochilos do dia.

Finch nem se mexeu, então Sumera finalmente cedeu e atendeu. As paredes eram grossas demais para escutar direito, mas a discussão entre Sumera e a outra pessoa parecia acalorada.

Sem aviso, a porta de Finch foi escancarada e bateu com força na parede.

— Que porra...?

Selena observou o cenário no quarto de Finch. Além das embalagens sujas de comida espalhadas pelo quarto, as roupas estavam largadas pelo chão, e a cama, cercada por pequenas pilhas de lixo. Finch, que não estava usando nem a maquiagem de costume para disfarçar as olheiras e fingir um pouquinho de cor na pele, a encarou com um olhar digno de zumbi.

— Vai embora — gemeu, sem conseguir falar mais do que isso.

Selena a tinha visto em uma variedade de situações comprometedoras até então, mas aquela lhe parecia a pior. Finch escondeu o rosto nas cobertas, sem ter coragem de encará-la.

— Duas coisas. Primeiro, eu e Simon vimos um Eco em Tunger que você teve sorte de perder. Segundo, a gente tem quatro dias até precisar subir no palco e se apresentar para o corpo discente inteiro. Ou seja: como posso arrancar você dessa cama para a gente não passar vergonha?

Finch a olhou por baixo da coberta.

— Tenta de novo amanhã?

— Resposta errada — disse Selena, estalando os dedos. — Última chance, senão eu vou te pegar no colo e te carregar até o auditório.

Finch semicerrou os olhos e franziu a testa.

— Você não faria isso.

Selena esticou o braço e contraiu o bíceps, revelando os músculos surpreendentemente definidos.

— Eu posso, e eu vou. Com prazer.

Por um breve segundo, Finch considerou como seria se Selena a pegasse no colo e a carregasse no ombro. Infelizmente, o cérebro traiçoeiro recebeu a ideia com enorme entusiasmo. Isso bastou para fazê-la se levantar, por medo de passar vergonha ao ficar de um vermelho-vivo quando fosse carregada pelo campus que nem uma mocinha indefesa de conto de fadas.

Selena sorriu.

— Ótima decisão. Vamos lá.

Finch soltou um gemido de protesto, mas Selena nem lhe deu ouvidos.

Depois de arrastar os pés por quinze minutos, Finch desabou no banco do piano do auditório. Olhou as teclas e grunhiu, esfregando o rosto com as mãos, desesperadamente desejando ter tido ao menos a oportunidade de tomar um banho antes de estar ali. Era um pouco desumanizante sentar-se diante de um instrumento tão caro enquanto parecia ter sido mastigada e cuspida pela loja de pijama mais deprimente do mundo.

— Você — resmungou Finch, quando Selena largou a bolsa — não é uma pessoa legal.

— Não, mas minha persistência é um charme — disse Selena, sentando-se na outra ponta do banco do piano, com uma perna para cada lado, de frente para Finch. — Olha, sei que a situação não é ideal, mas eu quero muito que essa apresentação corra bem. Vai ser gravada para parte da minha candidatura ao Conservatório de Boston, e é muito importante para mim que dê certo.

Finch mordeu o lábio, mas não disse nada.

Selena suspirou.

— Você está assim por causa da festa?

Finch se calou. Encarou as mãos cruzadas no colo. Ela ainda estava usando o moletom de dois dias antes, sujo de comida. O cabelo era uma cortina gordurosa ao redor do rosto. O corpo doía por ter ficado deitada por muito tempo na mesma posição. Ela cerrou os punhos.

— Sim — murmurou finalmente.

— Acha que conversar pode ajudar? — perguntou Selena.

— Não — respondeu Finch, seca.

Selena apertou o maxilar e respirou fundo, soltando um suspiro impressionante.

— Ok. Justo. Nenhuma palavra mágica vai fazer você se sentir milagrosamente melhor — disse Selena, abrindo os dedos na madeira diante dela. — Não funciona assim. Eu sei disso. Mas também sei que entendo como você está se sentindo.

Finch balançou a cabeça.

— Duvido.

— Me dê um pouco de crédito. — Selena se aproximou para tentar encontrar o olhar de Finch. — Devo ser uma das únicas pessoas do planeta todo que entende como é estar nessa situação bizarra com Nerosi *e* também perceber que não é hétero.

Finch paralisou com o fim da frase, e foi quando Selena pareceu entender.

— Ah. A parada é não ser hétero?

Finch rangeu os dentes.

— Eu não deveria ter dito nada. Eu estava bêbada, fiz besteira e...

Selena esticou a mão para interrompê-la.

— Ei, tudo bem. Você disse que não queria conversar. Então me deixa falar.

Finch levantou os olhos.

Selena passou a mão pelo cabelo e se ajeitou.

— Sei que nossos casos não são iguais. Eu sabia que gostava de meninos desde que era pequena. Nunca questionei isso, porque me parecia óbvio. Todo mundo ao meu redor validava eu ser hétero. Fazia sentido para as pessoas.

"Mas, quando fui crescendo, lidava com um monte de coisas quando encontrava meninas que achava bonitas ou atraentes, ou sei lá. Eu ficava furiosa comigo mesma porque ficava obcecada por elas, e ficava nervosa ao falar com elas, mas não entendia o *motivo*. Por isso, acabava sendo muito escrota, porque não sabia lidar com meus sentimentos.

"Ano passado, fiquei especialmente obcecada por certa menina. Ela era linda, e me enfrentava, e eu odiava a inveja que sentia dela. Certa noite, a gente encheu a cara numa festa, aí eu mexi no cabelo dela e não conseguia parar de pensar em como ela era linda, até finalmente ceder e beijá-la. E a gente continuou a se beijar, acabou voltando pro quarto e... — Selena se interrompeu, respirando e mordendo o lábio. — Eu perdi a virgindade com ela. Quando acordei no dia seguinte, fiquei enjoada. Era para eu ser a menina popular perfeita, e meninas assim não perdem a virgindade com outras meninas, né? São hétero, são malvadas e certamente não se permitem essa vulnerabilidade com *outras meninas*. Eu não gostava da ideia de sentir que de repente era diferente da pessoa que eu imaginava, e tudo que queria era tempo para me entender. O problema foi que nunca tive esse tempo. A menina com quem eu fiquei..."

— Kyra? — adivinhou Finch.

Selena assentiu.

— Isso. Kyra interpretou que, por eu ter transado com ela, estávamos namorando. Naquele momento, eu mal tinha entendido que gostava de meninas, e certamente não tinha tido a oportunidade de aceitar o fato. Por isso, falei que não estava pronta, e ela encarou muito mal.

"Kyra me expôs pra escola toda, e começou um boato de que eu estava transando com o máximo de gente possível antes da formatura, como se fosse uma brincadeira e eu tivesse seduzido ela só para cumprir uma lista. Então, sempre que eu falava com outra menina na escola, ela supunha que eu queria transar. Fui chamada de todo tipo de coisa nojenta."

— Que horror. — Finch suspirou. — Por que você continuaria amiga de alguém que fez uma coisa dessas?

A expressão de Selena murchou e ela mordeu o lábio.

— Porque... Acho que, no fim, ainda gosto do jeito que Kyra faz eu me sentir. Quando estamos juntas, parece que podemos fazer qualquer coisa. Seja ir a boates nas férias, andar escondidas pelo campus para encher a cara ou ir a festas... tem alguma coisa muito divertida e viva nela. Eu me sinto... importante. Especial. E eu... eu gosto da atenção que vem daí. Então, quando ela assumiu o que fez e pediu desculpas por tudo, eu a perdoei. Não queria abrir mão do sentimento.

Finch assentiu.

— Acho que, se a amizade de vocês é assim, é muito menos vulnerável do que um relacionamento romântico.

— Eu... é. Exatamente. — Selena deu de ombros. — Ser amiga de Kyra é fácil. Mas eu nunca conseguiria ser namorada dela. Acho que ela me magoou demais para esse tipo de vulnerabilidade. Talvez eu seja uma pessoa ruim por não conseguir perdoá-la completamente, mas...

— Esse não é o tipo de coisa que se perdoa assim — interveio Finch, sentindo uma faísca no peito que ardia mais a cada palavra de Selena, crescendo de modo destrutivo. — Ela te magoou de um jeito que passa muito do limite. É... é uma *merda*.

Finch imediatamente se sentiu corar, mas os olhos de Selena brilhavam ao dizer:

— Você falou palavrão.

Ela desviou o rosto.

— D-desculpa...

— Ah, não, por favor, nunca se desculpe por isso, foi incrível! — Selena riu. — Mas é, é verdade. Minha relação com Kyra é uma droga, e foi parte da minha dificuldade em me aceitar bi. Mas depois de um tempo... foi ficando mais fácil. Agora é parte de quem sou, e não sinto que preciso conciliar com o resto da minha identidade, sabe? As peças todas se encaixam.

— Como... como você conseguiu fazer isso? — perguntou Finch. — Encaixar tudo.

Selena deu de ombros.

— Comecei a falar em voz alta. A contar quando conhecia gente nova. Quanto mais eu dizia, mais normal ficava.

— É só isso? Só falar?

— Bom, e também receber respostas positivas. Ouvir gente de quem gosto dizendo que isso não mudava nada. Esse apoio me ajudou a me convencer de que eu ainda era... eu, se é que faz sentido.

Finch concordou. No fim, esse era seu medo. Que, se alguém descobrisse, ela não seria só Finch. Que as pessoas presumiriam que a conheciam por causa disso, que não gostariam dela, ou a tratariam de forma diferente. Que a perceberiam como algo além de quem era, quem quer que fosse.

Finch não tinha notado que havia começado a chorar, e secou as lágrimas rápido, fungando para o nariz não escorrer. Ela se desculpou, mas Selena sacudiu a cabeça e deu de ombros.

— Chorar faz bem — disse ela, e Finch soltou outro soluço carregado. — Seu signo é de água? Você tem cara de água.

Isso fez Finch rir, um som meio engasgado.

— O que isso tem a ver?

— Identidade, sabe. Eu sou de Escorpião, sou bi... são só detalhes, pensando bem. Chega um momento em que é igualmente fácil dizer essas duas coisas, e então você percebe que tudo é bem menos desagradável do que parece.

— Tá... tá bom — respondeu Finch, esfregando os olhos. — E... então acho que... sou de Peixes. E — começou, inspirando fundo, trêmula — sou lésbica.

— Eu deveria ter adivinhado que você é pisciana. É a sua cara.

Finch levantou as sobrancelhas.

— É para isso que vai dar importância?

Selena conteve uma risada.

— Olha, para ser sincera, eu julgo muito mais astrologia do que orientação sexual. Tipo, não é que eu pararia de ser sua amiga se descobrisse que você é de Libra, mas definitivamente seria um mau sinal.

Finch fungou e riu baixinho.

— Ridícula.

— Mas fiz você sorrir, né? — disse Selena, abrindo um sorriso largo, de covinhas e dentes brancos. — Então, se você consegue sorrir e dizer que é lésbica, talvez não seja tão grave.

Um sorrisinho minúsculo mexeu a boca de Finch, que secava os olhos ainda marejados.

— É. Verdade.

— Exatamente — disse Selena, tocando o joelho dela. — Parabéns, você saiu do armário. Se eu tivesse confete, jogaria em você.

Ela se aproximou mais e secou uma lágrima de Finch com o polegar.

— Eu falei que sabia ajudar.

Finch sacudiu a cabeça, entre risos e choros.

— Estou um desastre.

— Hoje em dia, quem não está?

Selena tirou o casaco de moletom, revelando a regata. Sacudiu as pernas e alongou os braços.

— Só não surte demais na hora de tocar minha música — acrescentou Selena. — Essa apresentação tem que ser perfeita.

Finch revirou os olhos.

— Agora tudo gira a seu redor.

— Fala sério, eu tenho medalha de ouro em fazer tudo girar a meu redor — disse Selena, estalando os dedos e quicando de um pé para o outro, sacudindo o rabo de cavalo. — E aí? Vamos fazer um ensaio geral?

Finch fungou, esfregou os olhos, e concordou.

— Tá. Mas depois você tem que me contar daquele Eco que vocês viram.

Selena respondeu com um salto no palco.

dezessete

Ao longo dos dias que se seguiram, Selena ensaiou noite adentro, mesmo depois de Finch ir embora. Botou o celular no palco e repetiu a mesma sequência de *relevé, pas de bourrée, jeté* inúmeras vezes, sempre acabando no chão e passando o dedo na tela para acertar o ponto da música. Acabava com as costas encharcadas de suor e as pernas e os pés doendo, mas tinha que acertar.

Ela afastou uns fios finos de cabelo do rosto, agradecida pelo suor que os grudou no lugar. Posicionou os braços, o peito ainda ofegante das últimas cem vezes que tinha repetido os passos. *Tem que ficar perfeito*, lembrou-se. *No nível do Conservatório de Boston.*

Selena sonhava com uma vaga no programa de dança de lá desde a infância, quando repetia os mesmos passos de ponta na barra todas as tardes no estúdio de Fenway, famoso epicentro do time Red Sox e o bairro onde morava. A escola dela na época era perto do conservatório, e ela vez ou outra via grupos de meninas, ainda de roupa de ginástica, conversando e indo tomar um café depois do ensaio. Eram todas talentosas e lindas, e tudo que Selena queria era ser uma delas.

Ela fez uma careta e começou outra vez, concentrando-se cuidadosamente em cada movimento até o salto, quando usou toda a força das pernas e do abdômen para se arremessar no ar.

Por um momento, o tempo desacelerou. Os segundos no meio de um salto eram como estar suspensa, como se fosse flutuar palco afora. Porém, daquela vez, a sensação durou um segundo a mais do que de costume.

Aquilo a assustou. Ela não podia passar tanto tempo no ar, tinha cometido um erro. Por isso, se corrigiu.

E exagerou na correção.

Quando pousou, foi bem no tornozelo.

Selena gritou, levando as mãos à perna lesionada. Emendou palavrões, apertando a pele com os dedos. O tornozelo começou a inchar. Ela tentou mexer o pé, mas logo recuou ao sentir a dor quente subir pela pele em um choque.

— Merda!

Selena tentou massagear a região, repetindo o palavrão sem parar. Quanto mais massageava, mais lágrimas ameaçavam escapar, ardendo na garganta. Ela berrou de raiva e socou o chão.

Desesperada, tentou se levantar. Apesar de suportar, quando tentava botar mais do que um minúsculo peso nos dedos, a perna inteira desabava. Ela caiu de novo, rolando até ficar de costas. Abraçou o joelho junto ao peito e segurou a perna, caindo no choro. O holofote fez surgir manchas vermelhas na escuridão, vistas mesmo de olhos fechados.

Estraguei tudo. Estraguei tudo. Estraguei tudo.

Lágrimas desceram pelo rosto de Selena enquanto ela cerrava os dentes. Que opção tinha? Ir mancando até a enfermaria? Ligar para alguém e pedir ajuda?

Era o tipo de lesão que poderia acabar com a carreira de bailarina dela antes mesmo de começar. Era o pior pesadelo de qualquer atleta.

Mas…

Mas.

Ela podia pedir ajuda. Mesmo que, para isso, precisasse quebrar a promessa que havia feito a Risa e o acordo implícito com Finch.

Isso não vai sarar da noite para o dia, constatou Selena. *Não tenho opção.*

Pelo canto do olho, Selena viu uma sombra se mexer sob o holofote. Quando olhou melhor, a sombra tomou a forma de um cervo.

Soltando um suspiro trêmulo, ela se levantou. Mancando em direção ao animal, Selena sussurrou:

— Tá. *Tá bom.*

Nas noites dos dias de semana, os túneis ficavam quase que completamente abandonados. Sem as risadas dos amigos interrompendo o clima inerentemente sombrio do lugar, era fácil que o caminho passasse de aventura a pesadelo, com suas paredes frias, luzes vacilantes e sons um pouco fantasmagóricos demais para serem apenas canos velhos.

Selena deixou a sombra de cervo conduzi-la à sala de Nerosi. As luzes das raízes brilharam mais forte assim que ela atravessou a passagem de terra, e sombras quicavam pelo ambiente como espíritos errantes. O chão zumbia como se fosse elétrico.

Ela encontrou Nerosi à espera, de pernas cruzadas no chão.

No segundo em que entrou, o que quer que estivesse sustentando o tornozelo de Selena até ali cedeu e, com um grito, ela desabou. Seu cabelo se espalhou pelas marcas estranhas no chão. Com os braços trêmulos, ela se endireitou. A silhueta pálida flutuava diante dela, com a cabeça inclinada para o lado e a boca entreaberta.

— O que aconteceu? — perguntou Nerosi. — Parece… doer.

Não me diga, Selena quis responder, mas a dor a engasgou. Seu corpo tremia. Ela queria desesperadamente se recompor, encarar a criatura e fazer um pedido direto, mas não conseguia. O rosto estava vermelho de choro e encharcado de lágrimas, e o pânico a devorava por dentro.

— Eu caí — choramingou Selena.

— Sinto muito — disse Nerosi, se abaixando para olhar melhor o tornozelo. — Minha nossa. Parece grave.

— O que preciso te dar para resolver isso? — Selena se forçou a dizer.

Ela passou a mão trêmula no rosto, e as cinzas do chão deixaram uma mancha escura na pele.

Nerosi a fitou, torcendo a boca. Por um breve segundo, Selena encarou os olhos pretos como tinta e viu o próprio reflexo, de dentes cerrados e rímel borrado. A cabeça começou a latejar, e ela desviou o rosto quando os pensamentos se emaranharam.

— Vou precisar de mais poder do que tenho agora — constatou Nerosi, desanimada, olhando as próprias mãos. — Preciso... pegar alguma coisa sua. Alguma coisa física.

— Pode ficar com meu cabelo... inteiro. Ou todas as minhas unhas. Não preciso disso para dançar — suplicou Selena. — Por favor. É tudo seu.

Nerosi inclinou a cabeça para o outro lado, estudando o rosto de Selena e franzindo a testa de leve. Ela sacudiu a cabeça em negativa e falou:

— Acho que é muito pouco, não vai dar. Não consigo manipular o corpo humano para além de pequenos ajustes. Para curar uma lesão tão grave... Preciso de algo mais sólido.

— Por exemplo? — perguntou Selena.

Nerosi acenou com a cabeça.

— Acho que seus dentes devem servir.

Selena ficou paralisada.

— Dentes?

— Não preciso de todos. Talvez só... quatro. É, deve ser o suficiente — concluiu Nerosi, torcendo a boca em pena. — Desculpa por fazer uma exigência dessas, mas é o único jeito.

Selena olhou o tornozelo, no qual já se formava um hematoma, uma mancha roxa latejando sob a pele. Mal sustentava o peso dela, muito menos a apresentação do dia seguinte. Quanto tempo levaria para melhorar sozinho? E será que ficaria completamente curado? A tempo de ela conseguir a vaga no conservatório?

Os dentes eu posso substituir, pensou Selena. *Isso, não.*

— Tá bom. — Ela cedeu com um suspiro trêmulo. — Os molares. Do fundo. São seus. Só faça eu melhorar.

Nerosi concordou.

— Combinado. Pode... pode fechar os olhos para eu pegar? Não quero que você tenha que ver isso.

Selena não precisou ouvir de novo. Ela fechou os olhos.

— Vai em frente.

No instante seguinte, Selena sentiu uma pressão na parte de trás do maxilar, e depois um puxão, até que começou a berrar, uivar, enquanto algo que não via agarrava seus dentes e os arrancava. Sangue escorreu, se derramando pelo chão. Ela tentou fechar a boca com força, mas o puxão continuou, soltando os molares com o movimento. Os nervos disparavam dor ardente pela mandíbula e pelo crânio. Latejava, doía e ardia, tudo ao mesmo tempo, e os gritos viraram soluços quando o sangue inundou a boca, fazendo-a se engasgar.

Com um último puxão, os quatro molares de trás se soltaram da mandíbula. Selena cuspiu sangue que manchou o chão, misturando-se às cinzas.

Sem querer, abriu os olhos.

Por menos de um segundo, vislumbrou quatro membros pretos e sinuosos que vinham do corpo de Nerosi. Pareciam ter saído de quatro das cicatrizes dos braços, e cada um se enroscara em um dente ensanguentado. Eles engoliram os dentes antes de voltarem deslizando para dentro dos braços de Nerosi, e as cicatrizes se fecharam imediatamente.

— Eu mandei fechar os olhos — sussurrou Nerosi.

A criatura esticou a mão, e Selena fez uma careta quando ela tocou seu rosto. Imediatamente, a dor aliviou. Selena se ajoelhou conforme os buracos da boca se fechavam, o sangue fluindo em um fio fino, até o cuspe sair apenas cor-de-rosa, e não mais vermelho.

— Não queria machucá-la — disse Nerosi, a centímetros do rosto de Selena. Tão perto da criatura, ela sentiu um calafrio enquanto tentava desesperadamente não encarar aqueles olhos. — Sei que assusto você, mas não quero fazer mal. Na verdade, consegui poder suficiente para deixá-la um pouco... melhor. Acho que vai ser uma boa surpresa.

Ela soltou o rosto de Selena e recuou antes de desaparecer.

Selena ficou sozinha no escuro com um incômodo no maxilar e lágrimas escorrendo pelo rosto.

dezoito

A celebração de volta às aulas da Academia Ulalume era diferente da maioria das escolas dos Estados Unidos. Em vez de um jogo de futebol americano ou um baile, o evento convidava ex-alunas para Rainwater, para assistir a uma noite de apresentações, competições, e, mais importante, arrecadação de fundos. Quando Finch acordou, o campus estava inundado de ex-alunas do mundo inteiro que haviam voltado para visitar a escola. A sra. Waite, diretora da instituição, convocou uma assembleia, durante a qual se pronunciou sobre a importância de retribuir à comunidade, enquanto todas as alunas riam de como ela estava séria. Depois disso, algumas das ex-alunas acompanharam as aulas, tomando notas enquanto meninas especializadas em matemática ou ciência demonstravam seus talentos.

Finch ficou ainda mais nervosa para a apresentação.

— Fecha os olhos — disse Selena, passando um pincel branco felpudo na paleta de sombras equilibrada no colo.

As duas estavam sentadas, uma de frente para a outra, em cadeiras dobráveis em um canto iluminado dos bastidores, afastadas dos camarins onde o pessoal do coral fazia sons bizarros em preparação para a apresentação. As paredes eram todas de cimento pintado de branco, e o chão, de concreto industrial. Se não fossem as pilhas de figurino, pareceria uma prisão.

Finch fechou os olhos, controlando a respiração enquanto Selena passava sombra terracota em suas pálpebras. A bailarina já havia se dedicado a escurecer as sobrancelhas dela, que, no momento, finalmente estavam visíveis em contraste com a pele. Tinha até passado blush suficiente para disfarçar a palidez habitual de Finch.

Selena trabalhou em silêncio, o que era incomum. Normalmente, apesar de Finch ficar quieta, Selena preenchia o silêncio com o que quer que lhe ocorresse. Às vezes, parecia que Finch nem precisava estar presente para Selena sustentar uma conversa inteira.

Quando ela encostou no queixo de Finch para levantar seu rosto, a pianista perguntou:

— Tá tudo bem? Você tá meio quieta.

Selena hesitou. A expressão dela até então estava distante, como se suas mãos se mexessem em modo automático, com a cabeça em outro lugar. Ela pigarreou e sacudiu a cabeça, voltando a se concentrar na maquiagem de Finch.

— Tive uma noite… difícil ontem. Prefiro não falar sobre isso.

Finch fez uma careta, desanimada.

— Se eu puder ajudar…

Selena balançou a cabeça em negativa.

— Não. Já passou.

Selena se recostou, mexendo no nécessaire. Já tinha feito a própria maquiagem, com uma quantidade de batom vermelho e blush que em outro contexto ficaria exagerado, mas Finch entendia que era do estilo da maquiagem de palco. O que Selena passava em Finch provavelmente não seria notado pela plateia, mas tudo bem, porque ela ficaria ao piano.

Por um momento, Finch achou que o batom de Selena estivesse borrado, até perceber que era um fio de sangue escapando da boca.

Ela apontou.

— E-está…

Selena secou o sangue rápido, com o punho fechado.

— Foi mal. Ontem eu... cortei o lábio. Não para de abrir e sangrar.

Finch semicerrou os olhos. Não via corte algum, mas talvez estivesse escondido pelo batom.

— Espero que não esteja doendo muito — murmurou.

Era estranho Selena estar tão reservada, mas Finch não queria ser invasiva.

— Tudo bem — respondeu a bailarina, pegando um batom rosado e se aproximando de Finch para passar nela. — E, com sorte, daqui a um segundo você não vai parecer ter a pior circulação sanguínea do recinto.

Alguns minutos depois, uma diretora de palco de cabelo cacheado e roupa preta pigarreou, e, quando as meninas se viraram, avisou que faltavam cinco minutos. Finch se levantou, fazendo o possível para arrumar o figurino. Selena a tinha posto em um vestido azul-marinho com saia rodada e decote princesa; uma escolha que Finch jamais teria feito sozinha, mas era bonito.

Já Selena usava uma roupa de balé clássica, com tutu bandeja e corpete, um pouco mais curta e justa do que Finch imaginaria ser aceitável em uma apresentação daquelas. Não que ela fosse reclamar, além do fato de que precisava se lembrar constantemente de olhar bem no rosto de Selena ao falar, para não se distrair. Ela estava mesmo espetacular.

As duas subiram a escada devagar, Selena fazendo piada com a aparência ridícula dos pés nas sapatilhas de ponta, e com o perigo do tutu. Finch não ouviu muito além do próprio coração batendo forte, e da trilha sonora incessante de *você vai estragar tudo, você vai fazer papel de idiota, você vai se arrepender de tudo isso* que tocava em sua cabeça. Ela mal tinha dormido na véspera por causa disso.

Quando chegaram à coxia, pareceu levar uma eternidade para a aluna do primeiro ano acabar a terceira apresentação da música "Landslide" da noite. Quando ela chegou à última nota e a multidão irrompeu em aplausos, a respiração de Finch acelerou a ponto de hiperventilar. Sua visão ficou embaçada.

A aluna do primeiro ano saiu e as assistentes de palco vieram trazendo o piano do outro lado. A boca de Finch ficou seca.

Não consigo fazer isso.

Selena tocou o braço dela. Assim que anunciaram o nome das duas, Selena passou os dedos pelo cabelo de Finch e beijou a bochecha dela.

— Vai ficar tudo bem — prometeu. — Eu estarei com você.

Ela se afastou, e subiu ao palco.

Selena, no fundo, era uma pessoa modesta, com um único desejo: ser o centro das atenções.

Ao subir no palco, ela testou o tornozelo de novo. Estava tão firme quanto estivera quando ela finalmente se levantara do chão ensanguentado do túnel na véspera. Nerosi tinha mesmo consertado, e parecia ter acabado com o resto de seus incômodos físicos. O joelho fraco estava mais forte e os músculos não doíam como normalmente doeriam depois de uma noite tão longa de ensaio. Ao ensaiar de manhã, tinha passado uma hora pulando de um lado para o outro do palco, praticamente sem suar.

Também quase tinha arrancado a porta do quarto das dobradiças ao acordar. Parecia que a definição de Nerosi de "melhorar" incluía aumentar a força dela a nível quase sobrenatural.

Ela tinha perdido quatro molares, mas, por mais que Selena odiasse admitir, por enquanto parecia ter valido a pena.

O coração dela acelerou quando Finch tocou as primeiras notas. Todos os olhares da plateia acompanharam os ângulos de sua *arabesque*. Ela começou os movimentos lentos e fluidos da primeira parte da coreografia. Os holofotes a banhavam em rosa-claro.

Quando iniciou a primeira pirueta, olhou para Finch, sentada ao piano. Usou-a como ponto de equilíbrio, focando a boca dela, tensa de concentração. O rosto, no entanto, estava relaxado, e os dedos se moviam tão graciosamente nas teclas quanto Selena no palco.

As duas fizeram contato visual e Finch sorriu.

Selena acabou a pirueta e emendou em um salto com perfeita fluidez. Depois de todas as noites que tinham passado juntas, Selena sabia as notas que atrapalhavam Finch, e Finch sabia os passos que Selena precisava repetir inúmeras vezes.

Dessa vez, deu certo. Selena acertou cada pulo, giro e salto, e Finch não hesitou em nota alguma. Periodicamente, quando o corpo da bailarina fluía de uma pirueta a um salto, elas se entreolhavam.

Quando Finch tocou as últimas notas suaves e os movimentos de Selena diminuíram, tornando-se apenas um fluxo de braços, elas estavam sorrindo, com os olhos brilhando e o coração a mil.

E assim, acabou. Quase dois meses de trabalho condensados em cinco minutos.

A plateia irrompeu em aplausos. Selena ouviu o nome dela e uma onda de rubor tomou seu rosto. Ela estendeu a mão e Finch veio a seu encontro, praticamente saltitando pelo palco também. Antes que se cumprimentassem com um aperto de mãos, Selena a puxou para um abraço, sem dar bola para estar suando e irradiando calor.

— Você foi maravilhosa — sussurrou Selena.

— Não consegui ver tanto — disse Finch —, mas sei que você também arrasou.

Elas se afastaram e, de mãos dadas, fizeram uma reverência que recebeu mais uma rodada de aplausos antes de saírem pelas coxias.

Nos fundos, se esquivaram das artistas que as substituiriam no palco. Quando a outra música começou, Selena se virou para Finch, dando pulinhos na ponta dos pés.

— Foi muito bom! Nossa, estou tão feliz que alguém do conservatório vai ver... foi perfeito! — exclamou, girando.

Fazia meses que não se sentia tão eufórica. Abriu um sorriso largo, a risada borbulhando no peito.

Ela se jogou em Finch e a abraçou com força. Com o rosto aninhado no pescoço dela, Selena falou:

— Estou orgulhosa da gente.

Finch abraçou Selena de volta, devagar.

— Também estou.

— Quer ver o resto da apresentação e ir tomar milk-shake no centro depois? — perguntou Selena. — Soube que várias meninas da música e da dança vão. Podemos nos juntar a elas.

Finch pensou, mordendo o lábio. Finalmente, falou:

— Na real... Eu preferiria sair só com você. Se... se estiver tudo bem.

— Comigo? — questionou Selena, quase rindo.

— Sim. — Finch deu de ombros. — Estávamos tão ocupadas com os ensaios e... e todo aquele lance de Nerosi, mas nunca ficamos juntas à toa, só por diversão. Se você quiser, claro.

— Ah.

Selena tentou, sem sucesso, impedir que a surpresa transparecesse no rosto. Muita gente a convidava para eventos ou perguntava a ela se iria a certo lugar, mas ela não se lembrava da última vez que alguém quisera só ficar à toa com ela.

Um sorriso imenso tomou seu rosto.

— Claro. Vamos pra minha casa.

— Espera, espera! Como uso a espada?

— R2, o gatilho de cima.

Finch olhou para o controle na mão, e soltou um ruidinho nervoso.

— O quê?

A trilha que levava ao farol Annalee estava totalmente vazia, e o campus, silencioso, pois todo mundo estava na apresentação ou estudando no quarto para as provas que se aproximavam. Selena foi saltitando para casa, exultante de adrenalina, e Finch a acompanhou.

As duas se aconchegaram no quarto de Selena, e Finch tentava jogar o vídeo game preferido dela. Selena tinha uma televisão pequena e um PlayStation instalados na mesa, e, como normalmente o deixava atrás de um vaso grande de suculentas, Finch nunca tinha reparado nele.

Assim que comentou isso, Selena tinha ficado toda vermelha.

— Você não pode contar pra ninguém.

— Por quê? Eu sempre quis jogar vídeo game, mas meus pais nunca deixaram. Diziam que era violento demais.

Finch pegara o controle, virando-o de lado. Estava cheio de impressões digitais, e as manoplas pareciam meio gastas.

— Você joga bastante? — perguntara.

— Bom... vamos dizer que passei mais de cem horas em alguns desses jogos.

— *Jura?* — Finch inclinara a cabeça para o lado. — É tão divertido assim?

Então, ela acabou sentada na cama de Selena, de frente para a televisão, tentando fazer o guerreiro elfo lutar contra uma horda de demônios na tela. Duas canecas de chocolate quente esperavam ao lado, feitas por Selena enquanto Finch demorava tempo demais na etapa de criação de personagem, dividida entre duas opções de nariz.

— Qual é o R2? — gritou Finch, batendo em botões aleatórios.

Ela abriu e fechou o menu antes de atacar um dos companheiros com a espada. Por mais que sua incapacidade a estressasse, Selena parecia estar achando graça. Estranhamente, isso fazia Finch *querer* continuar de palhaçada.

Selena guiou o dedo dela para o botão certo. Finch ficou imediatamente tensa quando o cabelo de Selena fez cócegas em seu rosto e seu corpo encostou no dela.

— Segura aqui para continuar o ataque — instruiu, apertando o dedo de Finch devagar. — Assim. Ou... bom, anda até o demônio primeiro. Não vai adiantar muito se ficar aqui no fundo atacando a neve.

— Faz pra mim? — pediu Finch finalmente, depois de apertar o botão errado outra vez e tomar uma poção desnecessária.

Selena riu.

— Claro.

Ela pegou o controle e acabou com o grupo todo de inimigos de uma vez. Ainda rindo, ela devolveu o controle para Finch e falou:

— Você ainda está no nível iniciante. Tem tempo para treinar.

— Como você é tão boa nisso? — perguntou Finch, ajeitando uma mecha de cabelo branco atrás da orelha.

As pernas delas se encostaram, Finch ainda usando a roupa do show, enquanto Selena tinha se trocado e usava regata e calça de moletom.

— Já zerei oito vezes — respondeu ela, dando de ombros. — O combate é facinho quando você pega o jeito. Daqui a pouco você vai passar tranquilo por isso tudo. Além do mais, o bom do jogo é o romance.

— O romance?

Selena sorriu, mexendo as sobrancelhas.

— É a melhor parte.

— Não imaginei que você fosse romântica.

— Ah, perdidamente.

— Acho que temos isso em comum.

— Temos?

Selena e Finch se olharam ao mesmo tempo, então desviaram o olhar com rapidez. Devagar, Finch se aproximou de Selena. Apertou alguns dos botões e conseguiu pausar o jogo.

— Eu gosto muito de passar tempo com você, Selena — disse Finch. — Tipo agora. Queria fazer isso mais vezes.

Selena se virou para Finch, com o rosto a poucos centímetros de distância.

— Acho que a gente pode dar um jeito — falou.

Finch congelou, mas Selena se aproximou devagar, fechando os olhos aos poucos. Ela roçou a ponta do nariz no de Finch.

De repente, porém, o som do quarto se esvaiu. Finch imediatamente recuou, fazendo Selena murmurar seu nome. Não... ela estava falando em voz alta. Finch só não escutava.

Ela acha que pode fazer isso assim tão fácil?, sibilou uma voz em sua mente. *Me recusar? Logo eu, que sempre fui tão generosa? Vou acabar com ela. Talvez assim aprendam a não me rejeitar.*

Uma fúria ardente ferveu no peito de Finch. Ela rangeu os dentes, tensionou o ombro. Os olhos estavam embaçados e ela não conseguia mais enxergar Selena. Na verdade, não enxergava o quarto. Via apenas escuridão, e pontinhos de luz em algo que saía das paredes.

Eram… raízes. Brilhando com luz bioluminescente.

— Finch? — chamou uma voz. — Finch!

O olhar dela retomou o foco, e a luz voltou de uma vez. Finch precisou se apoiar no ombro de Selena para não cair de lado, tonta.

— O que houve? — perguntou Selena, levando a mão ao rosto de Finch. — Está tudo bem?

— É ela — sussurrou Finch, a constatação causando um calafrio. — Nerosi. Esse tempo todo, eu estava ouvindo os pensamentos dela e não tinha percebido. Acho que aconteceu alguma coisa. Alguma coisa que a deixou furiosa.

Foi então que um grito cortou o silêncio.

— Amber? — chamou Selena, encontrando o olhar de Finch. — *Merda.*

Os momentos seguintes se passaram em um frenesi de passos apressados e gritos de choro. Finch quase tropeçou na escada ao descer correndo. Selena a levou ao quarto de Amber, no fim do corredor que saía da cozinha. Ela tinha decorado as paredes com luzes pisca-pisca e com uma colagem de desenhos, ingressos de cinema, fotos dela e das meninas, que ocupava o quarto inteiro.

Quando elas entraram, Finch parou de repente, um grito engasgado na garganta.

Caída na frente do espelho estava Amber, o rosto molhado de lágrimas. Ela estava em posição fetal, segurando o braço. Um rastro de gotas pretas e viscosas marcavam o caminho atrás dela. Ela tremia, reprimindo um grito.

Ao ouvir Finch e Selena entrarem, Amber uivou:

— Não… não olhem!

Selena caiu ao lado dela.

— O que houve? Amber, me diz o que aconteceu para que eu possa te ajudar.

— Tá doendo — gemeu ela.

Tremendo, ela levantou o braço que estava segurando e Selena o apoiou. A cor se esvaiu de seu rosto. Finch se aproximou, hesitante, e imediatamente entendeu o porquê.

Tinha uma marca de mordida no antebraço de Amber. Os dentes deviam ser afiados, talvez caninos, com base na pele rasgada como se feita de papel de seda. A marca em si, porém, não era tão feia quanto as protuberâncias estranhas e pretas, lembrando espinhos, que se sobressaíam ao redor. As veias que cercavam a ferida estavam pretas, destacando-se na pele pálida. Um fluido que lembrava tinta escorria do machucado, começando a formar uma poça embaixo de Amber.

Um calafrio subiu pela coluna de Finch, instalando-se em suas vértebras.

— O que fez isso com você? — sussurrou.

Amber só soluçou mais alto.

— Por favor, Amber — insistiu Selena. — Conta o que aconteceu.

Amber apertou o machucado. Os espinhos furaram seus dedos delicados, trazendo à superfície gotas carmesim.

— Foi o cervo — lamentou ela. — O cervo de *Nerosi*.

dezenove

Ao longo da hora seguinte, Amber chorou, um som baixo e abafado, enquanto Selena usava uma pinça para remover os espinhos crescendo da ferida, arrancando-os como se fossem casquinhas. Quando acabou, fez o possível para limpar o fluido preto e estranho da mordida usando papel-toalha molhado, que acabou empilhado na mesinha. Finch ficou por perto e só se mexia quando Selena a mandava pegar alguma coisa na cozinha ou no kit de primeiros socorros.

Quando Kyra e Risa voltaram da apresentação, Selena tinha acabado de conseguir limpar a ferida. As veias ao redor da lesão ainda estavam com uma cor estranha, mas bem menos escuras do que quando Amber havia chegado.

Ao ver o papel-toalha manchado de preto e a tigela cheia de espinhos, Kyra soltou um palavrão. Risa ficou paralisada, de olhos arregalados, sem conseguir formular palavras. Finch rapidamente as silenciou, enquanto Selena passava antisséptico com cuidado na pele machucada da amiga. O sangue tinha começado a sair vermelho, o que já parecia um avanço.

— O que você aprontou? — perguntou Kyra, rompendo o silêncio, enquanto Selena pegava um rolo de gaze para enfaixar o machucado.

Amber secou os olhos, já quase sem lágrimas. Ela tremia, e Selena não sabia se era por frio ou por medo.

— Um pouco de delicadeza cairia bem — advertiu Selena, olhando com irritação para Kyra.

— Fui falar com Nerosi, como sempre faço — disse Amber, olhando para as meninas, com a boca tremendo. — Queria pedir um favor.

— Que tipo de favor? — insistiu Risa.

Amber ficou corada.

— Eu... eu queria ser como vocês — explicou, fungando, enquanto olhava para elas. — Todas vocês têm alguma coisa especial. E eu... não. Não sou bonita, n-nem... talentosa, nem inteligente... Sou só... eu.

— Amber — disse Finch, baixinho, tocando a mão dela. — Não é verdade. Todas sabemos que não é verdade.

— Fale por você, Chamberlin — retrucou Kyra, cruzando os braços. — Você não respondeu à pergunta de Risa.

Amber se encolheu.

— Eu pedi o que vocês todas têm. Queria ser inteligente, linda e talentosa. E Nerosi... — A voz foi ficando mais tensa e alta, e Amber parou para recuperar o fôlego. — Ela pediu olhos. Olhos *humanos*. Disse que eu podia dar os meus, se estava com tanta pressa, mas eu não queria deixar de enxergar! Então eu... recusei.

Fez-se silêncio.

O coração de Selena estava a mil. Seria culpa dela Nerosi ter aumentado o preço dos favores depois da noite anterior? Será que Amber sabia dos dentes? Selena não tinha contado para ninguém, e estava desesperada para não admitir que fizera um acordo com um monstro.

E Nerosi certamente era um monstro, se tinha feito uma coisa horrível assim com a amiga dela.

Selena pensou em Tunger Hall, onde vira Margo encolhida na cama, sem olhos.

A história estava se repetindo.

Kyra apontou o braço de Amber.

— Então foi *Nerosi* que te mordeu? Duvido.

Amber balançou a cabeça.

— Não foi ela, não. Quando eu falei que tinha mudado de ideia, Nerosi ficou toda... brava comigo. Eu entrei em pânico. Ela começou a dizer que não ia poder me prometer nada se eu não levasse o que ela tinha pedido, e eu senti que estava escutando-a dentro da cabeça! Então fugi. Quando saí dos túneis, o cervo estava me esperando. Os dentes dele eram de lobo. Ele me mordeu, e eu achei que...

Ela estremeceu, segurando as lágrimas.

— Achei que fosse me matar — continuou. — Só escapei porque joguei terra nos olhos dele e saí correndo. Mas, quando cheguei — falou, apontando a pilha de espinhos na tigela —, isso começou a crescer da mordida.

Amber se encolheu, soluçando ainda mais. As outras meninas se entreolharam, tomadas de pavor. Risa cobriu a boca com a mão enquanto Selena e Kyra ficaram de queixo caído. Finch soltou um suspiro breve.

Kyra apertou o maxilar. E, por fim, resmungou:

— Bom, chorar não vai ajudar, né? E você mesma disse... foi o cervo, não Nerosi. Não pode culpá-la por isso.

— Kyra — retrucou Selena, estreitando os olhos em advertência. — O cervo é um emissário. Obviamente agiu em nome dela. Além do mais, você ouviu o que Amber disse... Nerosi a ameaçou.

Kyra levantou as mãos.

— É culpa de Amber por fazer um pedido imenso desses.

— Você não pode estar falando sério — disse Finch. Como Kyra não respondeu de imediato, ela acrescentou: — Olha, sei que parece esquisito, mas recentemente eu tenho escutado uma voz em minha cabeça. E, logo antes de Amber aparecer aqui, eu ouvi essa voz dizendo como estava com raiva por alguém ter recusado alguma coisa. E acho... acho que é Nerosi.

— Você está se escutando? — bradou Kyra. — Obviamente está falando merda.

— Não fale assim com ela — rosnou Selena.

Finch, porém, esticou a mão para contê-la antes que ela e Kyra se atracassem.

— Sei que é estranho, mas vocês precisam acreditar. Eu e Nerosi temos uma... conexão. Acho que talvez seja um pouco mais profunda do que eu tinha me dado conta.

— Ah, fala sério — disse Kyra, revirando os olhos. — Você se acha toda especial, né?

— Kyra, honestamente — interveio Risa, balançando a cabeça —, pensa um segundinho, por favor? A gente já sabe há um tempo que Nerosi talvez não tenha as melhores intenções, e isso é uma prova bem clara. O que mais você quer? Uma confissão assinada? — perguntou, estreitando os olhos, e andou até Amber, botando a mão no ombro da amiga. — Mesmo que o que Finch esteja dizendo soe meio... fantástico, eu acredito nela. Afinal, Nerosi machucou Amber. E, se não tomar cuidado, ela vai machucar você também.

— Nerosi é a única que já me deu qualquer poder... a única que dá a mínima para mim nessa escola de merda — respondeu Kyra, a voz fria como pedra. — Se vocês não sabem lidar com isso, tudo bem. Chorem, gritem e esperneiem. Mas não quero ficar aqui escutando esse papinho só porque vocês não entendem o que é um acordo justo.

Kyra foi até o quarto pisando forte e bateu a porta ao entrar.

Nos dias que se seguiram, Finch começou a notar algo estranho.

Primeiro, Selena criou um grupo de mensagens que incluía Finch, Amber e Risa. Então, as solicitações de amizade começaram a chegar. Finch mantinha todas as redes sociais bem escondidas por privacidade, mas de repente recebeu pedidos de Risa e Amber para segui-la em quase todas de uma só vez. No domingo, quando acordou, tinha recebido um link de Amber, mostrando um vestido que ela achava que ficaria bonitinho com sua "estética" (Finch não sabia bem o que ela queria dizer, mas o vestido parecia saído de uma adaptação de *Jane Eyre*), e também fotos de Risa, mostrando um café da manhã, com a legenda *Selena mais uma vez tenta nos assassinar com carne crua*.

Na segunda de manhã, Selena mandou mensagem e a convidou para almoçar com elas. Finch ficou dividida, porque quase sempre almoçava com Sumera e as amigas dela, e era estranho mudar de planos. Porém, ainda assim foi encontrá-las no Jardim Waite para comer sob as magnólias.

Imediatamente, outras alunas notaram. Algumas desconhecidas na turma de Finch perguntaram a ela se era amiga da panelinha de Selena, e como tinha conseguido isso. Outras preferiram tentar elogios, admirando o cabelo e as roupas de Finch, apesar de ela não se esforçar em nada relativo à aparência para além de desembaraçar o cabelo.

Finch não estava acostumada a estar no centro das atenções e, francamente, estava odiando.

Na quarta-feira à noite, encolheu-se no sofá do alojamento com Sumera, que escrevia um trabalho no notebook.

A colega levantou as sobrancelhas.

— Faz tempo que não vejo você.

Era verdade. Sumera tinha passado o fim de semana anterior viajando para uma competição com o time de vôlei. Depois de algumas semanas em que tinham passado o tempo todo juntas ali no dormitório, era meio esquisito ficar longe.

Finch deu de ombros.

— O fim de semana foi cheio. Como foi o jogo?

Sumera revirou os olhos.

— As meninas de Portland morriam de medo de mim. Não sei se foi pela minha altura ou pelo hijab, ou as duas coisas, mas elas não conseguiam parar de me olhar. Mas acho que ajudou... Eu fiquei servindo de desvio enquanto nossas opostas faziam ataques rápidos. — Ela riu. — E eu ainda tinha dez centímetros a mais que a central deles.

Finch torceu o nariz.

— Sinto muito que você tenha precisado lidar com essa situação.

Sumera deu de ombros.

— A gente acabou com elas, o que amenizou um pouco. E a apresentação? Sei que você estava nervosa.

Finch sentiu um calafrio.

— Correu tudo bem, mas depois foi... esquisito. Sei que Selena está feliz de acabar com isso para se concentrar na preparação para a faculdade. A gente tem andado mais com as amigas dela nesses dias.

Sumera fez um som de desdém.

— Bem que eu estava estranhando todo mundo falar da *nova amiga de Selena*. Você virou celebridade em Ulalume.

— Eca. Não, obrigada.

Finch tomou um gole do chá. Era de lavanda e, supostamente, deveria ajudar a aliviar o estresse. Até então, não tinha funcionado.

— Não entendo por que todo mundo age como se elas fossem tão incríveis — continuou Finch. — Tipo, saquei que elas são ricas e bonitas, sei lá, mas do jeito que as meninas falam delas, parece que são famosas.

— É esquisito, né? — disse Sumera, fechando o notebook e ajeitando o cabelo escuro atrás da orelha. — Eu diria que é por causa das conexões sociais. Elas sempre parecem as primeiras a saber das festas e tal. Mas, especificamente no caso de Selena... por mais que me doa admitir, ela tem muito carisma.

Finch concordou. Sabia muito bem disso.

Vendo que Finch se calara, Sumera perguntou:

— Não quero me meter, mas... tem algum motivo para você estar andando tanto com Selena e as amigas? É difícil imaginar que vocês tenham muito em comum.

Era uma avaliação razoável: tirando Nerosi, Finch duvidava que tivesse muito em comum com Amber e Risa. Talvez fosse porque não tivessem tido muita oportunidade de conversar a sós, mas na véspera as duas e Selena tinham aproveitado o novo grupo de mensagens para reclamar da temporada nova de *The Bachelorette* por praticamente uma hora, apesar de estarem, supostamente, na mesma casa.

— Também me pegou de surpresa — concordou Finch. — É... meio confuso. Eu definitivamente sou a deslocada do rolê.

— Entendo. Em certo momento, eu e Simon tentamos andar com elas, e passar mais de dez minutos com Kyra me fazia querer arrancar os cabelos. — Ela riu. — Desculpa, sei que fui um pouco mesquinha. Mas você me entende.

Finch concordou com veemência.

— Entendo, com certeza.

— Talvez a gente deva jantar juntas essa semana — sugeriu Sumera. — No centro. Tem um lugar simpático chamado Octavia's, que muitas meninas vão em ocasiões especiais... a gente pode ir comer lá na sexta. Você é minha convidada.

— Seria ótimo — disse Finch, sorrindo. — Acho que também vou almoçar com você amanhã, se não tiver problema. Se eu precisar ouvir mais uma conversa sobre vitamina de couve ser até gostosa se misturar bastante fruta, vou surtar.

— Nossa, meus pêsames — respondeu Sumera, abrindo o notebook de novo. — Parabéns por ter a paciência de aguentar tudo isso. Você deve gostar mesmo de Selena.

Sumera voltou a escrever o trabalho, o que foi bom, porque assim não viu Finch corar.

vinte

HOJE, 9:45

Risa

Decidi perguntar pra bibliotecária da escola se ela sabe alguma coisa de folclore local

Imagino que, se o que vocês disseram sobre a banda for verdade, seja possível que Nerosi esteja aqui há muito tempo

Menti e falei que estou escrevendo um trabalho sobre o tema, e ela se ofereceu para me mostrar alguns materiais de pesquisa que podem ajudar, caso vocês estejam livres hoje à tarde

eita peraí desde quando a gente lê livros?

Amber

é, eu ainda tô me recuperando enquanto agonizo, pra ser sincera :/

Risa

É claro, eu quase me esqueci de que vocês duas são analfabetas. Que grosseria da minha parte.

nossa risa que falta de classe

Finch

Que horas a gente se encontra na biblioteca?

Risa

Logo depois da última aula?

Finch

Por mim, combinado!

mas é sério... eu sou bonita demais pra ler

Risa

Você vai sobreviver.

À tarde, depois da última aula, Selena foi à biblioteca, balançando o rabo de cavalo alto. Usava um suéter do uniforme por cima da camisa de colarinho, já que o frio de outubro se instalara de vez em Ulalume naqueles dias. As folhas das árvores do campus estavam quase inteiramente em tons de laranja e amarelo, espalhando-se pela grama úmida que Selena atravessou a caminho da biblioteca.

Ao chegar, encontrou Finch, Risa e Amber já sentadas a uma mesa. O ar ali dentro era quente e bolorento devido ao cheiro de páginas velhas e tinta. Selena tirou um momento para admirar o pé-direito alto e as janelas imensas; ela nunca tinha sido muito de ler, mas era reconfortante estar cercada de livros. Acomodou-se ao lado de Finch, que sorriu.

Pouco depois, uma mulher de cabelo pintado de preto e delineador pesado se aproximou da mesa; foi fácil ouvi-la chegar, com base no som dos coturnos no assoalho de madeira, que rangia. Ela veio empurrando um carrinho de madeira cheio de livros e sorriu para elas.

— Uma de vocês deve ser Risa — adivinhou.

Risa a cumprimentou.

— Sou eu. Helena?

A bibliotecária confirmou.

— Isso. Trouxe tudo que encontrei sobre o folclore em nossa coleção de história local. É um tema de trabalho legal… É para que matéria?

— É para meu TCC — mentiu Risa, tranquila.

Selena ficou meio impressionada, mas Risa sempre foi extremamente boa em se manter séria ao mentir. Uma vez, ela vira a amiga convencer, só por brincadeira, umas meninas em uma festa de que o dinheiro da família dela vinha de serem os únicos responsáveis por uma ilha de gatos na baía de Tóquio.

— Bom, é uma ótima escolha — disse Helena, empilhando os livros na mesa. — Na verdade, fiz uma pesquisa semelhante com a idade de vocês, então trouxe algumas cópias de documentos que usei na época.

— Você poderia contar um pouco do básico pra gente? — perguntou Selena, e apontou para os livros. — Isso aqui é ótimo, mas seria bom começar com um resumo. Já que as fontes de pesquisa certamente são todas… velhas, densas e chatas.

Helena riu bastante.

— Claro. Uma estagiária está cuidando da recepção, então tenho uns minutos livres — falou, pegando uma cadeira para se sentar. — Além do mais, eu cresci aqui, então sempre tive um interesse especial pelas lendas locais.

Helena pegou um livro velho de capa de couro puída e explicou:

— Eu indicaria começarem por este livro. É um relato pessoal de Edmund Turner, o fundador de Rainwater, a respeito de como descobriu a ilha e decidiu construir uma cidade aqui.

"Antes de Turner, Rainwater era inabitada. Uma variedade de pessoas tentara ocupar a região, mas não tiveram sucesso por causa da falta de recursos naturais da ilha. Apesar de ficar próxima ao oceano, não havia vida marinha que facilitasse a pesca e o solo nunca foi fértil para plantio.

"Isso sem contar as histórias bizarras, de onde vem o folclore. Alguns dos colonos iniciais contavam histórias de criaturas estranhas que vagavam pela península, animais um pouco esquisitos. Cobras com duas cabeças, coelhos com pés a mais..."

— E um cervo de oito olhos? — adivinhou Selena.

Helena piscou.

— Ah... isso. Já ouviram falar?

As meninas todas confirmaram, e Amber coçou o braço enfaixado e olhou para baixo.

— Então entendem por que a península tinha a reputação de ser assombrada por espíritos malévolos. Porém, na virada do século, um grupo de homens da nobreza de Massachusetts decidiu instaurar uma cidade própria. Como ninguém mais tinha interesse em Rainwater, eles optaram por tentar.

— Por que um bando de ricos de Massachusetts escolheria se mudar para cá? — perguntou Selena. — Quer dizer — acrescentou, pensando melhor —, não que a gente não continue fazendo isso, mas pelo menos agora tem saneamento.

Helena sorriu.

— Bom, porque, na virada do século, houve um renascimento do ocultismo. Ou seja, as pessoas de repente voltaram a se interessar pelo tipo de coisa assombrosa que hoje em dia saiu de moda... tipo sessões espíritas, médiuns e sociedades secretas. Edmund Turner era um ocultista, interessado em criar uma comunidade onde pudessem exercer suas crenças longe do olhar de julgamento do resto da sociedade.

— Que nem... uma seita? — adivinhou Finch.

Helena confirmou com a cabeça.

— Tipo uma seita, sim. Não chegava ao nível de Jonestown, mas por aí. Turner reuniu quatro dos amigos mais íntimos, as famílias deles e um grupo de operários e veio para cá.

— Então escolheram Rainwater porque parecia assombrada? — perguntou Amber, meio pálida.

— De certo modo. Vejam, Turner veio avaliar o lugar antes, e acabou quase morrendo na ilha. Ao voltar para Boston, falou para a esposa que uma criatura estranha o salvara, e prometera ajudá-lo se ele viesse construir uma colônia.

Selena sentiu um calafrio.

— Que... tipo de criatura?

Helena deu de ombros.

— Não sei bem. Quando Turner escreveu, referiu-se a ela como Rainha Galhada. Ela aparecia na forma de uma mulher jovem com olhos pretos e chifres ensanguentados. Alguns diziam que era um fantasma, e outros, um espírito conectado à própria ilha.

Finch e Selena se entreolharam. Rainha Galhada também era o termo que Victor usara.

Helena continuou:

— Apesar de não ser tão bem registrado quanto o resto da história de Rainwater, supõe-se que Turner e as outras famílias fundadoras tenham começado a cultuar a Rainha Galhada. E, estranhamente, pareceu funcionar. Surgiram mais peixes para pesca e animais de caça. Além disso, o solo de repente tornou-se fértil para todo tipo de plantio. Devo supor que Turner e os outros tenham acreditado que era uma evidência do poder dessa criatura.

Ela abaixou o livro velho e pegou umas folhas de papel que pareciam ter sido copiadas de um caderno, então as dispôs na frente das meninas.

— Esses são trechos das anotações particulares de Turner. Se quiserem saber como a história acabou, é um bom retrato. Apesar de a cidade manter o sucesso por mais ou menos cinco anos, com o passar do tempo Turner e os outros pais das famílias fundadoras tornaram-se reclusos. Mesmo que novas pessoas chegassem com frequência para morar na cidade e a economia estivesse próspera, é nítido que Turner era um homem muito sofrido.

Selena pegou uma das páginas.

— Então são cópias do diário dele?

— Isso mesmo. Leia em voz alta o primeiro parágrafo dessa página aí. Turner escreveu mais ou menos um ano após a fundação de Rainwater. É bem impressionante.

Todo mundo se virou para Selena. Ela estreitou os olhos, analisando a letra cursiva por um momento, e pigarreou.

— "Flora começou a se preocupar comigo. Ela diz que a cada dia longe do toque do sol eu me torno mais pálido, como se minha cor não tivesse sido roubada de mim há anos. Ela não compreende que o que me tornei vai além de um mero homem. Fui elevado pela Rainha Galhada, transformado em algo mais próximo de um semideus. Nossa conexão me deu acesso a uma fração de seu poder. Se não fosse pelo ruído que causa em minha mente, desconfio que eu pudesse botar o mundo inteiro de joelhos."

Selena ergueu o olhar.

— Parada bem típica de líder de seita mesmo — comentou.

Helena confirmou.

— Como dá para perceber, Turner desenvolveu um caso e tanto de megalomania. Algumas de suas anotações posteriores no diário detalham planos para exonerar o conselho de fundadores e se tornar o líder supremo de Rainwater. Um dos métodos que ele propõe é sacrificar um deles à Rainha Galhada. Segundo Turner, ela havia prometido destruir os outros fundadores em troca de partes de corpo humano. Porém, ele pareceu desistir da ideia, pois sabia que a cidade nunca confiaria nele se descobrissem que ele assassinara um dos seus.

— Então ele não matou ninguém? — perguntou Finch.

Helena mordeu o lábio.

— Bom, infelizmente, o motivo para termos acesso às anotações dele é que ele acabou se jogando ao mar, e a esposa encontrou o diário enquanto arrumava seus pertences. Nesse trecho, ele menciona ouvir um *ruído* em sua cabeça quando acreditava acessar seus... poderes de semideus, por falta de termo melhor. Perto do fim, Flora disse que ele ameaçara matar a Rainha Galhada para livrar-se da conexão com ela, mas que não parava de reclamar de ouvir o mesmo ruído. Com base nas fontes que temos, parece que ele acabou perdendo o controle dos próprios atos, o que levou ao suicídio.

— O que aconteceu com os outros fundadores? — perguntou Risa.

— Muitos morreram ou desapareceram pouco depois de Turner. Entre os líderes originais, dois foram afetados por uma doença terrível com sintomas estranhos, que acabou por matá-los, e outros dois entraram no bosque certa noite, sonâmbulos, e não saíram.

As meninas se entreolharam. A única que parecia não se perturbar era Amber, mas apenas porque, nitidamente entediada, tinha começado a mexer no Instagram. Ao perceber que todas as outras estavam pálidas, ela deixou o celular de lado.

— Espera aí, o que houve? — murmurou para Risa, que balançou a cabeça.

— Você tem acesso a algum retrato de Edmund Turner? — perguntou Finch, depois de um momento.

— Ah! Tenho, claro.

Helena pegou outro livro do carrinho, que aparentava ser de publicação muito mais recente, e abriu em uma página que continha algumas fotos da virada do século, retratos de homens brancos, todos com barbas e bigodes relativamente cômicos. Ela apontou o homem do centro: mesmo sem a cor contrastante que se esperaria de uma foto atual, estava evidente que ele tinha pele e cabelo branquíssimos. Assim como Victor DeLuca.

Assim como Finch.

— Parece um bom ponto de partida? — perguntou Helena, fechando o livro e o entregando para Risa. — Tenho mais algumas fontes que podem consultar no carrinho, mas preciso voltar para a recepção.

— Claro. — Risa fez um gesto distraído com a cabeça. — Obrigada pela ajuda.

— De nada — disse Helena.

Assim que a bibliotecária se virou para ir embora, Finch soltou:

— Hum... licença? Posso fazer uma pergunta esquisita?

A mulher se virou.

— Depende da pergunta esquisita.

Finch estremeceu.

— Desculpa, hum... Você disse que cresceu em Rainwater. Por acaso estava no Ensino Médio por volta de 2004?

Ela confirmou.

— Estava, sim. Eu me formei no Colégio Rainwater em 2005.

— Já ouviu falar de uma banda chamada Killing Howard? — perguntou Finch.

Helena arregalou os olhos e, depois do choque inicial, abriu um breve sorriso.

— Sim. Dois amigos meus, Xavier e Theo, tocavam nessa banda. Eu ia a todos os shows quando eles começaram a fazer sucesso. Achava que era a coisa mais legal do mundo. Como você os conhece?

Finch olhou de relance para Selena antes de mentir.

— Eu... encontrei uma música deles na internet?

— Ah, legal. Não fazia ideia de que tinha algo deles online. E cá estou eu, guardando o CD velho da banda como se um dia fosse valer dinheiro...

— Você tem um CD deles? — quis saber Finch.

Selena quase queria dar uma cotovelada nela por exagerar na avidez, mas Helena assentiu casualmente.

— Na verdade, está no catálogo, na seção de história local, então pode pegar emprestado, se quiser.

— Seria incrível! — disse Finch, com os olhos brilhando. — Muito obrigada.

— De nada. Vou pegar para você — respondeu Helena, e olhou para as outras meninas. — Boa sorte no trabalho. Podem me chamar se precisarem de ajuda com as citações ou qualquer outra coisa.

Então ela desceu as escadas.

Naquela noite, quando Risa voltou para o quarto para revisar as anotações que tinha feito na biblioteca, Selena tentou fazer o dever de casa de estatística. Mas a única coisa que conseguiu fazer foi escrever piadas grosseiras na calculadora gráfica. Então Amber entrou na cozinha. Estava pálida, com a expressão abatida.

— Sabe onde está o kit de primeiros socorros? — perguntou.

— Debaixo da pia da cozinha.

Selena desligou a calculadora, se levantou e foi até Amber, que se abaixara para pegar o kit. A amiga estava segurando a bancada, e imediatamente ficou óbvio que a ferida no braço tinha sangrado, encharcando a gaze que a envolvia.

— Você está bem? — perguntou Selena, apontando para o braço. — Não tá com uma cara muito boa.

Amber balançou a cabeça em negativa.

— Já faz quatro dias, e não está melhorando.

Ela deixou o kit na bancada antes de desenrolar o curativo do braço e revelar a lesão. Espinhos pretos minúsculos tinham voltado a crescer ao redor do corte, e Selena imediatamente inspirou o odor podre, adocicado e enjoativo.

— Acho que infeccionou — avaliou Selena, fazendo o possível para respirar pela boca.

Lágrimas encheram os olhos de Amber.

— O que devo fazer? Ir ao médico? Como explico isso aqui?

Selena fez uma careta.

— Se não sarar, talvez não tenha outra escolha, especialmente se você começar a adoecer.

Amber fungou.

— É que... Estou muito frustrada, Selena. Ontem à noite, Kyra me convenceu a ir falar com Nerosi para pedir perdão, e ela disse que só pode me curar se receber o par de olhos. Senão... vai piorar.

— Piorar? — perguntou Selena, arregalando os olhos. — Como assim?

— Não sei — disse Amber, e secou os olhos. — Mas estou morrendo de medo.

Selena botou as mãos nos ombros da amiga.

— Ei, tudo bem. Vamos dar um jeito, tá? Não vou deixar nada acontecer com a gente.

A boca de Amber começou a tremer antes de ela abraçar Selena com força. Um pouco chocada, Selena hesitou um momento antes de retribuir o abraço, sentindo o ombro dela tremer de choro.

— Obrigada — disse Amber, com a cara apoiada no ombro de Selena. — Muito obrigada.

Selena acenou com a cabeça antes de se afastar e apontar para o kit de primeiros socorros.

— Não é muito, mas talvez eu possa ajudar a limpar e fazer o curativo novo. O que acha?

Amber concordou, secando as últimas lágrimas.

— Por favor.

Enquanto trabalhava, Selena se forçou a não deixar transparecer a dúvida de como seria possível saírem daquela situação.

vinte e um

Mais tarde, enquanto Selena mexia na Netflix em busca de alguma coisa para ver antes de dormir, alguém bateu à porta.

— *Que foi?* — resmungou.

Com um rangido da porta, Kyra entrou. Ela estava de short de pijama e regata. O cabelo ruivo curto estava preso em um rabo de cavalo, com alguns fios soltos ao redor do rosto. Sem maquiagem, o rosto redondo parecia enganosamente suave, e foi o suficiente para desarmar Selena por um momento. A tensão evaporou de sua face.

Selena olhou para o relógio, e de volta para Kyra.

— Você sabe que amanhã tem aula, né?

Kyra olhou para o chão.

— Eu sei. Só quero conversar.

Ela soava magoada. Estava de olhos arregalados, boca entreaberta. Selena não via esse lado dela fazia muito tempo.

Selena fechou o notebook e o deixou de lado, indicando a ponta da cama. Depois de hesitar por um segundo, Kyra se sentou, cruzou as pernas e mordeu o lábio.

Selena endureceu a expressão.

— Faz tempo que você não sobe aqui.

Kyra ajeitou uma mecha de cabelo atrás da orelha.

— Eu sei. Queria me desculpar. As coisas andam… complicadas.

— Complicadas? — Selena levantou as sobrancelhas e quase riu. — Que eufemismo. Você anda fazendo pactos com o demônio.

— Eu? — retrucou Kyra, com o rosto vermelho. — Não seja hipócrita. Você também fez um pacto com ela, St. Clair. Ela me contou *tudo*.

Selena desviou o rosto, passando a mão no cabelo. A garganta dela ardia. Tinha passado as últimas noites se culpando por aquilo.

— Eu não *queria*. Mas precisei. E até agora… bom, não aconteceu nada de ruim…

— Então você admite — disse Kyra, com o dedo em riste. — Você sabe que Nerosi não é tão ruim quanto vocês têm dito.

— Não foi isso que eu falei.

Selena saiu de sob a coberta e engatinhou pela cama até parar, de joelhos, diante de Kyra. Ela esticou a mão e tocou o joelho da amiga.

— Olha, estou preocupada com você, tá? Antigamente, você era minha melhor amiga aqui. Não quero que se machuque.

A expressão de Kyra murchou.

— Amiga? *Só* amiga?

As duas passaram um momento em silêncio. Selena afastou a mão do joelho de Kyra, que se desanimou. Notou a constelação de sardas nos braços cruzados dela, lembrando que desenhava conexões entre elas com os dedos.

— Kyra, eu sinto muito. Eu não quero mais participar desse jogo. Você me magoou demais para irmos além da amizade.

— *Sente muito?* — perguntou Kyra, franzindo a testa e fechando a cara. — Olha, eu sei que as coisas ano passado foram uma merda. Mas a gente superou! Pelo amor de Deus, foi você quem topou transar comigo depois de eu pedir desculpas! Perdão por pensar que talvez tivesse alguma coisa entre a gente.

Selena se encolheu, mas manteve a voz calma.

— Eu estava solitária, Kyra. E magoada. Aceitei suas desculpas por medo de perder você. Acho que também foi por isso, provavelmente, que continuei a ficar com você. Achei que, se eu pudesse ser sua amiga na frente das pessoas, mas mais íntima em particular... Aí talvez pudesse continuar com você, mas sem a vulnerabilidade de um relacionamento sério.

Kyra sacudiu a cabeça, o rosto vermelho.

— Então você admite que me usou?

Selena se encolheu ainda mais.

— Já faz tempo que eu deveria ter dito não para você. É por isso que a gente precisa terminar. Não fazemos bem uma para a outra, nem como parceiras... nem como amigas.

Foi a vez de Kyra recuar.

— Isso é por causa de Chamberlin? — perguntou, irritada.

Depois de um momento de hesitação, Selena concordou.

— Mais ou menos. Ela me faz querer ser uma pessoa melhor. E terminar essa bagunça tóxica entre a gente faz parte disso.

Kyra se levantou, de braços cruzados e rosto ardendo.

— Então você passa meses transando comigo em segredo por medo de um relacionamento, mas agora é só aparecer uma menina deprimida com o carisma de um biscoito ensopado que você está pronta para se casar?

— Você não sabe nada sobre Finch — rebateu Selena, as mãos na cintura, e olhou com irritação para Kyra. — Diferente de você, ela se importa com o que eu sinto. E eu... gosto dela. Mais do que já gostei de qualquer pessoa.

— Não perca tempo — rebateu Kyra, balançando a cabeça, antes de seguir até a porta ruidosamente. — Então tá bom. Divirta-se com esse drama de amor não correspondido... porque é tudo que vai conseguir. Uma menina daquelas nunca vai te amar.

Ela rangeu os dentes e, tão baixo que Selena quase não escutou, sussurrou:

— Não como eu te amo.

Kyra saiu e fechou a porta.

A última aula de Selena acabou mais cedo na quinta-feira à tarde, e, ao sair, ela desviou pelo meio das folhas esvoaçantes de outono e seguiu para o departamento de matemática e ciências, um prédio coberto de hera. Esperou o sinal tocar na frente da sala 204, o chão rangendo enquanto ela trocava o pé de apoio. Quando finalmente tocou e as alunas começaram a sair da sala, Selena esperou que Finch aparecesse, então segurou o braço dela.

Finch deu um pulo e soltou um grito de susto, enquanto Selena ria.

— Desculpa, assustei você?

— Ah!

Finch levou a mão ao peito. Ela estava com metade do cabelo preso em um coque, e a gravata do uniforme um pouco torta, enfiada com pressa por dentro do suéter.

— Um pouquinho — acrescentou. — Tudo bem.

Selena sorriu. Só de vê-la ali, de uniforme largo demais e lápis atrás da orelha, fazia o peito dela doer de calor.

— Queria saber se você estava a fim de ir lá pra casa — perguntou Selena, enquanto as duas desciam o corredor, passando pelos retratos nas paredes, fotos das várias turmas de meninas que tinham estudado em Ulalume antes delas. — Podemos ouvir aquele CD da Killing Howard, procurar pistas.

Finch sorriu, com os olhos brilhando.

— Eu adoraria. Desde que suas colegas não se incomodem, óbvio.

— Risa e Amber gostam muito de você — disse Selena, e esperou um instante. — E Kyra pode ir tomar no cu. Então eu diria que sim.

— Legal. — Finch riu.

As duas seguiram lado a lado até o farol Annalee, tão próximas que as mãos roçaram algumas vezes. Todo toque do mindinho de Finch no dela era como um choque elétrico no braço de Selena, seu rosto ficando mais vermelho a cada vez que aquilo ocorria. Ela ficou agradecida pelo frio, que poderia justificar estar corada assim.

Quando chegaram, Selena levou Finch ao último andar, onde antigamente ficava a luz do farol, antes do prédio ser transformado em alojamento. Quilômetros de céu cinzento se estendiam diante delas, uma coberta felpuda que conseguiam ver de todos os ângulos devido às janelas que ocupavam paredes inteiras. Não muito longe dali, o mar quebrava nas falésias escarpadas e alguns barcos boiavam na água revolta da baía.

— Uau — disse Finch, maravilhada, ao se aproximar da janela e admirar Rainwater. — Vocês têm mesmo uma vista incrível daqui.

— Não é de se jogar fora, né?

Selena tinha pegado o notebook na subida, e botou o CD no drive externo. Levou alguns segundos para o computador começar a ler o disco, mas as faixas logo apareceram na biblioteca do player de música, e ela clicou na primeira.

Selena se sentou em uma almofada e deu um tapinha no lugar ao lado.

— Sente-se.

Finch se sentou recostada na janela. Selena olhou de relance para Finch enquanto ela fechava os olhos. Imediatamente perdeu o foco na música e mapeou a curva suave do nariz de Finch, o franzido leve na testa quando se concentrava.

Por um momento, Selena foi tomada pelo impulso de beijá-la.

"Vi a cor do espaço", cantava Killing Howard, "e mergulharia a mão nas ondas do céu ártico para rasgar o vão e proteger você".

— Ondas do céu ártico... será que estão falando da aurora boreal? — perguntou Finch.

— Honestamente, achei que fosse um negócio sexual.

Finch gargalhou e deu um tapa leve no ombro de Selena.

— Não! Você não tava ouvindo? A música é toda sobre querer proteger a pessoa amada, mesmo sabendo que não tem jeito. É muito triste.

Selena mordeu o lábio.

— Desculpa. Eu me distraí um pouco.

— Está tudo bem? Você está meio esquisita.

— Quê? Não, tô *bétima*... bem! E ótima!

Finch estreitou os olhos, e Selena estremeceu, fechando os olhos com força.

— Foi mal — acrescentou. — Me ignora.

Finch ergueu a sobrancelha, mas não insistiu. Selena se forçou a se concentrar na música em vez de nela, por mais difícil que fosse. Logo começou a entender o que Finch havia explicado sobre o sentido da música. A pessoa que tinha escrito a letra parecia sentir que tinha algum controle sobre o que fazia mal à pessoa amada, mas que, no fim, não poderia salvá-la.

— Posso fazer uma pergunta meio esquisita? — disse Selena quando a música acabou, e Finch concordou com a cabeça. — Sei que você falou que tem meio que uma... conexão com Nerosi, assim como Victor DeLuca e Edmund Turner tiveram. No diário, Turner falou de ter uma fração do poder de Nerosi. Será que Victor também tinha? E você também?

Finch franziu a testa, considerando.

— Talvez — respondeu, enfim. — Quando tento me concentrar em nossa conexão, tipo quando escuto os pensamentos de Nerosi, perco um pouco a noção da realidade. Para ser sincera, isso me dá muito medo.

— Tipo o ruído que Turner citou no diário? — supôs Selena.

Finch confirmou com a cabeça.

— Não é de se estranhar que enlouqueceria alguém. Dá a sensação de estar perdida na própria cabeça e de não ter controle do corpo.

Selena considerou, tamborilando os dedos no joelho.

— Já ouviu falar de *spotting*? — perguntou.

Finch balançou a cabeça.

— É um método que se usa no balé para não ficar tonta durante o giro. Você tem que escolher um objeto fixo para olhar e usar como ponto de referência para se equilibrar. Talvez você precise de uma coisa assim.

— Não sei se olhar para a parede vai me ajudar a não surtar. — Finch riu.

— Não é bem isso. — Selena hesitou um momento antes de pegar a mão dela. — Pensei em uma coisa física. Uma âncora para dar sustentação.

Finch olhou para as mãos unidas das duas e o coração de Selena deu um pulo. Ela apertou de leve, se mexendo para entrelaçar os dedos nos de Selena.

— O que exatamente quer que eu experimente?

— Bom, você já ouviu os pensamentos de Nerosi algumas vezes, né? Talvez, se tentar se concentrar na conexão, você consiga dar uma olhada na cabeça dela. Podemos tentar entender o que ela está planejando.

— Acho que vale a pena tentar. — Finch suspirou.

— Se começar a sentir que está perdendo o controle, me aperta. Posso jogar água em seu rosto, sei lá.

— Não tenho nem como discutir — murmurou Finch, sorrindo, e fechou os olhos. — Tá. Lá vamos nós.

A princípio, nada aconteceu. Selena prendeu a respiração enquanto Finch expirava pelo nariz, as pálpebras tremulando com a concentração. Então, o ar no ambiente pareceu esfriar um pouco, deixando os braços de Selena arrepiados. Finch franziu a testa e levou a mão livre ao peito, como se pudesse segurar o coração.

Ela apertou a mão de Selena.

Selena apertou de volta.

— Tudo bem.

Finch acenou de leve com a cabeça e apertou os olhos com mais força. O último resquício de cor da pele dela se esvaiu e, quando abriu os olhos, Selena ficou chocada: tinham ficado inteiramente pretos. Cintilavam à luz da tarde, como obsidiana lustrada, a sala que a cercava refletida no brilho.

Ela apertou a mão de Selena.

A garota apertou de volta, sem fôlego, sem palavras.

No instante seguinte, Finch piscou e arfou, e os olhos voltaram ao normal. Selena se levantou com um salto para segurá-la, mas Finch sacudiu a cabeça e massageou a testa com cuidado.

— T-tudo bem...

— Funcionou? — perguntou Selena.

Finch confirmou.

— F-funcionou... Só ouvi umas poucas coisas, mas... parece que ela está perdendo a paciência. Não sei bem com o quê, mas... seja lá o que for, ela acha que talvez a gente precise de outra advertência.

Selena arregalou os olhos.

— Que nem quando o cervo atacou Amber?

— Não sei. Talvez — respondeu Finch, massageando as têmporas. — Tenho medo de insistir demais e Nerosi notar. E…

Selena levantou as sobrancelhas.

— Está tudo bem?

— Acho que sim — disse Finch, fazendo um gesto no ar. — Tenho uma espécie de… noção visual quando estou diante de algo sobrenatural. São umas cores no ar, antes eu achava que era um sintoma de enxaqueca. Quando me conectei com Nerosi, o ar começou a emanar as cores de um jeito que nunca vi.

— Parece algo ruim? — perguntou Selena.

Finch deu de ombros.

— Acho que não. Só é meio incômodo.

Selena refletiu.

— Será que você consegue de novo? Quer dizer, ouvir mais pensamentos de Nerosi?

Finch respirou fundo e concordou com a cabeça.

— Tá. Vamos lá.

Durante a hora seguinte, as duas ficaram sentadas na sala no alto do farol, enquanto Finch tentava acessar a mente de Nerosi. Sempre que a conexão ficava intensa demais, ela abria os olhos e recuperava o fôlego. Enquanto isso, Selena segurava a mão dela com força, apertando quando a menina parecia se perder. Em pouco tempo, acabaram encostadas uma na outra, com as mãos apoiadas nas coxas, os dedos entrelaçados. Finch não tirara muita informação de Nerosi além de que ela estava muito, muito faminta, com fome de… alguma coisa.

— Pode demorar um pouco — refletiu Finch, quando os olhos mais uma vez voltaram ao normal — para Nerosi de fato planejar agir. Mas, se eu continuar atenta, aposto que vou perceber.

Selena concordou.

— Exatamente. Além disso, acho que nossa técnica funcionou.

Finch abriu um sorriso.

— Ainda não enjoou de segurar minha mão?

Selena nem notou que ainda estavam de mãos dadas. Nada nela queria soltar, na verdade, ela queria mesmo era puxar Finch para mais perto e beijá-la por horas a fio, se deitar no chão daquela sala, admirar o mar juntas, ouvir música e abraçá-la até sentir o coração acelerado no peito. Queria ir de mãos dadas com ela à cidade para tomar um café e dividir um doce. Queria ouvir Finch tocar uma melodia no piano com aquela expressão de quem não seria derrubada por nada.

As palavras de Kyra voltaram para Selena como um tapa na cara: *Uma menina daquelas nunca vai te amar.*

Ela se calou, fechando a cara.

Nesse momento, o bolso da saia de Finch vibrou.

— Foi mal — disse ela, pegando o celular. — Deixa eu botar no…

As palavras se perderam, e Finch arregalou os olhos. Murmurou um xingamento.

— Tudo bem? — perguntou Selena.

— Droga. — Finch suspirou.

Ela se levantou e pegou apressadamente as coisas que tinha deixado no chão, enfiando-as na mochilinha lilás.

— Mil desculpas, acabei de notar que me atrasei horrores para jantar com Sumera — explicou. — Mas isso foi ótimo. Podemos tentar de novo depois?

— T-tá… — disse Selena, com a expressão desanimada. — Claro. Hum…

— Tá, legal… Até mais, Selena!

Pouco depois, ela desceu a escada correndo e sumiu de vista.

vinte e dois

Finch entrou correndo na suíte do alojamento e encontrou Sumera sentada no sofá, de braços cruzados, com um hijab amarelo ensolarado contrastando com a tempestade fervilhando em seus olhos escuros.

— Mil desculpas! — disse Finch imediatamente, antes mesmo de fechar a porta, e tirou os sapatos com pressa. — E... eu sei que a gente tinha reserva no restaurante no centro, mas posso trocar de roupa bem rápido, e talvez a gente...

— Já cancelei — disse Sumera, direta. — Não daria tempo.

A expressão e os ombros de Finch murcharam.

— Ah, Sumera, desculpa mesmo. Eu me distraí com Selena e só vi a hora quando recebi sua mensagem.

Sumera expirou e fechou os olhos.

— Selena. Óbvio.

Finch engoliu em seco.

— Prometo que vou me redimir. Pago o jantar de nós duas da próxima vez.

Sumera fez uma careta, mas concordou.

— Tudo bem, Finch. Sei que não foi de propósito. Às vezes as pessoas esquecem compromissos. E sei que é uma birra minha, e que eu não deveria me sentir assim, mas odeio saber que foi por causa de Selena.

— Mas… por quê?

Sumera franziu a testa e massageou o pescoço.

— É que… nós duas temos um histórico bem ruim. Nunca te contei porque não gosto de remoer o passado, mas ver você andar pra cima e pra baixo com ela me deixou bem irritada. Talvez um pouco enciumada, até.

Finch balançou a cabeça.

— Não entendo.

Sumera mordeu o lábio.

— Talvez seja melhor a gente pedir comida antes. Porque a história é longa.

Depois de pedirem duas porções de *tom kha kai* e chá tailandês, as duas vestiram os pijamas e Sumera começou a explicação, cruzando as pernas compridas debaixo de si, no sofá.

— Selena já foi minha melhor amiga. A gente se conheceu na orientação para calouras. Achei ela engraçada. Ela me apresentou Simon e eu adorava andar com eles. Nós jogávamos vídeo game, explorávamos a península no final de semana, vivíamos jantando no Octavia's. Éramos praticamente inseparáveis.

"Mas, então, Selena conheceu Kyra e Amber. Na época, Kyra era a menina mais popular, e imediatamente se interessou por Selena. Ela começou a sair com as duas, e eu… fiquei com ciúme, para ser sincera. Eu ainda andava com Simon, e Selena às vezes se juntava a nós, mas não era a mesma coisa. Quando entramos no segundo ano, ela parou de responder a qualquer convite meu.

"As poucas vezes que nos encontramos depois disso foram… tensas. Selena sabia que eu estava com raiva por ela ter nos abandonado, mas se recusou a pedir desculpas. Simon aceitava a situação, só que eu, não.

"Além disso, quanto mais andava com elas, mais cruel Selena ficava. Parou de dar importância para as coisas de antes e ficou obcecada com ser popular, em ter aquela pose toda. Começou a se vestir de outro jeito, a agir de outro modo... Parecia que a personalidade toda dela mudou. Eu me ressenti."

— Mas ela ainda é amiga de Simon — argumentou Finch, tomando um gole do chá. — Por que ele não fez nada?

— Ele tentou. — Sumera deu de ombros, puxando um fio solto da calça de pijama. — Mas Selena não estava nem aí. Então ele calou a boca e a deixou mudar para continuar sendo amigo dela em segredo, já que, aos olhos de Selena, Simon não era descolado o suficiente para ser apresentado às outras amigas. Mas eu não me calei. Ela se recusou a perceber que a amizade daquelas meninas era tóxica, então eu me recusei a ficar assistindo enquanto ela se perdia de si mesma.

Finch assimilou a história. Fazia sentido: por que Selena tinha tanto medo de falar dos interesses de verdade, por que parecia tão diferente quando estava com Simon.

— Sinto muito pelo jeito que as coisas acabaram entre vocês — disse Finch, finalmente, encontrando o olhar de Sumera. — Eu... eu não quero que isso aconteça com a gente. Além de Selena, você é minha melhor amiga aqui, Sumera.

— Ah, Finch — disse ela, levando a mão ao peito. — Que amor.

— É verdade — respondeu Finch, deixando a xícara na mesa. — Posso... te contar outra coisa?

— Ah. — Sumera piscou. — Claro. Que foi?

Finch respirou fundo e, antes de perder a coragem, falou:

— Queria que você soubesse que eu sou lésbica.

Sumera franziu as sobrancelhas.

— Jur... é?

Finch riu, nervosa.

— É. Juro.

— Você sempre soube disso? — perguntou Sumera. — Ou é novidade?

Finch empalideceu.

— Está chateada por eu não ter contado?

— Claro que não. Estou feliz por você… parece uma descoberta importante — disse Sumera, se levantando do sofá e estendendo os braços. — Peço desculpas por tudo. Podemos nos abraçar?

Finch retribuiu o abraço.

— Me desculpa também. Amigas?

— Amigas — respondeu Sumera, e se afastou. — Preciso fazer uma pergunta… você tem andado tanto com Selena porque está a fim dela?

Sem pensar, Finch soltou:

— Quer dizer, não é só por isso.

Sumera segurou uma risada, e Finch cobriu a boca com a mão.

— Ah, querida — disse Sumera, com um tapinha carinhoso no rosto dela. — Você ficou tão vermelha. Isso explica muita coisa. Vi vocês duas juntas hoje mais cedo e você estava olhando para ela como se, toda noite, Selena pintasse estrelas no céu.

— Por favor, não conta para ela — implorou Finch, cobrindo o rosto com as mãos e balançando a cabeça. — Ela não pode saber. Selena é muita areia pro meu caminhãozinho, chega a ser uma vergonha.

Sumera fez um ruído de desdém.

— Não sei, hein… Ela parecia tão fascinada por você quanto você por ela. E, acredite, uma vez passei duas horas ouvindo-a falar sem parar do desenvolvimento de mundo de *Mass Effect*… Ela não é tão maneira quanto você imagina.

Finch piscou.

— Você acha que… Selena pode gostar de mim?

— Sem dúvida. Na verdade… — começou Sumera, balançando a cabeça. — Tá, talvez eu me arrependa disso, mas Griffin Sergold vai dar uma festa de Halloween e eu e Simon planejávamos ir juntos. Se vocês duas quiserem jantar com a gente antes, serão bem-vindas.

— Seria ótimo! — disse Finch, abraçando Sumera outra vez. — Você é incrível, Sumera — falou, com a cara encostada na camiseta dela.

A amiga retribuiu o abraço.

Selena recebeu a mensagem de Finch a respeito de ir à festa de Halloween de Griffin com Simon e Sumera bem no começo da aula de biologia na sexta-feira de manhã. De tão distraída, quase não escutou o professor tagarelar sobre a nova matéria de anatomia e os experimentos de dissecação que fariam, inclusive com uma minhoca, uma estrela-do-mar, um coração de carneiro...

— E — disse o sr. Fitzpatrick —, na segunda-feira, vamos dissecar um olho humano, graciosamente doado pela universidade local. Eles sabem que nosso padrão de trabalho na Ulalume é muito alto e, ciente de que tantas de vocês têm intenção de estudar medicina, fico feliz em dizer que cada turma minha terá acesso a um olho.

Selena e Amber se sobressaltaram ao mesmo tempo. Amber levantou a mão.

— Onde o senhor vai guardar os olhos? — perguntou ela, inclinando a cabeça para o lado. — Tipo, na geladeira?

Algumas meninas riram, mas o sr. Fitzpatrick rapidamente pediu silêncio.

— Não, não... Amber, essa é uma boa pergunta. Um representante da faculdade vai trazê-los em um cooler específico para transporte de órgãos. É o mesmo método que usam para transplantes.

— Legal — disse Amber, abaixando a mão.

Quando a aula avançou, ela se aproximou de Selena.

— A gente precisa pegar esse cooler.

— Vou mandar mensagem para as meninas — concordou Selena.

vinte e três

O Halloween chegou com uma frente fria.

Com a promessa de conseguir arranjar olhos para Nerosi em troca da cura de Amber, Selena seguiu distraída até o Octavia's, onde encontraria Finch, Simon e Sumera.

O centro de Rainwater abrigava uma variedade de lojas cafonas: lanchonetes, butiques e lojas de penhores eram as mais frequentes, mas Selena também passou por alguns estabelecimentos pega-turistas que ofereciam aluguel de caiaque e passeios para avistar baleias. Uma loja esotérica que anunciava leitura de tarô e tratamento com cristais a fez revirar os olhos.

Em pouco tempo, Selena chegou à frente do Octavia's, um bar e restaurante no estilo de uma lanchonete dos anos 1950 com vista para o mar. Tinha carros retrô estacionados na porta, recém-lustrados para a tinta colorida refletir a luz mesmo com o sol se pondo na água. Uma placa imensa em letras cursivas azuis indicava o nome do estabelecimento, junto a um retrato em neon de uma garçonete carregando uma lagosta na bandeja.

Selena ajeitou a fantasia — um vestido roxo com lencinho verde no pescoço — antes de passar pela porta.

Lá dentro, as paredes eram decoradas com material de pesca de lagosta antigo e temas náuticos, além de recortes de jornal da história de Rainwater. A maioria das mesas estava cheia, e Selena acabou encontrando Simon, Sumera e Finch em uma mesa nos fundos, ao redor de um pequeno vaso de flores. A janela à direita dava para o mar que quebrava nas falésias.

— Só estou dizendo que o poder de Saitama é todo satírico, então não adianta comparar a força dele com a de personagens de outros protagonistas de *shōnen* que não sejam sátiras. A questão da série... — dizia Simon, que se interrompeu ao erguer o rosto e notar a chegada de Selena. — Ah, oi! Você chegou! Adorei a fantasia. Daphne de *Scooby-Doo*, né?

Selena olhou para o vestido, ajeitou a peruca ruiva, e confirmou:

— Isso. E você é o quê? O Fantasma da Ópera?

Simon estava de terno e capa preta e vermelha esvoaçante, além de uma cartola e uma máscara branca.

— Sou o Tuxedo Mask.

— Eu que obriguei — comentou Sumera.

Ela se esticou do lugar ao lado de Simon, e Selena imediatamente entendeu. Ela nitidamente tinha passado muito tempo dedicada à versão hijab da fantasia de Sailor Moon, com uma saia azul plissada comprida, e um gato preto de brinquedo no ombro.

— Vocês duas também combinaram? — perguntou Sumera.

Foi então que Selena notou que Finch estava de peruca castanha e óculos de armação grossa e quadrada. Quando compreendeu, Selena riu, porque, apesar de não terem combinado, Finch estava fantasiada de Velma.

— Apenas coincidência — disse Selena, e se instalou no banco ao lado de Finch, com os braços apoiados na mesa. — Quanto tempo, Mer.

Sumera fez uma careta.

— Pois é.

Um silêncio carregado tomou a mesa. Selena sentiu Finch ficar tensa a seu lado. Depois de um momento, percebeu que era porque Simon estava tentando desesperadamente não a olhar, e então lhe ocorreu que Simon não havia recebido explicação alguma sobre o fato de Finch ter fugido correndo dele algumas semanas antes.

Uma garçonete apareceu.

— Prontos pra pedir?

Agradecidos pela oportunidade de dar atenção a outra coisa, todos pediram, mas, assim que ela foi embora, o silêncio voltou, Sumera olhando com raiva para Selena, enquanto Simon e Finch faziam todo o possível para não se encararem.

Selena pensou no primeiro ano em Ulalume, quando estar ali com Sumera teria sido o ponto alto de seu dia. Os três passavam horas a fio naquela mesma mesa, fazendo dever de casa, jogando a embalagem de papel dos canudos uns nos outros e conversando. Na época, as coisas pareciam tão simples...

— Desculpa — disse Selena, sem querer.

— O quê? — perguntou Sumera.

— Me desculpa — repetiu, respirando fundo para se recompor. — Eu fui uma péssima amiga. — Então olhou para Simon. — Para vocês dois. Honestamente, tenho sido uma péssima amiga para quase todo mundo que conheço. E sei que o motivo disso foi eu priorizar status social em vez de vocês, o que eu nunca deveria ter feito. Eu realmente sinto muito.

— Por essa eu não esperava — disse Sumera, sem qualquer malícia.

Selena deu de ombros.

— Pois é. Estou tentando ser... uma pessoa melhor. Então é isso. Não precisa aceitar minhas desculpas, mas achei que pelo menos deveria oferecer.

— Certamente é um bom começo — comentou Sumera, com o mínimo sinal de sorriso.

— Também quero me desculpar — disse Finch, apertando a saia com nervosismo, e todos se viraram para ela. — Desculpa por nunca ter explicado por que agi de um jeito tão estranho em sua festa, Simon. Foi meu primeiro beijo, e eu queria que fosse de um jeito, e... não foi. Eu não senti um pingo de atração por você.

— Não está com cara de pedido de desculpas — comentou ele.

— É uma explicação. Eu fugi porque percebi que não gostava de te beijar. N-não porque você beija mal nem nada, só porque eu sou, tipo, cem por cento gay.

Passou-se um instante de silêncio enquanto as peças se conectavam no cérebro de Simon.

— Ah — disse Simon, arregalando os olhos, e apontou para Selena. — Ah! Foi por isso que você não quis me contar em Tunger! Faz muito sentido.

Ele se voltou para Finch e acrescentou:

— Honestamente, me sinto melhor. Está desculpada.

Finch sorriu.

— Obrigada, Simon.

Pouco depois, a comida chegou, e, com o clima um pouco mais leve, foi bem mais fácil manter a conversa. Sumera falou do time de vôlei, que se encaminhava para o campeonato estadual, e Simon contou que estava quase acabando de se candidatar para todas as faculdades que o interessavam. Selena se comprometeu a encontrar um apartamento para dividir com ele em Boston quando os dois entrassem nas faculdades dos sonhos — Simon sempre falava de estudar artes midiáticas em Emerson —, e Sumera e Finch se convidaram para ficar lá.

Por um momento, cercada de amigos, Selena se sentiu um pouquinho melhor.

Quando os quatro chegaram à festa de Griffin uma hora depois, o lugar já vibrava com o som da música.

A casa, uma construção cinza de dois andares relativamente perto do centro, estava coberta de papel higiênico. Finch sentiu o coração acelerar assim que Simon se afastou do grupo para cumprimentar uns caras do Colégio Rainwater que bebiam cerveja na entrada. Ela pensou em dar meia-volta e correr para Ulalume, mas Sumera botou a mão em seu ombro.

— Escuta, se a gente entrar e for horrível, podemos voltar para Pergman e ver *Jovens bruxas* assim que acabar o concurso de fantasias.

— Vai ficar tudo bem — acrescentou Selena. — Não tem do que ter medo.

Finch mordeu o lábio. Parecia até que Selena tinha esquecido o que acontecera na última vez que fora a uma festa.

— Certo. É apenas uma festa. Não tenho por que me preocupar.

Enquanto Finch fazia o possível para não hiperventilar, elas entraram. A casa estava lotada de alunos do Colégio Rainwater, apesar de Finch reconhecer algumas meninas de Ulalume. Ela grudou em Selena, antes de perceber que não tinha ouvido Sumera pedir licença para pegar sidra de maçã, deixando as duas sozinhas.

— Vem — disse Selena a seu lado, empurrando-a para a sala. — Por aqui.

O ar estava carregado de suor e fumaça, as luzes emanando um brilho dourado que cercava todo mundo como auréolas. A música ecoava na cabeça de Finch, fazendo-a estremecer.

A sala estava um pouco menos ocupada, todos ali pareciam estar jogando verdade ou consequência.

Um menino de cabelo dourado, camisa larga do Red Sox e uma barba escura feita com delineador se levantou com um salto e gritou:

— Selena!

Depois de um momento, Finch reconheceu Griffin Sergold. Ele levantou Selena em um abraço e ela riu, com um sorriso imenso no rosto. Ela o abraçou também.

— Como vai, Griffo?

Finch tensionou as mãos involuntariamente.

— Melhor agora que você chegou — respondeu ele, e olhou para Finch. — Ah, oi. Menina nova de Ulalume. Quer jogar?

Finch ficou corada.

— Eu, hum...

— Vamos lá — disse Selena, sorrindo. — Vai ser divertido.

Finch sentiu um frio na barriga quando Selena pegou a mão dela e a levou até o círculo. Algumas das pessoas cumprimentaram Selena quando ela se sentou, e um cara passou uma lata de cerveja que ela logo abriu e bebeu avidamente, sem hesitar. Alguém ofereceu cerveja para Finch, mas ela recusou, balançando a cabeça, ainda se lembrando da última vez que tinha bebido.

— Legal — disse Griffin, pegando a garrafa de Jack Daniel's no centro do círculo e passando para outro garoto. — Quem girar tem sete minutos a sós com a pessoa que a garrafa apontar. O castigo por recusar é tirar uma peça de roupa.

Finch ficou ainda mais pálida.

Por algumas rodadas, Finch, paralisada de terror, viu a garrafa apontar para várias pessoas, que ou desapareciam para se agarrar em outro cômodo, ou tiravam meias, perucas, ou — no caso de um menino bêbado e entusiasmado — a calça. Selena, ao lado dela, ria de tudo que acontecia, aparentemente alheia ao fato de que Finch estava desesperadamente tentando ficar invisível.

Uma menina que Finch conhecia de vista, e que estava de touca para imitar uma careca — Finch não tinha certeza, mas parecia ser uma fantasia de Eleven, de *Stranger Things* —, pegou a garrafa e girou. A garrafa foi desacelerando, parando apontada para Finch.

Bem quando o coração dela começou a acelerar, porém, a garrafa virou mais um pouco, e apontou para Selena.

Selena riu.

— Você quem sabe, Flo.

A outra menina ficou vermelha. Ela olhou de relance para Finch e imediatamente se encolheu. Embora não tivesse a intenção, Finch percebeu que estivera encarando a menina com o olhar mais venenoso de que era capaz.

A menina retirou a jaqueta azul e algumas pessoas vaiaram.

— Que foi? — retrucou. — Sou hétero!

— É covarde, isso sim. — Selena riu.

A menina engatinhou, pegou a garrafa e girou.

Os momentos seguintes passaram em câmera lenta. A garrafa girou e alguns garotos fingiram puxá-la para si, enquanto algumas meninas riam, fugindo ou indo na direção da ponta da garrafa. Finch escutou o coração bater forte.

A garrafa desacelerou na frente dela, que prendeu o fôlego.

Porém, quando finalmente parou, não apontava para ela.

Apontava bem para Griffin.

Enquanto o coração de Finch afundava no peito, um coro de *aaaaaah* irrompeu do grupo. Selena, sorrindo, olhou de soslaio para Griffin, que se levantou e a ajudou a se levantar também. Ele passou o braço pelo ombro dela e perguntou:

— Meu quarto?

Ela revirou os olhos, mas sorriu e concordou.

— Pode ser.

E, assim, ela foi embora.

Outra pessoa pegou a garrafa para girar e Finch se levantou, o corpo inteiro entorpecido. Ela saiu do círculo sem ser notada e vagou para o corredor. Selena e Griffin tinham desaparecido e ela não reconhecia mais ninguém.

Estava sentindo a garganta arder. A fumaça no ar fazia seus olhos lacrimejarem, e ela estava enjoada. Sua mente repassava sem parar a imagem de Griffin abraçando Selena, o sorriso enorme dela. Os dois eram exatamente o tipo de casal que se via em uma série adolescente, o capitão do time de futebol e a líder de torcida que andavam de mãos dadas pelo corredor do colégio. Eles faziam muito mais sentido juntos do que Finch e Selena jamais fariam.

Não que Selena estivesse interessada, a julgar pela forma como ela tinha ficado feliz em ser abraçada por Griffin.

Finch finalmente encontrou Sumera e Simon se servindo de sidra de maçã, que Simon misturava a uísque de canela.

— Oi! — disse Sumera. — Eu estava mesmo me perguntando onde...

— Vou voltar para casa — interrompeu Finch, a voz hesitante. — Não estou me sentindo bem.

Sumera arqueou as sobrancelhas.

— Ah, tá. Quer que eu vá junto?

— Não. — Ela fungou, enxugando uma lágrima. — Prefiro ficar sozinha, mas valeu.

Meio sem jeito, Sumera e Simon se despediram dela. Finch se virou e saiu pela porta de cabeça baixa.

Ela só se permitiu chorar de verdade quando já tinha saído da casa, a caminho da floresta.

Griffin fechou a porta e Selena se sentou na cama. De certo modo, aquele lugar era reconfortante; ela tinha dormido ali algumas vezes no segundo ano, quando os dois ainda ficavam com frequência. Eles nunca haviam chegado a transar, mas tinham dormido juntos, conversando noite adentro sobre os planos para o futuro, quando finalmente saíssem de Rainwater.

— Faz tempo que a gente não se vê — começou Griffin. — Estava pensando em mandar mensagem. Ainda está com problema com aquele cara da festa de Simon?

A imagem de Finch veio à mente de Selena.

— Já são águas passadas. Mas obrigada por lembrar.

— Claro que lembrei — disse Griffin, sorrindo, e se aproximou. — E aí, ainda está a fim desse cara?

Selena mordeu o lábio e fez que sim.

— Eu... É, tô, sim. E é uma garota, na real.

— Ah, não me diga! Que legal, Selena — disse ele, e se sentou ao lado dela na cama. — Então acho que você não está a fim de pegação, certo?

Selena soltou uma gargalhada.

— Não. Só não queria precisar tirar o vestido, já que é basicamente tudo que estou usando. Não vai contar pra ninguém que eu trapaceei?

Griffin passou o polegar e o indicador juntos pela boca, e fingiu jogar uma chave fora.

— Você é maravilhoso — disse Selena, abraçando-o. — Acho que a gente tem mais seis minutos, né? Quer me contar como anda a inscrição da faculdade?

Griffin abriu um sorrisão e, nos minutos seguintes, descreveu, em detalhes, a redação que tinha escrito sobre não passar na seleção do time de lacrosse no primeiro ano do Ensino Médio, experiência que o tinha tornado uma pessoa melhor. Assim que acabaram os sete minutos, eles combinaram de se falar em breve, e Selena saiu para o corredor.

Algumas pessoas cumprimentaram Griffin com tapas nas costas quando ele saiu do quarto, em geral ignorando Selena, que procurava a peruca castanha de Finch pela festa. Como não a achou, continuou a busca até encontrar Simon e Sumera, que conversavam com um grupo perto das bebidas. Simon estava fumando um baseado e Sumera abanava a mão educadamente para afastar a fumaça.

— Viram Finch? — gritou Selena, em meio à música.

— Ela disse que estava passando mal — disse Simon.

Ele ofereceu o baseado para Selena, que recusou com um gesto, principalmente por causa do olhar venenoso que Sumera dirigiu a ela.

— Ela parecia prestes a chorar — comentou Sumera, erguendo as sobrancelhas. — Você não deve imaginar o motivo, né?

Selena arregalou os olhos.

— Espera aí, é sério? A gente estava participando do jogo da garrafa, e eu só sumi um pouquinho, será que alguém falou alguma coisa para ela?

— Vocês estavam jogando...? — perguntou Sumera, arregalando os olhos. — Jura? Você não entende *por que* Finch talvez fique triste por vocês estarem num jogo e você sair para beijar outra pessoa?

Selena piscou.

— Mas... eu não o beijei.

— E ela sabe disso?

Selena abriu a boca para argumentar, mas fechou imediatamente. Claro que Finch não sabia. Porém, ela não daria a mínima se Selena beijasse Griffin, a não ser que...

Ah.

Ah.

— Tenho que ir — falou, já se virando para a porta.

Qualquer que tenha sido a reação de Sumera, Selena não viu. Ela já tinha saído, o vento fustigando o cabelo e quase arrancando o lenço do pescoço. Ela abriu caminho entre um grupo de garotos encasacados plantando bananeira no barril de cerveja, e saiu correndo na direção da estrada Rainwater, o coração a toda.

Selena soltou um palavrão, correndo pela rua. Mal enxergava em meio à escuridão, porque as nuvens cobriam a lua e não tinha iluminação nos postes. A névoa havia chegado, e era difícil ver qualquer coisa poucos metros adiante. Ela estava totalmente sozinha.

Até que, bem baixinho, ouviu o som de choro.

Vinha da floresta. Rápida, Selena se virou, seguindo o som e abrindo caminho pelas árvores caídas e pelas raízes no gramado. Quanto mais avançava, mais espessa ficava a bruma. Seus braços ficaram arrepiados.

Perto dela, ouviu um galho estalar.

Um calafrio subiu por sua espinha.

— Finch?

Ninguém respondeu.

Selena abraçou o próprio corpo, dando um passo hesitante. Aquela parte da estrada era próxima ao mar, e ela escutava as ondas quebrando nas falésias. O vento assobiava entre as árvores, agitando as folhas.

O choro ficou mais alto, mais próximo.

— Finch? — chamou de novo, e então colocou as mãos em concha ao redor da boca. — *Finch!*

— Selena? — Ouviu, baixinho.

Ela avançou correndo até escapar da névoa, saindo em um campo de flores apodrecidas, de caules dobrados, marrons de frio. A área tinha vista para o mar, e o vento úmido e frio atravessava o vestido de Selena, mergulhando em seus ossos.

Finch, sentada encostada em uma árvore, secou as lágrimas dos olhos.

— O que você veio fazer aqui? — perguntou.

— Vim atrás de você. Sumera me disse que você havia ido embora. — Selena se ajoelhou na frente dela. — Foi por causa de Griffin? Porque eu... eu não o beijei. A gente só conversou.

Finch se recusou a olhá-la.

— Não importa.

— Importa, sim — respondeu, tocando o joelho de Finch. — O que houve?

A menina olhou para a camada de nuvens cobrindo o céu, o luar mal conseguindo atravessá-la.

— É tão... trivial falar disso numa hora dessas. Quem liga para o que eu sinto, quando...

Ela olhou para o lado e largou a frase no ar, pois algo atraiu sua atenção no prado. Ela secou as lágrimas e soltou um palavrão baixinho.

Selena perguntou:

— O que foi?

Finch se levantou, tensa.

— Tem... alguma coisa aqui. Estou sentindo.

— Que tipo de coisa? — perguntou Selena, sentindo um calafrio na nuca.

Finch se virou diretamente para as falésias, de boca entreaberta.

— Um Eco.

No momento seguinte, uma imagem piscou, surgindo no centro enevoado do prado. Parecia quase translúcida, como se também composta de névoa.

— Victor. — Finch suspirou.

Ele esfregou os olhos, incrédulo, balançando a cabeça ao vê-la. Tinha olheiras profundas, e o cabelo parecia oleoso e sujo. Ao se aproximar, veio mancando um pouco, fazendo uma careta ao pisar no pé mais fraco.

— Você — disse, apontando para Finch. — O fantasma é você.

Ela apontou para si mesma e perguntou:

— Você está me vendo?

Ele assentiu e se aproximou. Finch foi recuar, mas Victor já estava tentando encostar nela, com os olhos arregalados e a mão trêmula. Levou a mão ao braço de Finch, mas acabou atravessando-o.

Finch deu um pulo para trás, tremendo.

— É Nerosi que está fazendo isso? — perguntou Selena.

— Acho que não — disse Finch, e observou Victor por um momento. — Victor, em que ano estamos?

— 2004 — respondeu ele, sem hesitar.

— Como... — começou a murmurar Selena.

— Simon disse que existem histórias em que os Ecos são quase... sencientes. Como se Rainwater refletisse memórias relevantes para pessoas diferentes. Então acho que Victor talvez esteja nos vendo na época dele, e a gente, na nossa. Meio como... fantasmas vivos.

— Eu tenho visto você desde que morri e voltei à vida — disse Victor, quase acusatório. — Caminhando por Rainwater, no campus de Ulalume... você está por todo lado. Por que eu te vejo? O que você tem a ver comigo?

— Nós dois estamos conectados a Nerosi — respondeu Finch, passando a mão, distraída, no peito, na altura do coração. — E precisamos nos livrar dela. Ela machucou uma amiga nossa, que está piorando. É só questão de tempo até ela nos machucar também.

Victor perdeu o fôlego ao ouvir o nome da criatura.

— Ela enganou vocês também?

Selena sentiu um calafrio que não tinha nada a ver com a temperatura.

Victor balançou a cabeça.

— Faz uns dois meses que minha banda dá coisas para Nerosi. No começo, os pedidos eram esquisitos, mas pareciam inofensivos, só que agora... — falou, com uma careta. — Agora todos estão mortos. Menos eu. E acho que não vou durar muito.

— *Mortos?* — repetiu Selena. — O que aconteceu?

Victor mordeu o lábio, massageando a cabeça.

— Nerosi se meteu em nossa cabeça, tentando nos forçar a dar as partes do corpo de que ela precisava. Ela nos fez ter pesadelos, passar dias sem dormir, e... e aparecia à nossa frente quando estávamos sozinhos. Minha namorada, Margo... A coisa ficou tão feia que ela achou que o único jeito de Nerosi sumir era arrancar os próprios olhos.

A imagem de Margo chorando na cama em Tunger voltou a Selena, o sangue escorrendo das cavidades pelo rosto. Ela estremeceu.

— Margo morreu de hemorragia nos túneis depois de dar os olhos a Nerosi — explicou Victor, com a voz trêmula e os olhos marejados. — Acho que Nerosi usou o poder dela para se livrar do corpo. Aí o cervo pegou Theo e Xavier... não sobrou nada deles. Uns dias atrás, Sloan se afogou no mar para ser deixada em paz. Agora, eu e Nerosi estamos na cabeça um do outro o tempo todo. Às vezes, nem sei que pensamentos são meus, e quais são dela. Ela só vai me largar quando eu lhe arranjar um coração.

— Você não pode dar — arfou Finch.

Victor concordou.

— Eu sei. Se eu estiver certo, o que ela planeja vai muito além de matar adolescentes. E, se eu der o coração, ela vai conseguir.

— O que você acha que ela vai fazer? — perguntou Selena.

Victor, que já estava estremecendo um pouco, começou a tremer inteiro e bater os dentes. Ele se abraçou.

— Por enquanto, ela não consegue sair daquela sala dos túneis. Mas ela usa essas partes do corpo para construir uma forma física. Quando tiver o coração, vai poder ir aonde quiser. E ela está... com fome.

Selena sentiu a boca secar.

— Com fome de quê?

— De tudo. — Victor respirou fundo. — Ela vai consumir tudo. A cidade, a ilha... o que puder alcançar.

Selena quase riu diante do absurdo da declaração. Ela nunca tinha enfrentado uma situação tão impensável, e parecia uma piada cósmica terrível.

— Como é que vamos conseguir impedi-la de fazer isso?

Victor se calou. Ele respirou fundo, trêmulo, e Finch mordeu o lábio. Finalmente, ele disse:

— Tem... um plano que me ocorreu, um dia. Quando minha conexão com Nerosi está ativa, forma umas ondulações estranhas. Pelo que eu entendi, as ondulações indicam pontos em que a matéria da realidade está distorcida ou desgastada. Acho que, com concentração suficiente, eu conseguiria criar uma fissura como aquela da qual libertei Nerosi, e então… é só empurrar ela para dentro.

— Você já criou alguma fissura? — perguntou Selena.

Victor balançou a cabeça.

— Já tentei. Mas começo a perder a noção e… não sei se conseguiria controlar. Não agora que ela já me exauriu tanto. Ela é poderosa demais.

— Se ela tem o poder de consumir uma cidade inteira… — especulou Finch, os olhos arregalados e o rosto lívido. — O que exatamente ela é?

A imagem de Victor começou a tremeluzir, e Selena soltou um palavrão. Ele falou alguma coisa, mas a voz soou distante, incompreensível.

— Victor! — gritou Finch, tentando segurá-lo. — Espera! O que ela é? Você tem que me contar!

O rosto dele ficou ainda mais branco e ele abriu a boca, trêmulo. Olhou de Selena para Finch e, quando a voz finalmente escapou da garganta, soou engasgada, como se algo tentasse puxar as palavras de volta à força.

— Nerosi — disse Victor — é uma divindade.

Um momento depois, ele se foi.

vinte e quatro

— ***Puta merda, como vamos conseguir nos livrar de uma divindade?***

Em Ulalume, as duas se sentaram no sofá da suíte de Finch. Deixaram a peruca e os óculos junto ao lenço de Selena na mesinha de centro. Finch emprestou uma calça de moletom para ela, para que pudesse aquecer as pernas arrepiadas, mas a roupa ficava ridiculamente curta.

Elas tinham passado o caminho de volta em silêncio, até chegarem ao quarto de Finch, quando Selena começara a soltar palavrões sem parar e Finch, atordoada, fizera chá, vendo as bolhas surgirem na chaleira elétrica de vidro enquanto a cabeça se agitava. Precisava se concentrar em algo mundano, comum, algo que a fizesse se sentir presente no mundo real, e não em um pesadelo.

Finch tomou um gole do chá. Era de hortelã, o mesmo que a mãe fazia quando ela estava ansiosa, ainda criança.

— Acho que não é o tipo de informação que a gente vai encontrar na biblioteca, né?

— Só se recentemente tiverem lançado um *Guia de assassinato de deuses para idiotas* — resmungou Selena, e esfregou o rosto, com o cuidado de não borrar a maquiagem. — O que você acha de distorcer a realidade a ponto de rasgar um buraco e enfiar uma deusa?

Finch mordeu a bochecha, lembrando como se sentiu quando se conectou à mente de Nerosi no farol. Apesar de ter conseguido manter o foco com a ajuda de Selena, se estivesse sozinha, tentar aquilo seria impossível. O poder que puxava a consciência dela, ameaçando derrubá-la... era forte demais.

— Eu... eu talvez consiga criar uma fissura, se me concentrar muito — falou, estremecendo. — A parte que me preocupa é *enfiá-la lá*.

— Acho que a gente tem que fazer uma coisa de cada vez — sugeriu Selena, tão distraída que não notou a porta do corredor se abrindo, mesmo quando Finch tentou calá-la. — Primeiro, a gente se concentra em como ativar suas habilidades a ponto de abrir uma fissura. Depois, num jeito de empurrá-la lá. Mas, olha, quando acabar, vamos ter nos vingado em nome de Killing Howard, interrompido esse pacto bizarro com Nerosi e deixado essa história toda de seita para trás, né? Tranquilo.

Uma voz atrás dela falou:

— Vocês vão fazer *o quê*?

Simon estava parado na porta, de olhos arregalados.

Finch soltou um xingamento.

— O que você está fazendo aqui? — perguntou Selena.

— Sumera me deu a chave para eu entrar enquanto ela pegava uns lanches na máquina. A gente ia ver se vocês duas topavam ver um filme, mas nitidamente têm prioridades *muito* mais importantes.

As meninas se entreolharam. Nenhuma delas ousou falar nada.

Simon continuou:

— Só para esclarecer, talvez eu tenha alucinado, mas vocês disseram que estão numa *seita*?

— Uma seita? Não — mentiu Finch, forçando um sorriso torto. — A gente não está, não... não. De jeito nenhum.

Selena cobriu o rosto com as mãos.

— Meu Deus — disse Simon, balançando a cabeça. — Foi por isso que vocês vieram me perguntar de Killing Howard e do cervo. A investigação toda foi por causa disso, e vocês nem me contaram que estavam numa seita!

— Eu não diria que é uma seita, exatamente — argumentou Selena, e Simon arregalou os olhos. — Em uma escala de um a dez, sendo dez totalmente seita, deve ser, no máximo, nota seis. Não estávamos vestindo capas e nos encontrando em um porão para entoar cânticos para nosso deus antigo, nem nada disso.

— Selena — sibilou Finch.

— Nota seis ainda é bem alta — falou Simon, elevando a voz em uma oitava. — Vocês… não estão fazendo sacrifícios humanos, né?

— Não! — argumentou Selena. — Claro que não.

Porém, com base na expressão hesitante de Finch, que tentou conter a carranca, Simon arregalou tanto os olhos que parecia que iam saltar do rosto.

— Estamos *tentando* evitar fazer sacrifícios humanos — corrigiu-se Selena.

Simon piscou.

— E eu pensando que vocês estavam ficando, mas acho que estavam é ocupadas demais premeditando assassinatos. A não ser que tenham uma ótima explicação que eu não esteja sabendo.

O rosto de Finch ardeu por causa da primeira parte da fala de Simon, e o estômago se revirou por causa da segunda. Como elas conseguiriam explicar aquilo? Mal fazia sentido para Finch, e ela estava vivendo a situação, imagina para Simon, que só via ali um mistério a resolver. Além do mais, parecia, de certa forma, que ele seria colocado em risco.

— Você sabe guardar segredo? — perguntou Finch, praticamente sussurrando.

Simon arregalou os olhos.

Selena esticou a mão, fechou o punho e estendeu apenas o mindinho.

— Simon, você precisa jurar que não vai contar.

Simon se aproximou e encaixou o dedo mindinho no dela, jurando sem hesitar.

— Espero mesmo que vocês não estejam planejando matar alguém.

— Matar alguém? — perguntou Sumera, aparecendo na porta com as mãos cheias de lanches. — Perdi alguma coisa?

— Nada! — soltou Finch, e riu, tímida, coçando o pescoço. — A gente estava contando pro Simon de um… jogo. Que a gente jogou.

— Isso — concordou Selena, rápido, e encontrou o olhar do amigo. — Me lembra, que depois eu conto o resto. Posso resumir quando te acompanhar até a estrada Rainwater.

Simon a olhou demoradamente. Por fim, concordou com a cabeça e falou:

— Claro. Mal posso esperar.

Simon interrogou Selena por três horas inteiras, primeiro no caminho até a estrada, e depois por FaceTime, assim que chegou em casa. Quando ela finalmente achou que tinha acabado, recebeu uma notificação dizendo que Simon tinha compartilhado um documento com perguntas adicionais a que ela poderia responder quando tivesse tempo.

Porém, de forma geral, ele tinha aceitado bem. O que, considerando a situação, não era pouca coisa.

Quando Selena finalmente se aninhou na cama, dormiu por quase doze horas. Passou o domingo tentando se concentrar em fazer os deveres de casa, mas não conseguia parar de pensar em Victor e no som e na aparência dele no prado. Se o plano delas não funcionasse, o que aconteceria? Será que Nerosi destruiria a cabeça delas por dentro ou mandaria o cervo matá-las?

Quanto tempo elas tinham até ser tarde demais?

Selena ainda estava pensando nisso quando acordou na segunda-feira, e enquanto fazia o café. Ela abriu a geladeira para pegar o leite.

Em vez disso, o que encontrou foi um tupperware cheio de olhos.

A xícara caiu da mão dela e se estilhaçou. Café inundou os azulejos.

Selena gritou.

— Nossa, St. Clair… Relaxa.

Selena se virou e Kyra se levantou do sofá. Ela não vira nem escutara a menina ao descer do quarto. Kyra estava usando uma das saias de uniforme mais curtas e a blusa tinha três botões abertos. O cabelo curto, ondulado e ruivo estava preso por uma tiara preta.

Selena apontou a geladeira.

— São...?

Kyra confirmou.

— Peguei hoje. Um universitário veio trazer bem cedinho... o sr. Fitzpatrick me contou exatamente onde e quando apareceria. Foi só pedir com educação. — Deu de ombros. — Fácil.

O café quente encharcou a meia de Selena, mas ela nem se mexeu.

O sorriso satisfeito de Kyra parecia assustadoramente afiado.

— Algum problema, St. Clair?

Kyra se aproximou, e os passos dela estavam... estranhos. Rápidos e precisos demais, como um predador. Selena se encostou na bancada, percebendo estar distante das facas.

— Kyra?

As duas se viraram.

Amber estava no corredor, com a pele acinzentada e olheiras escuras. O rosto dela também estava mais fino; ela havia começado a perder peso naqueles dias, o corpo pequeno e ossudo debaixo do uniforme. A gaze enfaixada no braço desde o ataque do cervo estava manchada de preto, por causa do fluido estranho que não parava de vazar da ferida.

— Bom dia. Arranjei seus olhos — disse Kyra, apontando com um gesto grandioso para a geladeira. — Parabéns. Pode entregar para Nerosi no momento que lhe for mais conveniente.

— *Espera* — respondeu Selena, pega de surpresa pelo desespero na própria voz, e escapou de onde Kyra a encurralara, seguindo para perto de Amber. — Preciso que vocês saibam de uma coisa antes.

Ela continuou, sem hesitar:

— Ontem, eu e Finch descobrimos que Nerosi não é um espírito desamparado preso lá embaixo. Quanto mais dermos a ela, mais poderosa ela fica. E já demos coisas demais.

Selena explicou rapidamente o que ela e Finch tinham aprendido nos dias anteriores, e falou sobre o encontro com o Eco de Victor, que contara o plano de Nerosi de criar um corpo físico para escapar do túnel. Explicou que, quando dessem os olhos a ela, a nova forma estaria quase completa.

— Você confia mesmo em um fantasma aleatório que encontrou no meio do mato? — perguntou Kyra, revirando os olhos. — Sabia que você era ingênua, mas isso já é demais.

— Nesta situação, a ingênua não sou eu — retrucou Selena.

— Não me menospreze — disse Kyra, com raiva.

Selena respirou fundo.

— Olha, só quero que vocês saibam o que estamos enfrentando. Não posso impedi-las de conversar com ela, mas, além de ajudar Amber... temos que nos manter o mais afastadas possível enquanto descobrimos como parar isso.

Fez-se um longo silêncio.

— Acredite no que quiser, Selena — disse Kyra, por fim. — Não estou nem aí. Além do mais — acrescentou, olhando para Amber —, de nada.

Ela seguiu para a porta.

vinte e cinco

Na manhã seguinte, enquanto ia da aula de música para a de história, Finch recebeu uma mensagem de Selena. Aparentemente, o sacrifício do olho tinha sido feito, e a ferida de Amber finalmente estava começando a sarar. Finch bloqueou a tela e suspirou, parando no corredor para olhar o teto, sentindo o peso se esvair.

No entanto, não teve muito tempo para comemorar, pois no momento seguinte sentiu uma mão em seu ombro.

Kyra esperava atrás dela.

— Tem um minuto? — perguntou, apontando para o banheiro feminino.

— V-vou me atrasar pra aula — respondeu Finch, gaguejando.

Kyra estreitou os olhos.

— Tem certeza? Porque trouxe um recado de Nerosi, e sugiro que você escute.

Finch sentiu a garganta prestes a se fechar, a respiração entrecortada. Olhou de relance para trás e mordeu a bochecha antes de seguir Kyra até o banheiro.

O sinal tocou alguns momentos depois da porta se fechar atrás delas. Como as aulas estavam começando, as cabines estavam todas vazias. Kyra se sentou em uma das pias e cruzou os tornozelos em uma postura recatada, os sapatos boneca lustrosos refletindo a luz. Recostou-se, apoiada nas mãos, com um sorriso torto.

— Você parece nervosa — comentou Kyra, inclinando a cabeça de lado. — Está com medo, Chamberlin?

Finch se manteve firme.

— De você? Não.

— Só de todo o resto? — Kyra riu. — Você parece um daqueles cachorrinhos que andam na bolsa de madame e que tremem sem parar. Não é de se espantar que Selena goste de você.

Finch fechou a cara.

— O que você quer, Kyra?

— Bom, já que você parou de visitar Nerosi, ela me mandou conversar com você — disse Kyra, inclinando-se para a frente e apoiando os cotovelos nas coxas. — Agora que ela recebeu sacrifícios de mim, de Risa, de Selena e de Amber, só falta você. E ela quer propor um acordo e tanto.

Finch recuou.

— Espera aí... ela recebeu um sacrifício de *Selena*?

Kyra franziu as sobrancelhas grossas e bem-feitas.

— Ela não te contou? Típico de Selena. Ela adora fazer promessas e quebrá-las quando é importante. Talvez você não a conheça o suficiente para perceber. — Finch abriu a boca para interromper, mas Kyra foi mais rápida: — Selena se machucou bem antes daquela sua apresentaçãozinha. Ficou com tanto medo de acabar com a carreira que pediu para Nerosi curá-la. Passou uns dias cuspindo sangue... mas acho que é normal pra alguém que deixou uma divindade arrancar seus dentes, né? — Finch se calou, atordoada, e Kyra riu como se tivesse contado uma piada, dando um tapa no joelho. — Isso certamente vai dar assunto para vocês conversarem mais tarde. Mas agora não vem ao caso — continuou, cruzando os braços. — Eu e Nerosi andamos falando muito de você recentemente. Sobre como você a invocou e estabeleceu aquela conexãozinha com ela. Sem você, ela não estaria aqui. Mas, sem ela, você também não.

Finch respirou fundo, trêmula.

— O que ela te contou?

Kyra olhou para baixo e examinou as unhas, tranquila.

— Que você se afogou em maio. Devo dizer, você parece muito bem para uma menina que está morta há quase seis meses.

Frio começou a subir pelo corpo de Finch, e a cor se esvaiu de seu rosto. O coração dela acelerou. Nerosi a mantivera viva. A salvara. Não por generosidade, óbvio, mas Finch não estaria ali se estivesse morta. Era impossível.

— Isso não é verdade — sussurrou.

— Negação. Que amor — disse Kyra, soltando um suspiro, como se conversasse com uma criança petulante. — Você passou meia hora debaixo d'água, Chamberlin. É um milagre que os peixes não tenham começado a te devorar antes de Nerosi te ressuscitar.

Finch procurou em cada canto da cabeça uma desculpa para provar que Kyra estava equivocada. Não encontrou nada: a única lembrança que tinha de antes de se arrastar até a superfície era de inspirar água, e tudo se apagar. O fim da agonia.

Ela não deveria ter saído daquele rio. Se o destino tivesse se cumprido, ainda estaria lá.

Ou enterrada a sete palmos.

— Nerosi também me contou que seus pais não tiveram a mesma sorte — disse Kyra, erguendo o rosto para sustentar o olhar de Finch. — Foi terrível eles terem morrido tão cedo. Certamente teriam ficado muito orgulhosos de você.

Finch só percebeu que estava chorando quando as lágrimas pingaram do queixo. Ela as secou com a manga da camisa e balançou a cabeça.

— Falando nisso — continuou Kyra, e desceu da pia com um salto, erguendo-se acima de Finch —, Nerosi quer oferecer um acordo.

Finch fungou.

— E o que ela teria para me dar?

— Bom... exatamente isso. Ela quer devolver seus pais.

Finch perdeu o fôlego. O vazio inescapável que vivia em seu coração desde aquele dia de maio começou a se apertar. Ela levou a mão ao peito dolorido.

Ao ver a reação dela, Kyra sorriu e continuou:

— Agora que está quase com seus plenos poderes, Nerosi consegue fazer coisas que você nem imagina. E ela se sente muito culpada por não ter conseguido salvá-los no dia do acidente, mas agora...

Kyra deu de ombros.

— Tudo que ela quer em troca é um coração. Na verdade, ela até aceitaria o seu. É um bom acordo, né? Duas vidas por uma? Talvez assim você não sofra tanto por andar por aí de mãos dadas com Selena enquanto os cadáveres encharcados deles apodrecem na terra.

Os ombros de Finch começaram a tremer. Kyra abriu um sorriso largo. Talvez fosse apenas a luz, mas os dentes estavam mais afiados do que Finch notara antes, e o rosto, mais macilento. Por um momento, debaixo de toda aquela maquiagem, Finch acreditou enxergar as pontas duras do crânio se destacando da pele.

Finch rangeu os dentes.

— E o que ela ofereceu para você, hein? Você age como a capanguinha dela para finalmente ter a desculpa de ser a menina malvada que sempre quis ser? Ou está ganhando alguma coisa?

Por uma fração de segundo, o sorriso de Kyra fraquejou.

Finch firmou bem os pés no chão.

— Não sei do que você está falando — respondeu Kyra, balançando a cabeça. — Sou a menina mais popular de Ulalume, minhas notas são perfeitas, todo mundo me ama...

— Só que não, né? — retrucou Finch, secando as últimas lágrimas. — Pode até ter gente se virando do avesso para puxar seu saco, mas não é isso que você quer. No fundo, nós somos iguais. Você se sente deslocada, sempre a segunda opção, e, por mais que Nerosi infle seu ego, ela não pode dar o que você realmente deseja, porque nem ela consegue forçar alguém a te amar de verdade, não é mesmo?

A cada palavra, o sorriso de Kyra ia murchando, e o fogo em seu olhar, se apagando. A cor em seu rosto se esvaiu e ela se recostou, encolhendo-se, até Finch perceber, pela primeira vez, que elas tinham a mesma altura.

Porém, no mesmo instante, Kyra franziu a boca, carrancuda.

— Tá — retrucou, irritada. — Quem sai perdendo é você. Seus pais vão continuar mortos, mas não faz diferença, porque você logo vai junto. Sabe por quê? Porque Nerosi ia dar uma última oportunidade para você e as meninas se desculparem, mas nitidamente isso não vai acontecer.

— Prefiro morrer a ser o que você é para ela — disse Finch.

— Você é uma filha da puta — bradou Kyra, cuspindo.

Finch sorriu, revelando as covinhas e enrugando o canto dos olhos.

— Aprendi com a melhor.

Com isso, ela deu meia-volta, escancarou a porta do banheiro e deixou Kyra boquiaberta.

Selena arregalou os olhos.

— *Você* enfrentou *Kyra*?

Finch fez que sim com a cabeça.

— Pois é. E aí desci o corredor até o outro banheiro e tive um ataque de pânico.

Selena não sabia se ria ou se a confortava, então fez as duas coisas.

Elas tinham se encontrado debaixo de um poste nos limites do campus depois de Finch mandar uma mensagem contando o que tinha acontecido. Fosse vazia ou não, a ameaça de Kyra, de Nerosi estar cada dia mais forte, encurtava o cronograma para desenvolver os poderes de Finch a ponto de permitir que elas confrontassem a divindade.

O sol estava baixo no céu, iluminando a espuma do mar em tons de rosa e azul. Tinha sido o primeiro dia ensolarado da semana, um breve sinal de calor antes do inverno da Nova Inglaterra fechar mais um dedo do punho gelado. Selena tinha visto Finch encenar o confronto com

Kyra, o corpo nadando em uma jaqueta jeans larga demais, tão fofa que era difícil acreditar que alguém brigaria com ela.

— É estranho eu estar meio orgulhosa de você? — perguntou Selena.

— Pelo ataque de pânico?

— Por enfrentar Kyra — falou, dando um tapinha nas costas dela. — Você fez grandes avanços. Agora, vamos lá... quero chegar ao local de treinamento antes de escurecer.

Finch ergueu as sobrancelhas.

— Você disse que era uma... piscina abandonada?

— Isso. Assim, não tem risco de alguém aparecer e passar três horas nos interrogando sobre seitas. — Selena apontou para a estrada. — Bora?

As garotas chegaram à piscina bem quando os últimos resquícios de luz se dissipavam. Ficava atrás do Colégio Rainwater, e os muros da construção estavam cobertos de hera, mas as janelas permaneciam intactas. Placas advertiam que a entrada era proibida, mas, pelo grafite cobrindo o lugar por dentro e por fora, ninguém se deixava deter. Finch desacelerou e levantou a cabeça para ver as janelas superiores, que lembravam uma estufa, cobertas de folhas mortas.

Selena tirou uma lanterna da bolsa e a jogou para Finch.

— Você vai querer isso aqui.

— Que lugar convidativo — sussurrou Finch, a voz um misto de pavor e sarcasmo. — Tem certeza de que é seguro?

Mas Selena já estava seguindo para a entrada: uma janela baixa de trinco quebrado que já havia usado muitas vezes. Empurrou o vidro para dentro, fazendo uma careta diante do guincho enferrujado que soltou. Passou as pernas pelo parapeito e olhou para Finch, que estava em sua cola.

— Vem — chamou. — Não vamos abrir nenhuma fissura na realidade se ficarmos paradas aqui.

Selena pulou para dentro, aterrissando no chão empoeirado. O lugar era exatamente como ela lembrava: um espaço aberto e imenso, parecido com uma estufa, com a piscina vazia no centro. O interior era tomado por grafite e o chão estava repleto de velas, derretidas por baixo para que a cera as grudasse no lugar. Mantas velhas cobriam antigas espreguiçadeiras, ao lado de engradados de plástico branco cheios de outras velas, algumas cartas de amor abandonadas e garrafas vazias.

Selena pegou um isqueiro da bolsa e acendeu algumas das velas maiores, esperando iluminar melhor o espaço. Atrás dela, Finch soltou um gritinho ao cair da janela, mal aterrissando de pé.

— Que lugar é esse? — perguntou, enquanto Selena acendia as velas. — Tem gente... que mora aqui?

— Claro que não. É... meio que um lugar que as pessoas usam para se pegar — disse Selena, endireitando-se para examinar o espaço depois das velas estarem acesas. — E ninguém vem durante a semana.

— Você parece conhecer bem — comentou Finch, olhando-a com a sobrancelha erguida.

— Sei lá... acho que tem uma espécie de charme lúgubre.

— Tem cheiro de meia velha.

— Aconchegante, né?

Selena apontou para uma cama feita de almofadas e cobertores sob um feixe de luar. Ela sabia que estava limpa, em grande parte porque havia sido ela quem tinha arrumado tudo ali para encontrar Kyra, mais recentemente do que gostaria de admitir.

— Vem... — insistiu. — Vamos começar.

Enquanto Finch mergulhava em si para se conectar à sensação de aperto que tomava o coração desde sua morte, ela fez o possível para enxergar o mundo diante de si como uma cortina que podia rasgar.

O sangue rugia em seus ouvidos. A visão foi escurecendo, e uma névoa cobriu aos poucos o que estava à sua frente. O coração acelerou e ela sentiu aquele aperto estremecer, como dedos enfiados em seu coração.

A conexão entre a mente e o corpo explodiu. Os sentidos se apagaram, deixando-a perdida nas trevas.

O frio se instaurou um segundo depois. Fios envolveram seus tornozelos e começaram a puxá-la para o fundo.

De repente, estava de volta ao rio. O farol do carro dos pais ardia ao bater no fundo, os olhos vazios e opacos dos pais arregalados atrás do vidro. Olhavam bem para ela, o cabelo flutuando como auréolas ao redor da cabeça, a pele de alabastro e as bolhas de ar escorregando das bocas abertas rosto acima.

Finch gritou, a voz virando bolhas, enquanto tentava alcançá-los, esperneando freneticamente.

Estava tão desesperada para chegar neles que quase não sentiu o aperto na mão.

Instantaneamente, retomou um pontinho de visão, e a piscina voltou ao foco por uma lente estreita. Finch sentiu a mão apenas o suficiente para apertar de volta.

Abriu mais os olhos, e a visão voltou de uma vez. As ondulações no ar cresceram, rosadas e trêmulas. Ela usou a mão livre para tocar uma delas.

Quer ser uma deusa, pequena Finch?, sussurrou uma voz, tão baixa que talvez nem estivesse presente. *Como eu?*

A pele dos braços de Finch pinicou. Ela franziu a testa, tentando agarrar a cortina de realidade diante de si.

Até que um corte se abriu de repente no dorso de sua mão, e um olho brotou dali.

Ela sentiu o olho revirar, entrar em foco, e piscar para ela.

Finch gritou.

De uma vez só, cortes começaram a se abrir em seus braços, como se alguém a arranhasse com cem facas ao mesmo tempo. Fios de sangue escorriam deles, e mais olhos pulavam das feridas, girando e piscando sozinhos. Finch sentiu um olho rasgar sua bochecha e berrou. Outro escapou do pescoço, chorando sangue.

— Para! — gritou Selena. — Finch, volta!

Ao ouvir a voz de Selena, Finch soltou a conexão com Nerosi, cortando o fluxo de poder de uma vez.

Todos os olhos tremeram antes de desaparecer.

Finch soltou a mão de Selena, arfando. Arranhou o couro cabeludo, agarrando o cabelo. O peito dela parecia prestes a explodir. Lágrimas pingavam do queixo, apesar de ela não ter notado que tinha começado a chorar.

— Está tudo bem — insistiu Selena, agachando na frente dela e apoiando as mãos em seu ombro. — Olha para mim, ok? Estou aqui. Respira. Não foi real.

Com dificuldade, inspirou fundo mais algumas vezes e apertou os olhos com força antes de assentir com a cabeça. Finch desabou para a frente e Selena a segurou, abraçando-a enquanto ela recuperava o fôlego e balançava a cabeça.

— Eu forcei demais — sussurrou Finch. — D-deixei ela entrar demais.

— Mas conseguiu se manter no controle — disse Selena, fazendo carinho de leve em suas costas. — Ela está tentando te assustar, ok? Você manteve o controle até o finzinho.

Finch recuou, concordando e secando a umidade no rosto.

— Foi horrível.

— Estou aqui — prometeu Selena. — Não vou a lugar algum.

Finch fez que sim com a cabeça, recostou-se e respirou fundo.

— Tudo bem — sussurrou, e, fungando, firmou o olhar. — Vamos de novo.

Pela hora seguinte, Finch forçou o limite da conexão com Nerosi, tentando desesperadamente enxergar uma fissura rasgando o ar diante de si. Apenas uma vez começou a perder o foco, e Selena a trouxe de volta com rapidez, chamando seu nome e puxando-a para a realidade.

Finch estava prestes a dizer que deviam parar por ali quando notou alguma coisa flutuando atrás da cabeça de Selena.

Brilhava e tremeluzia no ar, mal chegando ao tamanho da mão dela. Finch se esticou de lado até enxergar tudo, os tons de verde e rosa ondulando que nem um minúsculo fragmento de aurora. Era pequeno, como um corte de papel na matéria da realidade, mas estava ali, a escuridão do vazio quase visível através da abertura.

Finch inspirou fundo.

— Selena, eu consegui.

Selena piscou e olhou para trás. Acenou com a cabeça de leve e voltou a olhar para Finch.

— Olha, eu não enxergo, mas acredito.

— Sério! Está aí... Eu consegui!

Assim que falou, o buraco começou a se fechar, mas não impediu que a euforia a dominasse. Com o coração transbordando, ela sorriu e socou o ar, jogando os braços para cima.

— Não acredito que funcionou! — exclamou Finch.

Ela se jogou em Selena e a puxou para um abraço apertado. Selena soltou uma gargalhada fraca e ofegante, e Finch a soltou um pouco para encará-la e dizer:

— Acho que... talvez a gente tenha uma chance.

Naquele momento, Finch tomou consciência da minúscula distância entre as duas. Seu coração acelerou. Olhou de relance para a boca de Selena e corou.

Alguma coisa nova apertou seu peito. Não era dor, como no banheiro com Kyra. Nem o vazio violento a que se acostumara. Não, era um desejo dominante de eliminar o espaço entre elas, de deixar as peças delas se encaixarem até ser tudo que Finch sentisse.

Ela tinha passado semanas reprimindo pensamentos como esse, dizendo a si mesma que o que ela sentia era irrelevante diante do que estavam vivendo. Porém, de repente, percebeu que não fazia ideia de quanto tempo restava até o pesadelo de Nerosi chegar ao auge.

Então, por que se conter?

Finch engoliu em seco, sentindo cada nervo do corpo faiscar de eletricidade.

— Ei, Selena?

— Hum?

— É bom você saber de uma coisa. — Finch tentou engolir de novo, mas sentiu que a garganta se fechava. — Hum. Faz tempo que quero contar, e prometo que não vou ficar chateada se você não sentir o mesmo, mas eu... eu gosto muito de você. Tipo, estou absurdamente a fim de você.

Ela estremeceu. *Meu Deus.*

Mas, então, Selena soltou uma gargalhada.

Finch arregalou os olhos.

— Eu sei — disse Selena, afastando o cabelo do rosto. — Você não é nada sutil, Finch. Eu até que demorei um pouquinho pra perceber, mas depois da festa de Griffin... Bom, aquilo lá não teve uma explicação hétero.

Finch ficou de um vermelho vibrante.

— E você não falou nada?

Selena fez um gesto no ar.

— Sei lá, achei que talvez trazer você para o canto da pegação mais infame de Rainwater e acender mil velas fosse dar conta do recado.

— Que recado? — perguntou Finch.

— Jesus amado — soltou Selena, aproximando-se, e o mundo atrás dela sumiu, deixando apenas seus olhos, claros e brilhantes, à luz de velas. — Vem cá. Chega mais perto.

Finch se aproximou, os olhos arregalados como luas gêmeas na noite.

— Selena...

Selena a calou com um beijo.

Finch ficou paralisada quando fogos de artifício explodiram em seu peito. A sensação foi queimando do coração para as veias. Sentiu a pulsação acelerar de um jeito que não acontecia desde que havia morrido, e, pela primeira vez desde maio, parecia estar inteiramente viva.

Ela relaxou a tensão ao pegar o lábio de Selena com os seus e retribuir o beijo.

Selena a segurou e a puxou para o colo. Finch envolveu Selena com as pernas, e Selena subiu a mão pelo pescoço de Finch, a pele macia ao toque. Se antes restasse alguma dúvida quanto ao que imaginava estar rolando entre elas, tal dúvida não existia mais, destruída como papel no fogo. Selena enroscou os dedos no cabelo de Finch, soltando mais faíscas com o movimento. Quando ela apertou, Finch soltou um gemido baixo contra sua boca.

Selena se afastou o suficiente para encostar a testa na de Finch e suspirar. Os cílios tremiam contra os olhos ainda fechados, e ela encostou o nariz no de Finch, o rosto tomado por um meio sorriso lânguido.

— Isso respondeu às suas dúvidas? — sussurrou Selena, meio rindo. — Sem julgamento, é claro. Caso ainda esteja confusa, posso fazer um PowerPoint para explicar. Ou uma apresentação do Google Slides... o que você preferir.

Finch balançou a cabeça, contendo uma risada.

— Cala a boca e me beija.

Foi o que Selena fez, inclinando-se até Finch se deitar na cama de almofadas. Deixou um rastro de beijos pelo seu pescoço, a pele branca com um subtom azulado, parecendo leite desnatado. A boca de Selena soprava calor na pele de Finch, que nem estrelas minúsculas e reluzentes.

Por um momento, as duas se permitiram se banhar no brilho.

A temperatura caiu na piscina, mas, sob a coleção de mantas bolorentas, Finch e Selena nem notaram. Selena aninhou o rosto junto ao pescoço de Finch, fechando os olhos e respirando devagar, encostada na pele dela. No passado, em momentos de intimidade com pessoas como Griffin ou Kyra, ela tinha certa pressa, como se precisasse ir embora antes de perceberem sua vulnerabilidade. Porém, quase adormecida ali, ela sentia que poderia passar a eternidade ouvindo o coração de Finch.

Ela pausou, esperando para ouvi-lo. Depois de um momento, o coração bateu uma única vez, antes de ficar em silêncio.

Selena tensionou o rosto. Ela pegou o punho de Finch, apertando dois dedos na rede de veias azuis sob a pele do pulso.

A garota abriu os olhos, piscando, e franziu a testa.

— Mal sinto sua pulsação — sussurrou Selena. — Como seu coração pode ser tão... quieto?

Finch hesitou por um momento, mordendo o lábio. Virou os olhos pálidos para ver o pulso e fez uma leve carranca. Ela suspirou, se encolhendo.

Selena arregalou os olhos.

— Você está me assustando. O que houve? Você não está morrendo, né? Finch, eu não vou aguentar uma merda estilo *A culpa é das estrelas* agora...

— Não estou morrendo — respondeu Finch, fazendo uma careta, e a luz fraca das velas jogou uma sombra bruxuleante em seu rosto. — Estou morta. Já morri. No passado.

— Como é?

Os olhos dela brilharam.

— Sabe o que a mãe de Victor contou, que ele morreu e acordou?

— Ah, sei — disse Selena, hesitando. — Pareceu meio...

— Acho que aconteceu a mesma coisa comigo.

Selena fechou a boca.

— Em maio — continuou Finch —, depois de eu visitar Ulalume e conhecer você. Na volta para casa, o cervo de oito olhos apareceu na estrada quando a gente estava passando por uma ponte. Meu pai desviou para não bater, e caímos no rio. O carro afundou e...

Finch soltou um suspiro trêmulo.

— Nos afogamos. Nós três nos afogamos — concluiu.

Fez-se silêncio. Selena apenas olhou para ela, incapaz de encontrar palavras para uma tragédia daquela proporção. Era difícil saber o que dizer sobre algo tão inenarrável.

Selena abraçou Finch e a acolheu enquanto lágrimas escorriam de seu rosto. Elas ficaram assim por um bom tempo, abraçadas enquanto as velas se apagavam, queimando até o fim do pavio. Iam piscando e sumindo, que nem estrelas desaparecendo no céu da manhã.

Finch abraçou as pernas, apertando as panturrilhas com os dedos.

— Foi Nerosi que mandou o cervo... eu sei. Ela precisava de alguém que pudesse atrair para invocá-la, então me matou. — Respirou fundo, tremendo. — Se eu estivesse sozinha, como Victor, meus pais ainda estariam vivos.

— Finch — disse Selena, abraçando-a apertado, como se pudesse protegê-la dos próprios pensamentos. — Você não pode se culpar. Foi tudo culpa dela.

— E-eu sei. É que… eu sempre quero me culpar. — Finch fechou os olhos com força. — Eu estava com medo de contar do acidente e você ficar com medo e se afastar.

Selena pressionou os dedos na pele fria de Finch e beijou o cabelo dela.

— Obrigada por me contar.

— Está chateada?

— Claro que não.

Com um dedo leve, Selena levantou o rosto de Finch para fitar seus olhos cinza-claros. Então se aproximou, beijando sua testa e acariciando o rosto dela com o polegar.

— Escuta — continuou. — Eu… eu também escondi uns segredos. Então entendo.

Finch secou uma lágrima.

— Como assim?

Selena mordeu a bochecha.

— Eu fiz um acordo com Nerosi. Antes da apresentação. Estava desesperada porque me machuquei, e…

— Tudo bem — disse Finch. — Não precisa se explicar. Eu entendo… sério, entendo mesmo.

— Tem certe…? — começou Selena.

Porém, nesse momento, o rosto de Finch ficou completamente sem expressão. Selena chamou o nome dela, mas a menina não respondeu, agindo como se ela nem estivesse ali. Não tinha luz em seu olhar. Selena se endireitou em um sobressalto, pegou os braços de Finch e cravou as unhas.

— Finch? — chamou, sacudindo-a. — Finch!

Um segundo depois, Finch respirou fundo. Ela se sentou e se apoiou no chão, arfando. Selena hesitou diante dela, com as mãos esticadas, sem saber o que fazer.

— O que aconteceu? — questionou Selena.

Finch estava pálida.

— Eu vi uma coisa. Entrei nos pensamentos de Nerosi.

Selena arregalou os olhos.

— O que você viu?

— Ela pediu um coração para Kyra. — Finch estremeceu enquanto pressionava os nós dos dedos na testa. — E Kyra aceitou.

— Ela não faria isso. — Selena suspirou.

Finch balançou a cabeça e encontrou o olhar dela.

— Ela vai fazer. Ainda hoje.

vinte e seis

— ***Risa disse que Kyra saiu do farol a pé há uns dez minutos* — explicou** Selena, correndo com Finch pelo campus vazio do Colégio Rainwater, pisando na grama gelada do campo de futebol americano. — Então parece que ela está saindo de Ulalume. Você conseguiu captar algum sinal de Nerosi que indicava para onde Kyra estava indo?

Finch sacudiu a cabeça em negativa.

— Ela disse para Nerosi que ia para algum lugar com… acho que falou em *presas fáceis*? Onde as pessoas estão mais vulneráveis?

— Hum, um hospital? — chutou Selena. — Um asilo de idosos? Kyra não arrancaria o coração de um velho ou de uma pessoa doente aleatória.

— Então quem ela mataria? Tem alguém de quem ela não goste?

— Além de você? — perguntou Selena, e Finch franziu a testa. — Foi mal, exagerei na honestidade — corrigiu-se. — Assim… de modo geral, ela não gosta muito da maioria dos garotos. Especialmente da nossa idade.

— Você sabe de algum lugar com muitos garotos?

— Que loucura, imagina só, o Festival de Garotos de Rainwater é hoje!

Finch a olhou com irritação e Selena abanou a mão, continuando:

— Não é hora de piada, desculpa. Não, na verdade…

Ela parou. Finch escorregou e parou ao lado dela. Selena pegou o celular e, pálida, olhou a tela por um momento.

— Bom, acho que isso responde a nossa pergunta... Segundo Amber, Kyra falou que ia a uma festa na praia Gibbs. — Selena soltou um palavrão. — Merda, fica do outro lado da península. E certamente vai estar cheia de garotos bêbados e burros.

— Tem algum jeito de cortarmos caminho? — perguntou Finch.

— Só de carro — murmurou Selena.

As duas se entreolharam e, ao mesmo tempo, falaram:

— Simon.

— Vou mandar Risa e Amber encontrarem a gente na casa dele — disse Selena, acelerando de novo, os dedos voando pela tela. — Se elas saírem agora, vamos chegar ao mesmo tempo, e podemos interceptar Kyra antes que ela chegue à festa.

— Tem certeza de que é uma boa ideia? — questionou Finch. — Não quero colocar Simon em perigo.

Selena cerrou a boca com força.

— Não tem outro jeito. Vamos lá.

As duas correram até a estrada Rainwater.

Quinze minutos depois, o jipe da mãe de Simon voava na estrada rumo à praia Gibbs. Por um momento, Finch tinha tentado acessar a conexão com Nerosi para ver se captava mais algum pensamento da divindade, mas, quando tentou, Selena vira seus olhos piscando em preto antes de parar e arquejar: a conexão não parecia estar funcionando. Ao mesmo tempo, Risa, Amber e Selena estavam de olho para encontrar Kyra, mas não havia sinal dela na estrada nem no bosque. Selena sentiu um nó no estômago, percebendo que só tinha uma explicação: Kyra havia chegado antes deles à praia.

Os pneus voaram pelas dunas, e Risa e Amber gritaram e se seguraram com força nas alças de segurança. No banco da frente, Selena estreitou os olhos, procurando uma cabeça ruiva pela praia.

— Precisamos nos dividir — gritou Selena, mais alto do que o baixo vibrante da playlist que Simon gostava de ouvir no carro, olhando para Finch e para as outras atrás dela. — Tem gente demais aqui pra gente buscar só de jipe.

Simon acelerou, e eles voaram por cima de outra duna.

— Entendido!

Ele foi parando quando a maior aglomeração que tinham visto até então surgiu diante do farol. Apesar da temperatura ter caído consideravelmente, quase toda a população adolescente de Rainwater tinha aparecido na festa. Gente de casaco e chapéu andava ao redor da fogueira, bebendo em copos descartáveis. Encostado em uma formação rochosa, Finch viu Griffin Sergold chegando nos finalmentes com uma menina.

Ela mostrou o casal para Selena, que comentou:

— Ah, que fofo. Bom saber que ele ainda não aprendeu a dedar sutilmente em público.

— A fazer *o quê* sutilmente? — guinchou Finch.

— Simon, é melhor você ficar no jipe para sairmos rápido daqui, se necessário, e para você ter mais proteção caso Kyra te encontre — interrompeu Risa. — De resto, mandem mensagem assim que acharem qualquer coisa.

Simon desligou o motor.

— Legal. Ficar no jipe... que emocionante. Me sinto superútil.

— Quer que arranquem seu coração? — perguntou Risa.

Simon piscou.

— Hum. Não?

— Maravilha. — Risa abriu a porta. — Vamos lá.

As quatro garotas saíram do jipe — Selena se despediu de Simon com um sussurro rápido de *Foi mal, cara* — e seguiram pela areia úmida em sentidos diferentes. O cabelo de Selena esvoaçava na brisa forte e carregada de maresia. Ela olhou por cima do ombro, para o brilho ardente da fogueira e para os grupos de jovens do Colégio Rainwater que dançavam, comemoravam, riam e gritavam. Atrás deles, a sombra do mar espumava pela boca, assobiando na areia ao se aproximar dos pés em movimento.

Nada de cabelo ruivo. Nada de Kyra.

Selena soltou um palavrão.

Ela começou correr ao redor do perímetro da praia, olhando de um lado para o outro e suplicando em silêncio para Kyra aparecer. No caminho, parou algumas pessoas que conhecia do Colégio Rainwater e de Ulalume para perguntar se tinham visto sua amiga, mas parecia que ninguém a vira. Conferia o celular a todo momento, desesperada, torcendo por notícias das meninas, mas não recebia nada.

Finalmente, em uma última tentativa, parou a uns seis metros do limite da festa e ligou para Kyra.

Para sua enorme surpresa, ela atendeu depois de três toques.

— Alô? — perguntou.

— Puta merda. — Selena respirou fundo, passando a mão pelo cabelo. — Kyra, cadê você? O que está fazendo?

A menina riu, e o som da gargalhada fez o peito de Selena doer. Ela ainda se lembrava de todas as vezes que a tinha ouvido rir daquele jeito durante as férias de verão, quando exploraram Nova York juntas, pegaram a linha Q do metrô até Coney Island e tomaram sorvete na praia. Era muito familiar, mas algo ali soava um pouco… estranho.

— Dê meia-volta, St. Clair.

Selena se virou, o vento do mar fustigando o cabelo a seu redor. Ela afastou o cabelo do rosto e viu Kyra de frente para ela, do outro lado da praia, mal iluminada pelo brilho de uma fogueira solitária e fraca, sem mais ninguém por perto. O cabelo ruivo e o casaco vermelho se destacavam como uma mancha de sangue nas falésias. Outra silhueta, de cabelo dourado, estava de costas para ela, andando em direção às falésias, onde se via a abertura de uma pequena caverna.

— Não entendi muito bem o que você vê em Griffin — disse Kyra, a voz estalando ao telefone. — Ele beija que nem um golden retriever. Talvez eu esteja fazendo um favor a todas as meninas ao me livrar dele. Ele sempre pareceu um escroto.

Todo o calor evaporou da pele de Selena.

— Não, Kyra, por favor... — implorou, dando um passo, depois outro, e então correndo até eles. — Não! Não toque nele! Não ouse...

A ligação caiu.

Ela viu Kyra guardar o celular no bolso antes de ir à caverna atrás dele.

— Griffin! — berrou Selena, e a voz foi instantaneamente levada pelo vento.

Ela subiu nas pedras com dificuldade, as botas escorregando e deslizando no musgo molhado da superfície. Era complicado manter-se firme quando a areia puxava seus pés, ameaçando engoli-la.

— *Griffin!*

Alguma coisa bateu na lateral dela.

Selena caiu no chão com força, as rochas imediatamente cortando a pele exposta, emanando dor pelas costelas e pelo quadril. Uma sombra abaixou uma ponta dura e forte ao lado de sua cabeça. Ela gritou e rolou para se esquivar antes que aquilo esmagasse seu crânio.

Levantou-se aos tropeços quando o ser a atacou de novo. Naquele meio segundo, oito olhos reluziram ao luar.

Selena desviou, escapando por pouco de ser perfurada pela galhada afiada. O bicho abriu bem as narinas, e o hálito quente escapou em uma nuvem de gelo. Um grunhido baixo vibrou na garganta dele, que arreganhou os dentes, revelando gengivas pretas e presas amarelas e lupinas, quebradas e afiadas. Ele arranhou o chão com o casco e abaixou a cabeça para investir novamente.

Selena pegou um punhado de terra e arremessou na direção dele, fazendo chover pedras e areia. Desorientado, o cervo soltou um rosnado, agitando o pescoço. Percebendo uma oportunidade, se arremessou contra a criatura.

Ela agarrou um dos chifres enquanto o bicho se balançava e tentava mordê-la. Baba voou da boca dele, e ele bateu os dentes no ar, errando por pouco o braço de Selena. Usando toda a força, que havia sido intensificada pelo presente de Nerosi, Selena apertou bem a ponta da galhada e jogou o cervo para baixo.

A ponta do chifre quebrou em sua mão e o cervo derrapou pela areia, uivando. Em um instante, ele se endireitou. Os músculos do ombro tremiam e se apertavam sob a pele grossa e peluda do animal, que encontrou o olhar dela. Ele recuou, pronto para o ataque.

Selena abriu os braços, sem ter como se defender.

Quando o cervo deu impulso, porém, um brilho azul o acertou de lado. O impacto jogou o bicho no ar, cortando o uivo no meio. O corpo do bicho atingiu as rochas com um baque nauseante. Um par de faróis iluminou o ser, que estremecia, formando uma poça de sangue escuro. Um dos ossos da pata, de um branco perolado, estava quebrado, projetando-se em um ângulo irregular, enquanto o peito se sacudia, as costelas estilhaçadas.

Selena perdeu o fôlego, encontrando o olhar de Simon no banco do motorista do jipe.

Um momento depois, o cervo parou de se mexer.

Simon escancarou a porta e saiu com um pulo.

— Peguei ele?

— Puta que pariu! — exclamou Selena. — *Pegou ele*, sim, Simon.

Ele olhou para a criatura e fez uma careta.

— É o cervo de oito olhos?

Selena confirmou.

— *Era* o cervo de oito olhos, sim. Valeu.

— Cinco anos de minha vida atrás de criptídeos — suspirou Simon — e, quando finalmente encontro um, preciso matá-lo.

— Merda — arquejou Selena, e enfiou o pedaço de galhada quebrada no bolso da jaqueta antes de apontar para a caverna. — Vem. Kyra foi para lá com Griffin. Não temos muito tempo.

Os dois pularam no jipe, e Simon deu ré antes de acelerar. Os pneus quicaram enlouquecidamente pelo trecho rochoso da praia, e Selena precisou se segurar na porta. Simon rangeu os dentes, pisando no acelerador com tudo.

Eles derraparam até parar na frente da caverna, e Selena saiu aos tropeços, chamando por Griffin. Pegou a lanterna que tinha usado na piscina e apontou para o rochedo à frente. Quase escorregou mais de uma vez, e pulou as pedras até entrar na caverna, gritando os nomes de Kyra e Griffin.

Lá dentro, fazia completo silêncio, exceto pelo gotejar leve de água do teto. A lanterna iluminou as rochas úmidas e dois rastros de pegadas na areia. Ela correu atrás deles enquanto Simon gritava o nome dela.

Selena o ignorou, apontando a lanterna para o corredor, procurando as silhuetas de Kyra e Griffin mais no fundo da caverna. Estava tão concentrada em procurá-los que só olhou para baixo quando a bota topou com algo macio que *estalou* de leve sob seu peso.

Selena ficou paralisada. Sem respirar, recuou. Lentamente, moveu a lanterna da parede para o chão. A princípio, pensou ter encontrado um pedaço de madeira desbotado pelo sol, até ficar aparente que o formato era arredondado demais.

Então soltou um grito penetrante.

— Selena! — chamou Simon atrás dela. — Cadê você?

Mas Selena não conseguia parar de gritar. Não diante dos olhos azuis e arregalados de Griffin Sergold, opacos e sem vida. Estava boquiaberto, os dentes brancos cintilando como minúsculas pérolas, e a língua visível atrás deles. Seu pescoço, que estava torto, caído em um ângulo agudo, trazia uma mancha de batom. O cabelo dourado tinha ficado embolado devido ao contato com a poça de sangue que se formava sob ele. O fluido escorria do peito, cujas costelas tinham sido escancaradas como uma bocarra, revelando os pulmões imóveis e o espaço vazio entre eles. Um espaço vazio que parecia grande demais.

Porque Griffin, morto aos pés de Selena, não tinha mais coração.

vinte e sete

Finch foi a última a chegar à caverna.

Risa estava paralisada na entrada, enquanto Amber vomitava no canto. Finch passou correndo por elas e parou, derrapando, ao encontrar o que elas estavam olhando.

Selena estava ajoelhada com a cabeça de Griffin no colo, e chorava de soluçar. Ela ajeitou o cabelo dele atrás da orelha, manchando os dedos de sangue. Simon, ao lado dela, apoiava a mão no ombro da amiga, que se sacudia de tanto chorar.

Finch inspirou fundo, e o cheiro de cobre do sangue confundiu seus pensamentos.

— Selena, precisamos ir — disse Simon. — Temos que voltar para Ulalume antes que o coração seja usado.

— Como ela pôde fazer isso? — soluçou Selena, lágrimas pingando no rosto. — C-como…?

— Selena, não podemos mais ajudá-lo. — Finch se ajoelhou ao lado dela e tentou não olhar diretamente para o cadáver. — Mas ainda podemos salvar todo mundo. Só temos que ir *logo*.

Selena choramingou.

— Não posso deixá-lo aqui.

Finch encontrou o olhar dela.

— Não temos opção. Precisamos impedir Kyra — falou, e se endireitou, estendendo a mão. — Vamos.

Os olhos de Selena cintilavam, e seu rosto estava vermelho e inchado. Ela murmurou o nome de Kyra, e a carranca se transformou em um rosnado. Ela soltou a cabeça de Griffin, devagar, estendendo a mão ensanguentada para segurar a de Finch.

— Quando a gente encontrar Kyra — grunhiu Selena —, eu vou dilacerá-la.

Simon disparou até Ulalume, mesmo que a chuva esmurrasse o jipe furiosamente. O limpador de para-brisas se debatia, e as gotas grossas de tempestade pareciam agulhas douradas ao cortar os feixes do farol. As meninas se agarravam às alças de segurança, e Selena, no banco do carona, se encolhia.

— E se tiver mais gente lá no túnel? — perguntou Amber, quando o jipe de Simon finalmente entrou no terreno de Ulalume, quicando pelos paralelepípedos da estrada que levava aos alojamentos.

— Acho que Sumera é amiga de praticamente todo mundo que desce lá — disse Simon, estacionando o carro na frente de Pergman Hall e pegando o celular. — Vou pedir pra ela espalhar que não é pra ninguém descer hoje. Inventar que teve um vazamento de gás.

— Tem certeza de que quer envolver Sumera nisso? — perguntou Selena, ainda atordoada.

A última coisa de que precisavam era envolver mais alguém naquele pesadelo.

— Talvez a gente possa convencê-la a guardar as entradas — acrescentou Simon, ignorando o comentário de Selena. — Vou fazer isso também. É a melhor opção.

— Simon — começou Selena, de novo. — Eu...

— Eu sei que estamos correndo perigo — interrompeu Simon, rápido —, mas, se eu puder fazer alguma coisa para impedir uma divindade antiga de engolir minha casa, vou fazer. Para mim, vale o risco.

— Selena — disse Risa —, precisamos ir. Não temos tempo.

— Tá. — Selena apoiou a mão no ombro de Simon. — Nem ouse morrer.

Ele concordou.

— Digo o mesmo pra você.

As garotas desceram para os túneis, agradecidas por vê-los vazios. Simon estava certo em pedir a ajuda de Sumera: como uma das rainhas não oficiais dos túneis, a ordem dela era lei e, se ela mandasse não descerem, obedeceriam.

Elas entraram pelo acesso de Pergman, o ar úmido e frio, assustadoramente semelhante ao vento gélido da caverna. Finch andava ao lado de Selena, e Amber e Risa vinham logo atrás, juntas. O único som era o zumbido de eletricidade no ar e a respiração ofegante das quatro.

Selena sentiu algo na mão e, ao olhar para baixo, encontrou Finch segurando-a com força.

Risa apontou o chão.

— Ali… sangue. Kyra passou por aqui.

— Como ela está andando tão rápido? — resmungou Selena.

— Ela é a mais íntima de Nerosi — sussurrou Amber. — Talvez ela tenha… dons a mais.

Um calafrio percorreu as quatro ao mesmo tempo.

Elas adentraram ainda mais o labirinto de Ulalume. O encanamento acima delas assobiava cada vez mais alto, como se a água estivesse fervendo. O grafite nas paredes parecia mais contrastante do que de costume, a tinta praticamente cintilando. O ar pesado grudava nelas, conforme se aprofundavam mais.

Selena notou um cano de metal caído no chão. Ela o pegou e o brandiu.

Finch se virou para ela, arregalando os olhos.

— Kyra consegue obrigar as pessoas a fazerem o que ela quiser, só de falar — disse Selena, soltando a mão de Finch para bater com o cano na palma. — Então vou quebrar a mandíbula dela antes que ela tenha tempo.

— Como ela pôde fazer isso? — sussurrou Amber, apontando outro respingo de sangue molhado no chão. — Kyra nunca foi... boazinha. Mas jamais pensei que faria uma coisa dessas.

Selena abriu a boca, mas se calou ao ver uma sombra no rosto de Finch.

— Não sei se ela é a mesma Kyra — disse Finch, olhando para o chão. — Já faz meses que ela fala com Nerosi sem parar. Quando se deseja algo tanto quanto ela, às vezes não damos atenção aos sinais de alerta. Ter alguém como Nerosi em nossa cabeça... Não sei se ela teria como recusar.

— Você entende bem disso, né?

As meninas se viraram, mas os túneis estavam vazios.

— Vocês ouviram isso, né? — sussurrou Selena.

Risa concordou com a cabeça, tensa.

— Tem mais algum cano aí para distribuir?

Fez-se silêncio. Selena apertou as mãos na ponta do cano, dando um passo na frente de Finch. Risa estalou as juntas enquanto Amber segurava seu braço e se grudava nela, tremendo. Os segundos passaram devagar enquanto esperavam uma emboscada.

— Precisamos seguir em frente — disse Risa. — Ela está apenas nos provocando.

— Tudo bem — disse Selena, recuando. — Cuidado. Nunca se sabe...

Alguma coisa se contorceu no canto da visão de Selena.

Ela se virou, rasgando o escuro com o cano. Por um momento, achou que tinha só imaginado, pois tudo o que a arma improvisada encontrou foi o ar.

Até que, com um grito, algo caiu no chão.

— Amber! — exclamou Risa.

— Socorro!

Selena se virou a tempo de ver Amber esticando a mão, tentando alcançá-las, enquanto algo a puxava pelos tornozelos para as sombras. Ela arranhou o concreto, arrancando a ponta das unhas. Seus gritos ecoaram pelas paredes em uma cacofonia incessante, como se fossem cem vozes de uma só vez.

A última coisa que viram antes de ela desaparecer completamente foi um tentáculo oleoso cobrindo sua boca, silenciando-a.

— Amber! — gritou Risa de novo.

Sem hesitar, ela saiu correndo, balançando os braços e batendo os tênis com força no concreto.

— Espera! — gritou Selena. — Risa...!

Algo macio e carnudo disparou e acertou a cabeça de Selena como um tapa. Ela tropeçou, equilibrando-se na parede enquanto Finch berrava. Estrelas tomaram sua visão.

Selena piscou para retomar o foco e encontrou Kyra parada acima dela, sorrindo.

Ou, pelo menos, o que um dia tinha sido Kyra.

O cabelo da menina soltava faíscas, as pontas esvoaçando sozinhas. Seu rosto estava pálido como cera e molhado como se estivesse com febre, e o suor manchava sua camisa, rasgada e suja de marrom-ferrugem e fluido preto. Faixas escuras de gordura estavam pintadas na pele exposta, escorrendo pelo rosto e pela boca entreaberta, manchando o espaço entre os dentes. Os olhos dela brilhavam, amarelos, e seus dentes afiados se curvavam em um sorriso cruel. Pior, no meio do peito havia um ninho de tentáculos que se contorciam como cobras, enroscando-se e derramando mais do óleo preto viscoso. Um dos tentáculos estava enrolado no pescoço de Finch, sufocando-a e a levantando do chão.

Kyra ergueu a mão e afundou os dedos no coração macio e sangrento de Griffin.

Ela soltou uma gargalhada esganada, saliva preta pingando dos dentes.

— Ei, St. Clair. Você vai querer ver isso aqui.

vinte e oito

Kyra as arrastou, aos berros, para a sala onde tudo começou.

O chão ainda estava manchado do sacrifício de Selena, mas as cinzas tinham sido renovadas e os traços estavam nítidos e escuros na terra. As chamas das velas ardiam em um tom escuro de roxo. Círculos, triângulos e estrelas sobrepostos, uma estranha geometria própria, reluziam como brasas nas paredes e ao redor do altar de galhadas.

A criatura que Selena tinha acabado por conhecer bem demais esperava de pé, no centro do ambiente.

Para Kyra, Nerosi falou:

— Você se adaptou bem ao novo dom.

Kyra abriu a boca manchada em um sorriso maníaco e riu uma só vez, cuspindo fios de saliva preta. Ela apertou mais os tentáculos ao redor das meninas, fazendo com que Selena ficasse com dificuldade de respirar devido à pressão no peito. Os tentáculos eram grudentos, a textura lembrando veludo gosmento ao redor de músculo tenso e duríssimo. Algo pegajoso foi esmagado na orelha de Selena quando Kyra flexionou o tentáculo, e ela sentiu bile subir à boca.

— Você estava certa — disse Kyra, sua voz assumindo um tom de prazer quase infantil. — Ser assustador é muito mais útil do que ser bonita.

— Kyra — engasgou-se Selena, tentando desvencilhar o braço do aperto. Ela ainda estava com o cano na mão e, se conseguisse se mexer pelo menos um pouco, poderia usá-lo. — Abra os olhos! Ela está te usando!

— Ah, como você me usou? — retrucou Kyra.

Ela levantou o coração até a cara de Selena, deslizando o dedo até entrar na veia cava com um som molhado, liberando sangue coagulado. Finch segurou a vontade de vomitar.

— Pelo menos, agora eu recebo tanto quanto dou — continuou Kyra.

Selena revirou os olhos até doer, enquanto Amber arregalou os olhos.

— O que isso quer dizer?

— Deixa pra lá — disse Risa, engasgada.

— Basta — rosnou Nerosi, e uma das cicatrizes do braço dela se abriu, liberando um tentáculo escorregadio, que lembrava uma cobra. — O coração, Kyra.

— Não! — exclamou Selena, debatendo-se contra o aperto.

Ela encontrou os olhos da ex-amiga, por mais cintilantes e perigosos que estivessem, e viu todas as vezes em que tinham se apoiado uma na outra, feito o cabelo uma da outra ou se beijado em segredo atrás dos prédios da escola.

— Kyra, me escuta.

Ela estava quase conseguindo virar o pulso. Por mais nojenta que fosse a gosma, permitia um pouco de movimento. Só precisava ganhar tempo.

— Você é melhor do que isso — continuou. — Eu te conheço melhor do que ninguém, e a Kyra que eu conheço nunca colocaria outra pessoa em perigo desse jeito.

Kyra hesitou, os tentáculos do peito se contorcendo um pouco mais devagar. Ela ficou quieta.

— Por favor — implorou Selena. — Pensa bem, tá? Você pode escolher salvar todo mundo em Rainwater ao se livrar desse coração. Não precisa ser a vilã.

— O coração — repetiu Nerosi. — Agora.

A hesitação que tomara Kyra se foi. Ela balançou o tentáculo envolvendo Selena, esmagando-a contra a parede com um grito.

— Vai se foder, Selena — rosnou, andando para entregar o coração a Nerosi. — Foi você quem fez isso comigo.

Fosse ou não verdade, Selena tinha conseguido soltar o braço.

Ela enfiou o cano com força no tentáculo de Kyra.

Kyra gritou e deixou o coração cair. O tentáculo acabou perdendo a força e Selena se soltou de vez, aterrissando de pé. Ela deu um salto para atravessar a sala, mas outro tentáculo disparou e a arremessou para longe. Seu corpo acertou a parede com um baque de dar náusea, e a visão foi tomada de vermelho.

— Não, Kyra! — gritou Risa. — Não faça essa burrice! Você vai matar todo mundo de quem gosta!

— Não quero morrer! — Amber soluçou.

— Por favor — suplicou Finch —, não deixe ela te controlar.

Selena levantou o rosto, retomando o foco da visão.

Kyra a olhava. Tinha pegado de novo o coração, sujo de cinzas. Abriu a boca em um sorriso.

Então entregou o coração a Nerosi.

E Nerosi o engoliu inteiro.

Finch gritou, mas o som se perdeu no caos explodindo diante dela.

O corpo de Nerosi se livrou do resquício de transparência, e um sorriso cruel rasgou seu rosto pálido. O ar ao redor dela começou a cintilar violentamente, distorcendo e deformando a realidade. Uma dor penetrante perfurou o cérebro de Finch, que soltou um grito.

De uma só vez, cada cicatriz do corpo de Nerosi se abriu e carne serpenteante irrompeu delas, pegajosa de líquido e se contorcendo ao tomar forma. Ela ficou do tamanho de um ônibus, com quatro grupos de tentáculos que serviam de patas. O tronco e o pescoço lembravam vagamente os de um veado, e o pescoço comprido levava a uma cabeça com cinco rostos e focinhos grossos cheios de dentes lupinos. Na cabeça, cresciam galhadas ossudas, e veludo fornecia a elas seu icor.

Era disso que estavam falando ao chamá-la de Rainha Galhada.

À primeira vista, a pele de Nerosi parecia borbulhar e ferver, mas Finch logo percebeu que, na verdade, o monstro era coberto por rostos e membros humanos deformados, que faziam pressão contra a pele, como se lutando para se libertar antes de voltar às entranhas. Olhos se abriam aleatoriamente ao longo da criatura, fosse no pescoço ou dentro de uma das bocas. Os ossos eram protuberantes, e as vértebras da coluna, expostas e curvas, davam em pontas afiadas e serrilhadas.

A deusa soltou uma gargalhada grave e ressonante.

— Corram! — berrou Selena.

Chocada, Kyra tinha relaxado os tentáculos, e as meninas se desvencilharam. As quatro saíram correndo.

— O que a gente faz?! — gritou Amber, enquanto corriam pela passagem de terra que levava aos túneis normais.

Atrás delas, Nerosi abriu os cinco focinhos e soltou um urro multitonal que fez as meninas cobrirem as orelhas com as mãos.

— Continua correndo! — gritou Risa.

Elas passaram do túnel de terra para o de concreto. Os passos ecoavam pelo corredor, e o chão tremia.

— Finch — arquejou Selena —, você precisa abrir a fissura antes de ela sair dos túneis.

Finch arregalou os olhos.

— A-agora? M-mas eu não consigo...

Selena olhou para trás e xingou baixinho.

— Mas vai ter que fazer.

Finch olhou para trás também e viu Kyra saindo da sala do altar, seguida da forma grotesca de Nerosi. As duas agitavam os tentáculos, com sorrisos abertos e famintos.

— Continuem — disse Selena para as outras, e tensionou o maxilar. — Vou segurá-las quando passarem da porta.

Finch balançou a cabeça, com os olhos selvagens.

— Selena, não...

— Se concentra em seu poder — disse Selena, brandindo o cano. — Estarei logo atrás de você.

Risa pegou o braço de Finch antes que ela pudesse argumentar mais uma palavra sequer e a arrastou.

As três aceleraram, ouvindo os gritos distantes atrás delas. Finch não parava de olhar por cima do ombro, esperando que Selena aparecesse, mas não havia nenhum sinal dela. Risa, agarrada ao braço de Finch, continuou a arrastá-la, sem permitir que ela desacelerasse, mesmo que o chão tremesse e as luzes piscassem sem parar.

As meninas saíram em uma parte mais larga dos túneis, um ambiente vasto que fez Finch congelar. Parado diante da escada que levava à superfície estava Simon, pronto para impedir que mais alguém descesse.

— Simon! — gritou Finch, tomada por um pânico agudo ao vê-lo. — Corre! — exclamou, com a voz embargada pelas imagens de Nerosi dilacerando-o que surgiam em sua mente.

— Cadê Selena? — perguntou ele.

— Atrás da gente — disse Risa.

Ela se virou, apertando o braço de Finch com as unhas até que a olhasse. Risa curvou as sobrancelhas, com o olhar cortante.

— O que Selena estava falando quando mencionou seu poder? — perguntou Risa. — O que você pode fazer?

— E-eu... — gaguejou Finch, olhando entre os três. — Eu sei... meio que... talvez abrir uma fissura que leva ao vazio. Talvez dê pra parar Nerosi, mas eu nunca... Acho que não consigo, não com ela assim...

— Quer que Simon morra? — perguntou Risa, sem interromper o contato visual. — Amber? Eu? Selena? Porque parece que, se você não fizer nada, é isso que vai acontecer!

— Vamos lá, Finch — suplicou Amber. — Tenta.

Finch olhou para Simon. Ele acenou com a cabeça, encorajando-a, e parecia prestes a vomitar.

— Tá... tá bom.

Finch assentiu, mordendo o lábio. Ela nunca tinha feito aquilo sem Selena para segurá-la. Imagens da consciência dela presa na visão da morte dos pais retornaram, mas ela balançou a cabeça para afastá-las. Respirou fundo.

— Tá. Vou tentar.

Enquanto as outras meninas fugiam pelo corredor, Kyra vinha em disparada em direção a Selena, com a boca escancarada e a mandíbula distorcida em um ângulo nada natural, de modo que dentes adicionais na forma de ganchos irrompessem das gengivas escuras. Atrás dela, Nerosi vinha se arrastando com uma velocidade impressionante. O cheiro de podridão ficava cada vez mais forte conforme ela se aproximava, o corpo novo parecia se decompor rapidamente. Era um odor adocicado terrível, como fruta madura deixada ao sol por tempo demais.

Selena apertou o cano com força e deslizou para o lado.

Ela bateu em uma válvula sibilante, que se soltou na hora. Água fervente jorrou da tubulação e vapor tomou o ar. Nerosi rosnou desorientada e Kyra chiou. A água queimou o rosto e o pescoço de Kyra, deixando-os com um tom violento de vermelho.

Um dos tentáculos dela disparou, desesperado, procurando Selena, mas ela foi mais rápida. Abaixou-se e correu até acertar outra válvula, que caiu e saiu rolando, inundando o concreto com mais um jato sibilante de água quente.

— Foi mal, achei que um banho cairia bem — provocou Selena, abrindo os braços. — Porque, honestamente, estão fedendo pra caralho.

Outro tentáculo tentou atacá-la, mas o vapor no ar servia de cortina de fumaça, e permitiu que Selena se esquivasse e sumisse na bruma. Kyra gritou, um som mais agudo e penetrante do que antes. Selena rangeu os dentes, estremecendo com o som.

Ela girou, os tênis chapinhando nas poças do chão, e correu no sentido contrário.

As criaturas seguiram seu rastro, o odor de carne fervida se misturando ao fedor podre no ar. Selena usou o cano para estourar todas as válvulas que encontrava, deixando para trás colunas de jatos de água cuspindo e assobiando. Em certo momento, pensou ter ouvido Kyra uivar seu nome, mas o som se perdeu no ruído de água batendo no chão.

Selena continuou a correr até o ambiente que levava a Pergman surgir. Risa e Amber cercavam Finch, que estava de cabeça baixa, o cabelo caído na frente do rosto. Simon não estava distante, com olhos arregalados para a mão esticada de Finch, que tremia e segurava o ar em gestos bruscos e interrompidos.

— Selena! — gritou Amber ao vê-la, parecendo ofegante. — Você... você precisa ajudar! Não... não sei se o poder de Finch...

Antes que ela terminasse a frase, uma sombra passou por cima de Selena. Kyra pousou entre as duas, com os tentáculos do peito abertos como um crisântemo em flor. Simon gritou palavrões criativos.

— Você o arrastou para o meio disso? — Kyra rangeu os dentes novos. — Que amiga horrível.

O coração de Selena disparou. Kyra já tinha matado Griffin; nada a impediria de fazer o mesmo com Simon.

Isso é, até Risa girar, tirando algo da bolsa.

— Cala a boca, Kyra.

No momento seguinte, ela apontou uma lata de spray de defesa pessoal e um isqueiro para Kyra, fazendo o aerossol pegar fogo e lançando chamas nos tentáculos. Kyra chiou, caindo para trás aos tropeços enquanto o fogo lambia o volume contorcido que levava ao rosto. Ela desabou, gritando, e a pele crepitava e soltava fumaça com um cheiro incômodo de bacon queimado.

Atrás delas, outro grito sobrenatural fez o chão tremer. O som causou rachaduras pelas paredes de concreto.

Nerosi tinha chegado.

A criatura passou metade do corpo pela porta, girando o pescoço em movimentos rápidos e estalados, observando o ambiente com as muitas cabeças. O fedor deixava Selena tonta, e o desespero a tomava por dentro, insistindo que saísse para respirar ar fresco antes de morrer sufocada.

— Finch! — gritou Selena. — Você tem que fazer isso agora!

Devagar, Finch levantou a cabeça e seu cabelo caiu para trás, expondo o rosto. Selena perdeu o fôlego ao notar que ela estava cercada por uma fraca aura ondulante, e o corpo inteiro tremia. Seus olhos estavam completamente pretos.

— Mate-as — ordenou Kyra.

Porém, Nerosi não se mexeu. Ela concentrava todos os rostos em Finch. Enquanto a mão da menina tremia no ar, a cor distorcida ao seu redor ganhava brilho. Fora o tremor de Finch, as duas pareciam paralisadas por completo.

Kyra rosnou, levantando-se com dificuldade.

— Tudo bem — grunhiu. — Eu mesma faço isso.

Ela atacou.

Finch estava em completa escuridão.

Os túneis tinham desaparecido atrás dela, e nem ver a forma real de Nerosi bastava para firmá-la na realidade enquanto, desesperada, abria o canal entre elas duas. De imediato, sentiu o poder de Nerosi começar a fluir em seu peito, e o aperto no coração ficar mais forte. Quando treinava com Selena, puxava o poder mais gradualmente, mas ali, com as pulsações aceleradas e crescendo pelo pânico, o tinha chamado todo de uma vez.

E ela estava se afogando.

Da escuridão brotavam visões de um lugar que parecia um planeta alienígena de um filme de ficção científica. A terra seca, que lembrava gesso, estalava em rachaduras como uma boca ressecada, e árvores verde-azuladas e nodosas se contorciam entre as fissuras. Lagos de sombras cortavam o espaço entre as árvores, fervendo como um mar revolto. Silhuetas se moviam no bosque, e gritos ecoavam de paredes que ela não via. Grama roxa e comprida brotava dos tocos de árvores, e flores de veias azul-gelo pulsavam como se tivessem coração.

— Gostou de minha casa?

Finch girou. Nerosi estava atrás dela, na forma humanoide de quando se conheceram. Tinha cruzado as mãos na frente do peito, e o cabelo branco estava caído na frente de um ombro.

— Que lugar é este? — perguntou Finch.

— Já falei... é de onde eu venho. — Esticou o braço e passou a mão na casca nodosa de uma árvore. — Lindo, né?

Finch rangeu os dentes. Ela endireitou os ombros e cerrou os punhos. Aquele era o mostro que tinha arrancado sua vida. Parte dela temia o calor da fúria ardendo dentro de si, mas outra parte — a maior parte, na verdade — o acolhia com prazer.

— Por que está fazendo isso? — perguntou Finch. — É a única coisa que não consigo entender. O que ganha com tanta morte desnecessária? Poder?

Nerosi não ofereceu reação.

— Como espera entender a intenção de uma divindade?

Ela se virou, encontrando o olhar de Finch. Pela primeira vez, Finch não se encolheu ao ver seus olhos e se permitiu admirá-los completamente. Notou que não eram apenas espelhos escuros, havia pontinhos de luz lá dentro e, conforme os contemplava, Finch percebeu que não eram meras estrelas. Não, contida em cada orbe reluzente estava uma galáxia inteira, vasta de tal modo que Finch perdeu o fôlego.

Um pavor gelado a inundou de repente.

Aquela criatura não era um mero monstro. Era muito, muito maior do que isso.

— Consegue vê-los? — perguntou Nerosi, sem piscar. — Os mundos que consumi? Sua cidadezinha não é nada para mim. Eu quero *tudo*.

Ela apontou uma cicatriz no braço, que se abriu e revelou outro orbe preto, estrelas agrupadas e presas ali dentro como um mosquito em âmbar.

— Nada mais satisfaz minha fome.

Finch estava tonta, sem conseguir entender o que Nerosi dizia. Não era possível que essa criatura absorvesse realidades inteiras e as guardasse sob a pele... ou era? Era impossível, uma escala inimaginável.

— Mas preciso agradecê-la — disse Nerosi, e passou a mão na cicatriz, fechando-a ao redor do orbe. — Nunca teria conseguido entrar nessa realidade sem você. Quando a trouxe de volta, me ancorei em sua existência. A costura das realidades... é bem difícil passar de uma à outra depois de se perder no vazio que as cerca. Mas você possibilitou que eu manifestasse aquela partezinha de mim nos túneis. Obrigada por isso.

Finch balançou a cabeça, enjoada.

— Por que eu?

— Ah, Finch — disse Nerosi, levando a mão ao peito. — Por causa desse seu coraçãozinho. A força com que ele deseja... Acho que vi um pouco de mim em você. Compartilhamos uma vontade, uma dor inescapável. Admito que seus objetivos eram muito menores do que os meus, mas ainda assim... Somos iguaizinhas.

— Se eu sou tão insignificante, por que perder tempo comigo? — perguntou Finch. — Com minhas amigas? Por que não destrói esse mundo e o engole, como fez com os outros?

Nerosi riu um pouco, sem antipatia.

— Ah, esse é o meu plano. Só que preciso de todo o poder para isso, e ainda me falta um pedaço.

Ela esticou a mão e apontou para o peito de Finch.

— A minúscula faísca que emprestei para mantê-la viva. Temo dizer que preciso dela de volta.

Finch cobriu o peito com a mão e recuou.

Nerosi levantou as mãos.

— Será muito mais fácil se você ceder, Finch. Não posso pegar nada que não me seja dado de bom grado. Mas, se resistir, eu tenho meus meios de forçá-la a se entregar, e você não vai gostar.

Finch apertou os dedos no peito e arreganhou os dentes.

— *Nunca.*

— Que pena.

Nerosi endireitou os ombros e respirou fundo. Duas novas bocas se abriram no rosto dela, uma em cada bochecha, e, de uma vez só, três vozes disseram:

— Adeus, Finch Chamberlin.

O punho ao redor de seu peito se fechou.

vinte e nove

Selena desviou a atenção da luta com Kyra apenas o bastante para ver Finch inclinar a cabeça para trás e urrar.

Nerosi também soltou um grito agudo, que os fez cobrirem as orelhas com as mãos. Ela começou a balançar, contorcendo os tentáculos, e Finch caiu de joelhos, agarrando a cabeça.

Em um momento de distração de Kyra, Selena correu até Finch e se ajoelhou diante dela. Esticou os braços, pegou suas mãos e apertou com tanta força que os ossos estalaram.

— Finch — disse Selena, enquanto os músculos da menina tremiam e se sacudiam, aparentemente de modo inconsciente. — Finch, me escuta. Você tem que continuar a lutar. Se não abrir a fissura, vamos morrer aqui. Mas sei que você consegue, só tem que…

Um dos tentáculos de Kyra disparou do nada, envolvendo Selena, arrancando-a das mãos de Finch e arremessando-a pela sala.

Selena foi voando até a parede e bateu de cabeça. Explosões vermelhas dançavam em seus olhos. O corpo dela caiu no chão, desmaiado, e seus ouvidos foram tomados por um chiado metálico.

Kyra gargalhou. Estava com o rosto e o pescoço totalmente queimados, a pele rachada e aberta, com várias bolhas inchadas.

Distraída por Selena, Kyra não viu Amber, que a atacou com um canivete. A lâmina brilhou antes de Amber passá-la no rosto de Kyra, e o corte jorrou fluido preto, encharcando-a.

— Isso foi por me chamar de idiota — rosnou ela.

Kyra, porém, era rápida. Com um tentáculo, pegou Amber pelo pescoço e a levantou do chão. Amber esperneou, tentando se desvencilhar. Gosma e ventosas famintas grudavam em seu pescoço.

— Não! — gritou Risa.

Ela correu e pulou para tentar pegar o tentáculo que prendia Amber, arranhando-o. A pele se soltou nas mãos dela como se fosse papel de seda.

Kyra arremessou as duas para trás. Selena ouviu ossos quebrando quando elas caíram no chão.

Uma corrente de dor percorreu os nervos de Selena quando ela tentou se levantar. Sentiu o cheiro do próprio sangue, acre como cobre, em meio ao fedor de esgoto, peixe e pêssego podre. Perto dali, Simon gritou. Selena se forçou a se levantar, mas as pernas tremeram. *Estou em choque?*

A fraqueza começou a dominá-la, abafando seus pensamentos.

Se ela bater em mim de novo, percebeu Selena, *já era.*

Vou morrer.

Mais uma vez, tentou se levantar, mas desabou. À frente, a criatura que um dia fora Kyra se erguia. Seria impossível escapar.

Selena fechou os olhos, deixando lágrimas escorrerem. O rosto de Finch cintilava em sua mente, gentil, bondoso e generoso como sempre. Selena soluçou, engasgada.

— Me desculpa.

Ela se preparou para o ataque fatal.

A consciência de Finch começou a se desmanchar.

A visão do lar de Nerosi se retorceu e esvaiu, substituída pela profunda escuridão do vazio. O ataque de Nerosi se manifestava na sensação de ganchos perfurando as dobras da mente de Finch e puxando-as em diferentes direções. Ela gritou, pois só conseguia se concentrar na dor.

A mão ao redor de seu coração a puxou. A voz de Nerosi ecoou em sua mente: *Desista e eu paro.*

As palavras soavam distantes em meio à sensação de rasgos e fervura que brotara em todos os nervos de seu corpo. Ela estava ao mesmo tempo pegando fogo e congelando, e sua cabeça havia perdido a capacidade de distinguir a dor mental e a física; se é que ainda tinha um corpo. Fazia tempo que ela não conseguia sentir o que quer que fosse.

Finch não era nada, não passava da encarnação da agonia fulminante. A menina de cabelo branco e coração lento não existia. Ela só conhecia aquilo.

Até que, bem de leve, lhe veio uma sensação única além da dor.

Foi um toque suave, segurando suas mãos. O choque foi tamanho que os olhos de Finch entraram em foco, os olhos de verdade, e por um momento a forma verdadeira de Nerosi, com os tentáculos ondulantes e as bocas famintas, a encarou.

E, na frente dela, Selena.

O cabelo de Selena estava uma bagunça desgrenhada e sangue escorria de seu nariz, manchando suas mãos. Ela estava agachada, segurando as mãos de Finch com as próprias mãos quentes. Os braços pálidos estavam cobertos de cortes e hematomas, manchando a pele como gotas de tinta. As roupas estavam rasgadas, e os olhos verdes brilhavam.

Por um momento, Finch não ouviu o que ela dizia, mas conseguiu se concentrar um pouco, além do rugido que trazia agonia para sua mente. Foi o suficiente para ouvi-la dizer:

— Eu sei que você consegue.

Um tentáculo a arrancou dali em um borrão.

Finch não encontrou a própria voz para falar, mas mexeu a boca com o nome de Selena. Diante dela, Nerosi avançou em um passo pesado, fitando-a com todos os olhos. Vê-la com a distorção ondulante do ar quase bastou para levar a mente de Finch de volta às trevas.

Porém, ela se levantou, cambaleando.

— Já acabou? — perguntou Nerosi, a voz saindo dos quatro focinhos e de dentro da cabeça de Finch, criando um grunhido discordante.

Finch esticou a mão, mais uma vez abrindo a conexão entre elas. A mudança foi tão repentina que Nerosi arregalou os olhos, parecendo perceber o que estava acontecendo.

Finch soltou um grito quando a represa entre elas se abriu, e ela rasgou o ar.

Um som entre um uivo e um grito de guerra fez a sala tremer.

Selena se forçou a abrir os olhos.

Uma luz ofuscante inundava o espaço, tão forte que deixava manchas na visão dela. Quando finalmente retomou o foco, o que viu no meio do recinto fez seu coração bater mais forte.

No centro da sala, de pé, estava Finch, emanando uma aura tão forte que era quase como olhar o sol. Diante dela, cortando o ar, havia uma fissura escura como a que ela rasgara na matéria da realidade, revelando o vazio lá dentro.

Selena perdeu o fôlego.

A fissura se alargou, e um vento parecia soprar lá de dentro. A princípio, Selena achou que estivesse girando pela sala, mas, quando Nerosi soltou um grito gutural, ela entendeu que a fissura puxava a criatura como se fosse um buraco negro. A divindade esticava os tentáculos, procurando algo em que se segurar.

Infelizmente, tudo que encontrou foi Finch.

A menina não reagiu quando foi arrancada do lugar em que havia se firmado. Nerosi começou a apertá-la, enroscando os tentáculos em seu pescoço.

Ela sufocou em silêncio. A fissura atrás começou a piscar no mesmo instante, fechando-se aos poucos.

— Não! — gritou Selena.

Ela se levantou com um salto, mais uma vez tomada de adrenalina. Mesmo com os músculos gritando em protesto e a visão embaçada, correu a toda na direção de Nerosi. Dobrou os joelhos e se arremessou nas costas do monstro.

Um rosto humano incrustado na pele de Nerosi gritou bem abaixo de Selena. Nerosi tentou recuar para se livrar dela e acabou batendo com a cabeça no teto. Uma chuva de concreto tomou o lugar. Selena enfiou os dedos em outro rosto, mesmo enquanto a bocarra mordia sua pele. Um tentáculo a fustigou, tentando expulsá-la, mas ela pulou e arranhou outra parte da forma corpórea antes que pudesse ser atingida.

Ao enfiar os dedos na pele da divindade, Selena percebeu que tinha alcançado a costela. Um trecho grande de carne se fora, revelando os ossos perolados lá dentro.

E o coração humano de Griffin, que batia em seu peito.

Selena sabia o que fazer.

Segurando firme, botou a outra mão no bolso da jaqueta e tirou o objeto lá de dentro. Era um pedaço afiado de um chifre curvado: o pedaço que tinha quebrado da galhada do cervo de oito olhos.

Com um grito violento, Selena mergulhou o chifre no coração de Nerosi.

Icor preto e sangue jorraram em Selena enquanto Nerosi gritava de dor. Ela se sacudiu com tamanha força que tanto Selena quanto Finch foram derrubadas no chão. Selena bateu no concreto, a dor disparando pelos ossos e nervos.

Finch arfou ao lado dela, levando a mão ao pescoço machucado. Acima dela, a deusa continuava a gritar. A fissura estava quase fechada, restando pouco mais que uma pequena cicatriz no ar.

— Finch — disse Selena, arrastando-se em sua direção. — Você precisa abrir de novo.

Finch se virou para ela. Seus olhos brilhavam de lágrimas e a pele do pescoço estava de um tom furioso de vermelho. Ela estava com olheiras profundas e hematomas no corpo inteiro. Sangue escorria pelo canto da boca, manchando os lábios pálidos.

Selena apertou os dedos de Finch.

— Você consegue.

Finch encontrou o olhar de Selena mais uma vez, segurou sua mão e assentiu. Então esticou a outra mão na direção da fissura.

A realidade diante delas voltou a se distorcer conforme Finch canalizava o poder. Selena sentia a energia emanar entre seus dedos. O ar estremeceu e se rasgou, a fissura esticando-se ainda mais do que antes. Os olhos de Finch, voltados para a abertura, ficaram pretos, e ela franziu a testa em concentração.

Nerosi soltou mais um grito quando o vazio a sugou. Com os tentáculos, tentou desesperadamente se agarrar às bordas da fissura, segurando-se ali. Os focinhos todos rosnaram, mordendo o ar.

— Não!

Pelo canto do olho, Selena viu Kyra se levantar com dificuldade. Erguendo-se em parte com os braços, e em parte com os tentáculos, ela foi se arrastando até a fissura, tentando alcançar Nerosi.

Os dedos de Finch tremeram e as bordas da fissura foram se fechando, Nerosi sendo cada vez mais sugada. Restavam apenas poucos tentáculos para fora, agarrados às bordas irregulares do rasgo na realidade. Ela soltou mais um berro desumano, perdendo a força.

Selena abriu a boca para gritar, mas Kyra já estava na frente da fissura, esticando a mão para Nerosi.

Em um movimento rápido, Nerosi esticou um tentáculo para se segurar em Kyra, soltando as bordas. Kyra gritou quando foi arrancada do concreto. Ela mal conseguiu segurar a beirada da fissura enquanto o vazio tentava sugá-la.

— Kyra! — gritou Selena.

Ela tentou se levantar, mas Finch apertou sua mão ainda mais forte. Os olhos estavam pretos, e a expressão, inteiramente neutra, mas o recado era claro.

Se Selena a soltasse, Finch estaria à deriva.

Seu olhar caiu sobre Kyra mais uma vez. Kyra, que tinha sido sua melhor amiga. A amiga que tirava selfies com ela nas ruas do centro, que a arrumava com roupas de grife para sair à noite, que passava os dedos no cabelo dela e dizia que Selena era a menina mais linda que ela já tinha visto.

Porém, era também a Kyra que a tinha tirado do armário apenas por birra. Que não hesitava ao trair as amigas para se dar bem. E que tinha chegado ao ponto de arrancar o coração de Griffin com as próprias mãos.

Apesar de tudo e por mais que ainda quisesse, Selena não tinha como salvar Kyra de si mesma.

— Sinto muito — sussurrou Selena.

Kyra mal teve tempo de torcer o rosto e rosnar antes dos dedos escorregarem.

Ela e Nerosi caíram nas trevas.

As bordas da fissura cintilaram antes de se fecharem e desaparecerem.

Por um momento, fez-se silêncio. Os olhos de Finch piscaram e voltaram ao normal, e ela arfou, sem ar. Sua pele estava molhada de suor, sangue e icor.

Finch encontrou o olhar de Selena.

— Funcionou?

Lágrimas encheram os olhos de Selena. Ela se jogou em Finch, abraçando-a com tanta força que ouviu as costas estalarem. Lentamente, Finch retribuiu o abraço, encostando o rosto no pescoço de Selena.

— Funcionou — disse ela, sem conseguir segurar o choro. — Funcionou, sim. Conseguimos. Vencemos.

— Ah. — Finch soltou uma risada fraca. — Quem diria?

Selena só conseguia chorar, o que foi uma pena, porque, quando Finch a beijou no segundo seguinte, ela a encheu de lágrimas. Selena riu e soluçou ao mesmo tempo. E, então, a beijou de volta.

Porque, mesmo que por um momento, elas estavam seguras.

E estavam livres.

epílogo

[Três meses depois]

O inverno caiu no campus de Ulalume com um manto pesado de neve que cercava as trilhas de paralelepípedos, cobria os postes e pendurava gotas de gelo na borda dos telhados em estilo gótico. Na maior parte dos dias, a temperatura se recusava a passar de zero, mesmo quando o sol brilhava forte no céu.

Nove meses após sua morte, Finch admirou o campus com um sorrisinho no rosto. Ela estava encolhida em uma janela saliente no salão de Pergman Hall, segurando uma xícara de chá e vendo a neve lá fora; já tinha caído quase trinta centímetros naquela semana, mas estava começando a aliviar. No dia anterior, Finch tinha acordado bem a tempo de Selena arrastá-la para a guerra de bolas de neve disputada entre toda a escola no pátio.

Vapor subia da xícara, aquecendo seu rosto. A janela ficou embaçada, e Finch desenhou um sorriso com a ponta do dedo.

Sumera se juntou a ela no assento e perguntou:

— Está forte demais? Sempre exagero.

Finch balançou a cabeça em negativa.

— Não. Eu gosto do seu *chai* forte.

Sumera sorriu para a colega de quarto. Apesar de não ter sido forçada a testemunhar o horror daquele dia de novembro, ela sentira as consequências do que havia acontecido como todos os outros. Estivera presente quando receberam a notícia de que o legista tinha declarado que a morte de Griffin era resultado de um ataque de animal, escondendo a verdade debaixo do tapete. Também tinha acompanhado Finch, Selena, Risa e Amber ao velório no Colégio Rainwater. E, nas noites em que Finch não conseguia dormir por causa dos pesadelos, Sumera ficava acordada para ver filmes com ela até as duas pegarem no sono no sofá.

Finch não tinha palavras para agradecer.

— Gostei do cabelo, por sinal — disse Sumera, abraçando os joelhos.

Finch sorriu, passando os dedos nas laterais recém-raspadas do *undercut.* Ela não tinha contado para ninguém que ia cortar o cabelo, aquela era uma escolha pessoal. Ultimamente, quando se olhava no espelho e encarava a pele e o cabelo brancos, às vezes achava difícil se enxergar por trás da aparência. Conforme o cabelo crescia, começara a conjurar a visão do monstro dos túneis, de madeixas brancas compridas e sorriso afiado.

Então ela tinha cortado e pintado de seu tom natural de castanho. Teve a sensação de recuperar uma parte de si que nem notara que havia perdido.

— Ficou bem gay — brincou Finch.

— Ficou mesmo — concordou Sumera, sorrindo. — Combinou com você. E Selena vai surtar quando vir.

O peito de Finch se aqueceu ao som do nome da namorada. Sem Nerosi, elas finalmente tinham conseguido fazer as coisas que casais normais deveriam fazer: ir ao cinema, se beijar no corredor entre as aulas, fazer compras no centro e tirar fotos na praia. Na semana anterior, tinham até se confundido com o horário do vôlei de Sumera e sido pegas em uma situação comprometedora no sofá da suíte. Felizmente, a colega de quarto andava se esforçando muito para fazer as pazes com Selena, então tinha perdoado bem rápido.

No mesmo instante, o celular de Finch vibrou, e, quando leu a mensagem, ela se levantou com um pulo.

— Selena recebeu a resposta do Conservatório de Boston.

Sumera levantou as sobrancelhas.

— Ela passou?

— Está me esperando para abrir o e-mail — disse Finch, guardando o celular no bolso e acabando o *chai* com pressa antes de deixar a xícara na mesinha. — Desculpa, preciso ir, mas vamos combinar de ver aquele documentário juntas mais tarde.

— O do roubo do museu Isabella Stewart Gardner? — perguntou Sumera, sorrindo. — Combinado.

Finch se despediu com um aceno e seguiu para o farol Annalee.

Selena estava sentada na frente do notebook, balançando o pé ansiosamente enquanto esperava Finch chegar. Simon estava sentado ao lado dela e as mães acertavam o ângulo do iPad para aparecerem na tela, vendo Selena. Roxane e Simon batiam papo sobre a notícia de que ele tinha passado para a faculdade Emerson, e combinavam de passar o Dia de Ação de Graças juntos. A outra mãe dela, Zinnia, estava abraçada a Roxane, e não parava de, gentilmente, lembrar Selena de respirar fundo.

— Cheguei! — chamou Finch quando entrou pela porta, rapidamente tirando as botas e correndo para se juntar a Selena no sofá.

Selena a olhou de relance e depois com mais atenção.

— Puta merda, seu cabelo.

Finch corou.

— Foi um *puta merda* bom, ou…

— Você está muito linda! — exclamou Selena, esticando a mão para acariciar a parte raspada, quase esquecendo, por um momento, como estava ansiosa. — Por que não me avisou? Finch, minhas mães estão aqui.

Roxane e Zinnia St. Clair acenaram do iPad. Roxane falou:

— Ficou lindo, Finch.

Finch abriu um sorriso fraco. Ela já tinha encontrado as mães de Selena algumas poucas vezes, e Selena estava convencida de que Roxane talvez gostasse dela mais do que da própria filha, puramente porque Finch sempre lavava a própria louça e não bebia leite direto da caixa.

Ela agradeceu Roxane baixinho, mas Selena a interrompeu:

— Tá, sem enrolar. Vou abrir.

Finch deu a mão para a namorada.

— Boa sorte.

Com a mão trêmula, ela abriu o portal de estudantes e clicou na carta de resposta.

A primeira palavra que viu no alto, em letras garrafais, foi PARABÉNS.

Selena se levantou, saltitando.

— Eu passei!

Simon, as mães e Finch gritaram todos ao mesmo tempo. Simon a abraçou, enquanto Finch se esticava para dar um beijo em sua bochecha. Selena se virou e a levantou no colo, girando com ela e gritando de alegria.

— Você merece — disse Finch, assim que Selena a soltou. — Mais do que qualquer outra pessoa.

— Mereço mesmo, porra! — disse Selena, cumprimentando Simon com um tapa na mão. — Quando eu for visitar vocês no fim de semana — acrescentou para as mães —, vamos ao Citrus & Salt e eu vou roubar as margaritas de vocês.

Enquanto Zinnia concordava com a cabeça, sorrindo, Roxane, de cara fechada, respondeu:

— Nem pensar, Selena Rose. E cuidado com essa boca suja.

— Eu estava falando com minha mãe legal — provocou Selena, dando uma piscadela para Zinnia, que retribuiu.

— Vocês dois também estão convidados — disse Zinnia para Simon e Finch. — Drinque sem álcool pra todo mundo.

Os cinco conversaram por mais alguns minutos antes de Selena desligar a videochamada, despedindo-se e prometendo entrar em contato para combinar de comprar as passagens de trem do fim de semana.

A porta de casa se abriu, e Risa e Amber entraram, tirando as botas. Amber estava rindo de algo que Risa dissera.

— Gente, eu passei para o conservatório! — gritou Selena.

Amber levantou os braços e se jogou em Selena para abraçá-la, enquanto Risa a cumprimentava com um aceno de parabéns. Amber comentou que ainda estava esperando notícias da Universidade de Boston, e Risa acrescentou que, já que tinha acabado de passar para o MIT, estaria morando a poucos quilômetros de Selena, em Cambridge.

Selena abraçou Finch.

— Quando você passar para o programa de música de Berklee, Boston vai ficar pequena.

Finch sorriu.

— É! Vai ser legal estar perto de todo mundo.

Todo mundo.

O sorriso de Selena vacilou. Não pela primeira vez, ela se pegou olhando para a porta fechada no fim do corredor.

Os pais de Kyra tinham vindo algumas semanas depois do "desaparecimento" para arrumar as coisas dela. A polícia já tinha mexido nos pertences e chegado a uma conclusão conhecida: como o celular, a bolsa e o casaco não estavam lá, Kyra provavelmente havia fugido.

Portanto, os pais tinham recolhido o que restara e levado para Nova York. O quarto estava vazio. Às vezes, à noite, Selena entrava e se sentava no chão, apenas para ver se ainda sentia alguma parte dela ali.

— Selena? — chamou Finch. — Tudo bem?

— Ah! Tudo, sim, foi mal. Me distraí pensando em tudo que vou precisar mostrar para você em Boston — disse Selena, forçando um sorriso. — Escuta, vamos sair. Tem um milk-shake de chocolate enorme me esperando no Octavia's para comemorar.

À noite, depois de uma quantidade honestamente chocante de sorvete e batata frita, Selena levou Finch ao quarto no farol e fechou a porta ao entrar.

Elas se deitaram lado a lado na cama de Selena, de pernas entrelaçadas, e Selena acariciou devagar o ângulo do queixo de Finch. A noite lá fora estava congelante, mas ali dentro, debaixo da coberta florida de Selena, Finch se sentia o mais quente possível. O mar lá fora sussurrava em seu ouvido, junto com o som suave da respiração de Selena.

— Selena? Posso perguntar uma coisa? — disse Finch, e Selena concordou. — Mais cedo, antes de ir para o Octavia's... No que estava pensando? Parecia que estava incomodada com alguma coisa.

Selena mordeu o lábio. Ela não tinha conversado muito com Finch a respeito de Kyra desde a noite nos túneis. Na verdade, não tinha conversado com ninguém. Parecia um fardo pesado demais para ser compartilhado. Ainda assim, se tinha alguém em quem ela confiava, era Finch.

— Eu estava pensando em Kyra. E em como não tentei salvá-la quando tudo aquilo aconteceu — disse Selena, fechando os olhos. — Sei que eu provavelmente não poderia ter feito nada, mas... mesmo depois disso tudo, ainda sinto carinho por ela. Não é o amor que ela desejava, claro. Mas, mesmo assim, ainda queria ter feito alguma coisa.

Finch esticou a mão e entrelaçou os dedos nos de Selena.

— Sei como é. Às vezes, ainda me sinto culpada pelo que aconteceu com meus pais. Mas a culpa não é sua. — Selena fez que sim com a cabeça. — Acho que já passou. Só é difícil entender que ela se foi — falou, e abaixou a voz: — E... Nerosi também.

Finch se calou. Ela levou a mão ao peito.

— Ela se foi, Finch — repetiu Selena. — De verdade.

Finch assentiu.

— Eu sei, eu sei. É que... a parte dela que me ressuscitou ainda está aqui. Enquanto eu estiver viva, ela estará comigo, mesmo que seja só um pouquinho.

— Ei. — Selena beijou a cabeça dela gentilmente. — Se em algum lugar, de alguma forma, Nerosi tentar te machucar de novo, estarei aqui. Passamos por isso juntas e, se acontecer mais alguma coisa, vamos superar também.

Os olhos de Finch reluziram por um momento antes de ela inclinar a cabeça para beijar Selena, enfiando os dedos em seu cabelo e a segurando com força. Selena pegou o lábio dela com a boca e retribuiu o beijo com mais intensidade, levando os dedos à pele das costas de Finch e arranhando de leve. Finch sentiu o coração de Selena bater, firme e forte, com ela.

Finch se afastou um pouco e encostou a testa na dela.

— Eu te amo, Selena.

Selena abriu os olhos de repente.

— É o quê?

No segundo em que falou, Finch cobriu a boca com a mão.

Ela não pretendia dizer aquilo em voz alta.

— Hum... — soltou, corada. — Ai, meu Deus. Não... hum, desculpa, foi abrupto demais. Eu não...

— Não acredito que você soltou isso do nada.

Selena já estava rindo, puxando Finch para mais perto e com o maior sorriso que ela já vira. Então beijou a boca de Finch, e depois o rosto todo dela, passando a mão em seu corpo, rindo entre os beijos.

— Às vezes, você é inacreditável — continuou. — Completamente impossível.

Porém, finalmente, disse:

— Eu também te amo.

O corpo inteiro de Finch se inundou de calor.

O que quer que o futuro trouxesse, qualquer escuridão que espreitasse nas sombras, ela sempre teria aquilo.

agradecimentos

O problema de levar dez anos para escrever um livro é que parece que tenho um milhão de pessoas para agradecer, mas só posso incluir algumas, então, se você impactou a criação deste livro de qualquer forma, saiba que serei eternamente grata.

Para minha agente poderosa, Erica Bauman: seu apoio e sua fé incessantes em mim nunca passarão despercebidos — mesmo quando estou surtando no telefone por causa da ansiedade editorial do dia, ou só falando sem parar do meu gato. Sou incrivelmente sortuda por ter você a meu lado.

Para minha editora, Annie Berger, que decidiu dar uma chance para este livro profundamente esquisito, assustador e queer: você moldou esta história em algo que jamais imaginei. Você e toda a equipe da Sourcebooks realizaram o que parecia um sonho impossível. Um simples agradecimento não é suficiente para transmitir o que sinto, mas vai ter que servir.

Falando da equipe da Sourcebooks: para Cassie Gutman, Stephanie Cohen Perez, Nicole Hower, Kerri Resnick, Beth Oleniczak, Madison Nankervis, Jenny Lopez e todos os envolvidos em tornar este livro o que é, um milhão de obrigadas. Valorizo muito o trabalho que vocês desempenharam nos bastidores.

Para minhas leitoras parceiras, Ally Larcom e Alex Moore: vocês leram este livro TANTAS VEZES que nem tem graça. No caso de Alex, você leu cada nova versão, ano sim, ano não, desde que a gente tinha, o quê, uns quinze anos? CARAMBA. Muito obrigada pelos comentários e, mais importante, pela amizade.

Para minhas primeiras leitoras, Jenny e Alice, e para os incríveis alunos do curso de Editoração de Dan Weaver na Faculdade Emerson: obrigada por botar esta história em perspectiva e oferecer tantas ideias inteligentes para melhorá-la.

Para minhas amigas, Courtney, Kim, Rachel, Abby e Kathryn: obrigada não só por morarem no mesmo apartamento que eu em vários momentos ao longo dos anos, mas também por me apoiar quando eu precisava de ajuda, fosse com o enredo ou com fotos profissionais. E para Claire, Erin, Rose, Ronna, Elizabeth, Simone, Forrest e Ally (mais uma vez) por me ajudarem a aguentar a quarentena. É uma bênção ter gente tão talentosa e divertida em minha vida, que me apoia como vocês me apoiam.

Obrigada a meu irmão, Colin, por sempre me fazer rir, a minha irmã, Kasidy, por ser, honestamente, a pessoa mais legal que conheço, e a meu sobrinho, Vincente, pela esperteza criativa que só crianças têm. E a meus pais, Scott e Karen, que sempre me apoiaram nesta trajetória louca. Desculpa por matar os pais de Finch, prometo tratar melhor os pais no meu próximo livro. Talvez.

Finalmente, a todos os professores, bibliotecários, livreiros e leitores que tive a sorte de encontrar na vida: seu amor e apoio é o que faz tudo valer a pena. Por isso, obrigada.

Este livro foi impresso pela Exklusiva, em 2023, para a HarperCollins Brasil. A fonte do miolo é Caslon Pro. O papel do miolo é pólen natural 70g/m² e o da capa é cartão 250g/m².